Pour Anaïs

Même l'éternité se finira un jour…

Les héritiers de la ruine

Sauf dans la mémoire de ceux qui se souviennent.

Marc

Marc Chauvin

Les héritiers de la ruine

Roman

LE LYS BLEU
ÉDITIONS

ISBN : 979-10-422-6446-8

Première partie
Le crépuscule de la vie humaine

Chapitre 1
Un monde éternel

La lumière douce d'un coucher de soleil artificiel baignait la cité suspendue, reflet d'une perfection maîtrisée depuis des siècles. Dans ce monde, les concepts de vieillesse et de mort étaient devenus des reliques d'un passé révolu, inconnus des générations les plus récentes. Depuis plus de deux cents ans, Selena évoluait parmi ces cieux irréels, dans un monde qui s'était affranchi des limites biologiques.

Assise au sommet d'une tour de verre scintillante, Selena observait l'horizon avec une sorte de détachement. Les nuages roses flottaient autour d'elle, et le paysage en dessous n'était plus qu'un tableau lointain, un décor abstrait. En vérité, elle ne se souvenait même plus de la dernière fois où elle avait mis les pieds sur le sol terrestre. Pourquoi s'y rendre quand tout ce qu'elle désirait se trouvait ici, dans ces mondes créés sur mesure pour les Immortels ?

Un homme aux cheveux argentés, dont l'allure trahissait également un âge considérable malgré son apparence juvénile, s'approcha d'elle. Il portait un manteau bleu marine aux bordures dorées, une tenue à la fois simple et raffinée, appropriée à son statut.

— Tu es encore ici à contempler ce paysage ? demanda-t-il d'une voix calme, mais légèrement moqueuse.

Selena ne bougea pas, ses yeux fixés sur l'horizon.

— C'est l'un de mes mondes préférés, répondit-elle doucement. Il a quelque chose de… tranquille. Purement esthétique.

L'homme, Aaron, l'un des rares Immortels avec qui elle échangeait encore régulièrement, s'assit à ses côtés et laissa échapper un léger soupir.

— Esthétique, oui. Mais n'as-tu pas l'impression que tout cela commence à te peser, Selena ? Nous créons ces mondes, nous les façonnons à notre image, et pourtant, il n'y a plus rien qui me surprend ici.

Selena tourna finalement la tête vers lui, l'observant avec ses yeux d'un bleu presque surnaturel, des yeux qui ne montraient plus vraiment d'émotion humaine.

— Tu parles comme si tu cherchais quelque chose de plus, dit-elle avec une certaine distance dans la voix. Mais nous avons tout, Aaron, nous sommes éternels. Nous ne manquons de rien. Le monde physique est devenu obsolète pour nous.

Aaron esquissa un sourire amer, se redressant légèrement.

— Peut-être que c'est justement là le problème, murmura-t-il en regardant lui aussi le coucher de soleil artificiel. Nous sommes devenus des dieux dans nos propres créations, et pourtant… je commence à me demander ce que cela signifie réellement.

Selena le dévisagea longuement, cherchant à comprendre ses paroles. Elle savait qu'il n'était pas le seul à ressentir ce sentiment de vide. Au fil des siècles, plusieurs Immortels avaient montré des signes de lassitude. Mais dans son esprit, ce n'était qu'une phase, un passage naturel dans leur existence éternelle.

— Tu t'ennuies, c'est tout, déclara-t-elle finalement avec une pointe de désinvolture. Tu devrais peut-être rejoindre l'une des nouvelles simulations. Elles sont plus immersives que jamais. J'ai entendu dire qu'une nouvelle ère mythologique est en développement. Tu pourrais y régner en tant que dieu.

Aaron secoua lentement la tête.

— Cela ne m'intéresse plus vraiment, Selena. Sa voix s'était faite plus grave, marquée par une lassitude qui contrastait avec leur apparence figée dans le temps. Ne ressens-tu pas, toi aussi, ce détachement croissant ? Ce vide qui s'installe dans nos existences ? Nous ne sommes plus connectés à rien de réel.

Selena détourna les yeux, agacée.

— La réalité est un concept dépassé, Aaron. Nous avons transcendé cette condition. Tu parles comme un Terrien, comme un de ces oubliés qui s'accrochent encore à l'idée de vivre ou de mourir selon les lois de la nature. Nous sommes bien au-delà de cela.

Il y eut un moment de silence pesant entre eux. Aaron se leva finalement, se tenant sur le bord de la tour, dominant le paysage digital qui s'étendait devant eux.

— C'est là où tu te trompes, Selena, dit-il doucement, mais fermement. Nous avons peut-être quitté le monde physique, mais il continue d'exister, même sans nous. Et je me demande si nous n'avons pas laissé quelque chose derrière nous.

Selena le regarda se retirer sans dire un mot, perplexe. Ses paroles la laissaient indifférente, ou du moins, c'est ce qu'elle voulait croire. Aaron n'était pas le premier à exprimer ces doutes, et elle savait qu'il ne serait pas le dernier.

Plus tard, dans un autre monde virtuel, Selena se retrouva parmi les siens. La salle était gigantesque, dorée, remplie de créatures fantastiques et d'Immortels vêtus de tenues flamboyantes. Les rires et les discussions semblaient lointains, comme si elle n'était plus tout à fait présente. Un homme approcha d'elle, son visage rayonnant de satisfaction.

— Selena ! Notre très chère Présidente. Cela faisait longtemps que je ne t'avais pas vue dans cette simulation, dit-il en lui tendant une coupe de nectar, un breuvage imaginaire, mais délicieux. As-tu entendu parler de la nouvelle cité que nous avons créée ? Elle surpasse tout ce que nous avons fait jusqu'à présent.

Selena accepta la coupe sans grand enthousiasme, sirotant distraitement le nectar.

— Encore une nouvelle cité, murmura-t-elle. Combien de fois allons-nous répéter ce cycle ? Construire, détruire, recommencer. À quoi bon ?

L'homme rit, ne prenant pas ses paroles au sérieux.

— Mais c'est là tout l'intérêt, non ? Nous pouvons créer et recréer sans fin. Le monde est à notre image, changeant selon nos désirs.

Selena se força à sourire, mais au fond d'elle quelque chose s'était éveillé après la conversation avec Aaron. Ses pensées la ramenaient encore et encore à cette question : Que signifiait vraiment leur existence dans ces mondes artificiels ? Avait-elle perdu quelque chose en quittant le monde réel ?

Elle tourna lentement la tête vers une grande fenêtre dominant sur l'extérieur de la simulation, où elle pouvait entrevoir une portion de la Terre. En contrebas, la planète semblait sombre, terne et minuscule. Une boule de roche et de poussière, habitée par des êtres qu'elle n'avait pas croisés depuis des siècles.

— Nous sommes des dieux ici, se dit-elle à elle-même. Mais qu'est-ce qu'un dieu sans un monde réel où régner ?

Ses paroles furent interrompues par l'apparition d'une créature gigantesque, invoquée par un autre Immortel dans la salle. Elle rugit avec force, projetant des éclairs et attirant des applaudissements enthousiastes. La fête battait son plein, mais Selena, elle, se sentait plus distante que jamais.

Dans ce monde éternel, les doutes, eux aussi, pouvaient durer éternellement. Selena se détacha du tumulte festif, ses pas les menant instinctivement vers un balcon donnant sur un monde virtuel parsemé d'étoiles. Le vent artificiel caressait doucement son visage, mais elle n'y trouvait aucun réconfort. Elle se rappelait encore les sensations du monde physique, de la manière dont le vent soufflait réellement sur les montagnes qu'elle avait gravies autrefois, ou du bruit des vagues s'écrasant sur les falaises abruptes.

Ses pensées s'égarèrent vers une époque lointaine, avant qu'elle n'embrasse pleinement l'immortalité. Elle se souvenait de la sensation d'urgence, de l'angoisse face au temps qui s'écoulait inéluctablement. Mais avec le temps, cette angoisse s'était dissoute, remplacée par une apathie insidieuse.

Elle fut tirée de ses rêveries par une voix familière.

— Tu es vraiment ailleurs, ce soir.

Selena se tourna et vit Lyra, une autre Immortelle, s'approcher d'elle. Vêtue d'une robe argentée étincelante, Lyra dégageait une aura de vitalité qui contrastait avec l'air morose de Selena.

— Peut-être, répondit Selena avec un sourire léger. J'étais juste… perdue dans mes pensées.

Lyra haussa un sourcil, un éclat de curiosité dans les yeux.

— Aaron a encore semé ses idées noires, n'est-ce pas ? demanda-t-elle en s'appuyant contre la rambarde du balcon. Il n'est pas le seul à se poser des questions ces derniers temps. J'imagine que notre Présidente l'a remarqué ?

Selena hocha la tête.

— Oui, mais je ne comprends pas vraiment pourquoi. Tout ce que nous voulons, nous l'avons. Pourtant, certains semblent… insatisfaits.

Lyra la regarda longuement, ses yeux cherchant quelque chose dans le regard de son amie.

— Peut-être qu'ils cherchent quelque chose que nous avons perdu, murmura-t-elle. Ce contact avec le monde réel, ce lien que nous avions autrefois. Nous avons tout, oui, mais peut-être que ce « tout » n'est pas suffisant.

Selena se redressa légèrement, surprise par les paroles de Lyra. Elle était l'une des plus ferventes défenseures de leur mode de vie. L'entendre douter lui paraissait presque inconcevable.

— Toi aussi, tu y penses ? demande Selena, une pointe d'inquiétude dans voix.

Lyra soupira, un sourire triste, étirant ses lèvres.

— Je n'y pensais pas jusqu'à récemment. Mais… la lassitude se fait sentir, Selena. L'éternité est longue, même pour des êtres comme nous. Et je vois des changements autour de moi. Les Immortels se retirent, ils se perdent dans des mondes virtuels de plus en plus complexes. Certains ne reviennent même plus à la réalité partagée. C'est comme s'ils se dissipaient, comme s'ils perdaient leur essence.

Selena baissa les yeux, troublée par cette observation. Elle savait que Lyra avait raison. Depuis quelque temps, certains Immortels s'étaient complètement isolés dans des mondes privés, ne réapparaissant que rarement, pour de brèves périodes, avant de disparaître à nouveau. Comme si même leur éternité devenait insupportable.

— Mais que pouvons-nous faire ? demanda Selena, presque pour elle-même. Retourner à ce que nous étions ? Descendre sur Terre et redevenir mortels ?

Lyra secoua la tête, son sourire s'élargissant un peu, teinté d'amusement.

— Nous sommes bien trop orgueilleux pour cela, tu le sais. Et ce serait une trahison de tout ce pour quoi nous avons lutté. Mais peut-être que nous devrions trouver une nouvelle raison d'exister. Quelque chose qui nous connecte à nouveau à cette réalité que nous avons laissée derrière nous.

Selena la regarda longuement, son esprit tourbillonnant d'interrogations et de doutes. Que voulait-elle vraiment ? Pourquoi cette insatisfaction grandissait-elle en elle, alors qu'elle avait tout ce qu'elle avait désiré pendant des siècles ?

— Et toi, que vas-tu faire ? finit-elle par demander.

Lyra se tourna vers le ciel étoilé, ses yeux brillants de détermination.

— Je vais retourner sur Terre, dit-elle simplement. Juste pour voir. Pour sentir à nouveau ce qu'est la réalité. Je ne suis pas la seule. Un petit groupe d'entre nous se prépare à redescendre, à observer ce monde que nous avons quitté depuis si longtemps.

Selena écarquilla les yeux, surprise.

— Tu es sérieuse ? Mais… pourquoi ? Qu'espérez-vous trouver là-bas ?

— Je ne sais pas, répondit Lyra avec un sourire énigmatique. Peut-être rien. Peut-être tout. Mais je dois essayer. Ces mondes virtuels sont merveilleux, mais ils ne sont pas tout ce que je suis. Je veux redécouvrir ce que signifie vraiment exister.

Selena la fixa, une multitude d'émotions se bousculant en elle. Elle ne pouvait pas imaginer retourner sur Terre, ce monde poussiéreux et dévasté qu'elle avait délaissé depuis si longtemps. Mais en même temps, quelque chose dans les paroles de Lyra résonnait en elle, une petite voix qu'elle n'avait jamais vraiment écoutée.

— Et toi, Selena ? demanda Lyra, brisant le silence. Ne voudrais-tu pas voir ce qu'il en est ? Juste une fois, pour comprendre ce que nous avons perdu ?

Selena hésita, les mots lui échappant. Une partie d'elle voulait dire non, rester ici, dans ce confort éternel et familier. Mais une autre partie, celle qu'elle ne reconnaissait plus vraiment, était tentée. Tentée de découvrir ce qui se cachait derrière ce voile de perfection qu'ils avaient tissé autour d'eux.

— Je ne sais pas, murmura-t-elle finalement. Je ne suis pas sûre d'être prête.

Lyra hocha la tête avec compréhension.

— Personne ne l'est vraiment, dit-elle avec douceur. Mais parfois, il faut simplement sauter dans l'inconnu.

Selena la regarda s'éloigner, se demandant si elle aurait le courage de suivre son amie. Elle se détourna du balcon et retourna dans la salle de fête, mais le bruit et l'agitation lui semblaient maintenant encore plus dénués de sens. Les Immortels riaient, dansaient et jouaient à être des dieux, mais quelque chose manquait.

Peut-être que Lyra avait raison. Peut-être qu'il était temps de chercher autre chose, quelque chose de plus vrai.

Pour la première fois depuis des décennies, Selena sentit un frisson d'excitation, de peur et d'espoir se mêler en elle. Elle ne savait pas encore ce qu'elle ferait, mais une chose était sûre : elle ne pourrait plus ignorer cette voix intérieure.

Et quelque part, dans l'immensité de l'éternité, une décision se préparait.

Selena erra dans la salle de fête, son esprit toujours hanté par les paroles de Lyra. Autour d'elle, les Immortels savouraient leur éternité, s'adonnant à des divertissements extravagants ou explorant des simulations complexes. Mais ces jeux qui l'avaient autrefois captivée lui paraissaient soudain fades, presque absurdes. Ses pensées la ramenaient sans cesse à cette idée insensée : retourner sur Terre.

Alors qu'elle s'apprêtait à quitter la pièce, un groupe d'Immortels attira son attention. Ils discutaient avec animation, projetant des images holographiques de paysages terrestres : des villes en ruines, des forêts sauvages, des déserts sans fin. Selena s'approcha, intriguée.

— Vous parlez de quoi ? demanda-t-elle, essayant de masquer son intérêt derrière un ton détaché.

Un homme grand et élancé, avec des yeux perçants et une barbe soignée, se tourna vers elle. C'était Dorian, un des créateurs les plus talentueux parmi les Immortels, connu pour ses mondes virtuels d'une complexité sans pareille.

— Ah, Selena, quelle surprise ! Nous parlons de notre prochain projet, dit-il avec un sourire énigmatique. Nous allons recréer la Terre, mais pas comme elle est maintenant. Comme elle était avant, avec ses splendeurs et ses tragédies. Un monde où nous pourrons revivre ce que nous avons perdu.

Selena arqua un sourcil, perplexe.

— Recréer la Terre ? Vous voulez en faire un jeu ? Un musée ?

Dorian secoua la tête, ses yeux brillant d'un enthousiasme fiévreux.

— Non, pas un jeu. Une expérience immersive. Imagine un monde où nous pourrions ressentir à nouveau la peur, le danger, l'incertitude. Où nous pourrions affronter nos limites, sans les protections de nos existences éternelles. Ce serait presque… réel.

Selena sentit son cœur se serrer. L'idée de Dorian ressemblait à une tentative désespérée de recréer ce qu'ils avaient perdu, sans vraiment y parvenir. Une imitation de la vie, encore une fois.

— Mais pourquoi recréer la Terre quand elle est encore là, en bas, à attendre ? répliqua-t-elle d'un ton plus acerbe qu'elle ne l'aurait voulu.

Dorian l'observa avec un mélange de curiosité et de surprise.

— Parce qu'il est trop tard pour revenir en arrière, Selena. La Terre actuelle n'est plus la nôtre. Elle est trop… dégradée, trop imprévisible.

Tu veux vraiment risquer ta vie, descendre là-bas, parmi les survivants ? Qu'espères-tu y trouver ?

Les paroles de Dorian étaient sensées, mais elles éveillèrent en Selena un sentiment de défi. Que savait-il vraiment de la Terre ? Ils l'avaient quittée il y a des siècles, la laissant se déliter sous le poids des catastrophes climatiques, des guerres et de l'abandon. Mais malgré tout, elle continuait d'exister, d'abriter une vie dont ils s'étaient détournés.

— Peut-être que je veux simplement savoir ce qui est réel, murmura-t-elle.

Le groupe s'était tu, les regardant échanger avec une attention nouvelle. Dorian haussa les épaules, l'air amusé.

— Eh bien, si c'est ce que tu cherches, tu pourrais rejoindre Lyra et son petit groupe d'aventuriers. Ils parlent de retourner en bas, tu sais. Personnellement, je pense que c'est de la folie.

Selena croisa les bras, fixant Dorian avec intensité.

— Et si ce n'était pas de la folie, mais du courage ? rétorqua-t-elle.

Dorian éclata de rire, un rire léger et insouciant.

— Peut-être. Mais pourquoi affronter le chaos et l'incertitude alors que nous pouvons créer la perfection ici ? Nous avons tout ce dont nous avons besoin, Selena. Pourquoi se compliquer la vie ?

Selena ouvrit la bouche pour répondre, mais se ravisa. Elle réalisa qu'elle n'avait pas encore toutes les réponses. Tout ce qu'elle savait, c'était que quelque chose manquait, un vide que leurs créations artificielles ne pouvaient plus combler.

— Je crois que je vais en parler à Lyra, dit-elle simplement avant de tourner les talons, laissant Dorian et son groupe derrière elle.

Elle trouva Lyra dans une salle plus calme, entourée d'une petite dizaine d'Immortels. Ils étaient assis en cercle, discutant à voix basse. En entrant, Selena sentit une tension palpable dans l'air, une détermination fébrile qui la fit frissonner.

Lyra leva les yeux et lui sourit en la voyant.

— Selena ! Je suis contente que tu sois venue. Nous étions justement en train de discuter des préparatifs pour notre départ.

Selena prit une profonde inspiration avant de répondre.

— Je veux en savoir plus. Si vous descendez, qu'est-ce que vous comptez faire exactement ?

Un homme aux cheveux noirs et aux traits sévères, que Selena reconnut vaguement comme étant Yannis, un ancien explorateur de mondes virtuels, prit la parole.

— Nous voulons observer, explorer ce qui reste de la civilisation terrestre. Rencontrer ceux qui vivent encore là-bas. Peut-être même, essayer de comprendre pourquoi nous sommes partis, et ce que nous avons abandonné en chemin.

— Il y a des rumeurs, ajouta une femme plus âgée, aux cheveux coupés courts. Certaines colonies ont survécu et ont commencé à se reconstruire. Elles n'ont plus les mêmes technologies que nous, mais elles ont quelque chose de plus précieux : une connexion à la réalité que nous avons perdue.

Selena se laissa tomber sur un siège libre, l'esprit en ébullition.

— Vous êtes vraiment prêts à abandonner tout ça pour un monde en ruines ? demanda-t-elle, hésitante.

Lyra hocha la tête.

— Nous ne voulons pas abandonner notre immortalité, Selena. Nous voulons la confronter à quelque chose de vrai. Voir si nous sommes encore capables de ressentir, de comprendre. Peut-être même d'aider, si nous le pouvons.

Un silence accueillit ses paroles. Selena regarda autour d'elle, scrutant les visages déterminés de ceux qui avaient décidé de se lancer dans cette aventure insensée. Elle savait qu'elle ne pouvait pas prendre cette décision à la légère. Tout ce qu'elle avait construit, tout ce qu'elle connaissait, était ici, dans ces mondes parfaits.

Mais en même temps, elle sentait que quelque chose en elle se réveillait, un désir qu'elle n'avait pas ressenti depuis des siècles. L'envie de se confronter à l'inconnu, de retrouver ce qui la rendait véritablement humaine.

— Je viens avec vous, déclara-t-elle finalement, sa voix ferme et résolue. Je dois voir ce qu'il en est, moi aussi.

Lyra lui sourit, un sourire plein de gratitude et d'espoir.

— Alors, prépare-toi. Nous partons bientôt. Et une fois en bas, il n'y aura plus de retour en arrière.

Selena hocha la tête, consciente de l'ampleur de la décision. Le voyage qu'ils allaient entreprendre n'était pas seulement un retour sur Terre. C'était un retour vers ce qu'ils étaient autrefois, avant l'immortalité, avant les mondes parfaits. Un voyage vers la redécouverte de leur humanité.

Les jours suivants, Selena se prépara avec minutie, une appréhension nouvelle accompagnant chacun de ses gestes. Elle se demandait souvent si elle ne commettait pas une erreur monumentale, si ce désir irrationnel de retourner sur Terre n'était pas simplement une illusion, une tentative futile de se raccrocher à quelque chose d'irréversible. Pourtant, à chaque fois qu'elle croisait le regard déterminé de Lyra ou qu'elle entendait les discussions passionnées des autres Immortels préparant leur descente, ses doutes s'atténuaient.

Ils se réunirent dans une vaste salle aux parois transparentes, offrant une vue imprenable sur le ciel étoilé factice de leur cité flottante. Au centre, un dispositif de transfert brillait d'une lueur douce, prêt à les téléporter dans l'enceinte sécurisée qui les attendait en bas, sur Terre. Ils étaient une quinzaine, chacun avec ses propres raisons, ses propres doutes, mais tous unis par cette même envie d'affronter l'inconnu.

Lyra prit la parole, sa voix résonnant dans le silence de la pièce.

— Nous avons tous fait ce choix pour différentes raisons. Certains pour découvrir, d'autres pour ressentir à nouveau. Ce voyage ne sera pas facile, et il n'y aura aucune garantie que nous trouvions ce que nous cherchons. Mais nous devons essayer.

Elle fit une pause, observant chacun des visages autour d'elle.

— Nous avons laissé derrière nous un monde qui se délite. Peut-être que nous pouvons trouver un moyen de le reconnecter à notre réalité, peut-être même de l'aider. Ou peut-être simplement comprendre pourquoi nous l'avons quitté. Quoi qu'il en soit, ce que nous allons faire est plus qu'un simple retour. C'est une exploration de ce que nous sommes, au-delà de cette immortalité.

Selena sentit un frisson parcourir l'assemblée. Lyra avait le don de traduire en mots ce que chacun ressentait confusément. Un sentiment d'excitation, mêlé de crainte, vibrait dans l'air.

— Nous partirons par petits groupes, continua Lyra. Notre arrivée doit passer inaperçue. Nous nous installerons d'abord dans l'abri prévu, avant de nous aventurer plus loin. Soyons prudents. Nous ne savons pas à quoi nous attendre en bas.

Dorian, qui avait rejoint le groupe au dernier moment, se racla la gorge, attirant les regards vers lui.

— Je sais que certains pensent que ce que nous faisons est insensé, dit-il, son ton plus sérieux que d'habitude. Et peut-être qu'ils ont raison. Mais parfois, la folie est le seul chemin vers la vérité. Je suis prêt à voir ce que cette folie nous révèle. Tout a été calculé, préparé, nous ne risquerons absolument rien.

Selena esquissa un sourire malgré elle. Dorian, avec son scepticisme habituel, admettait enfin qu'il pouvait y avoir une part de sens dans leur quête.

Un par un, les Immortels s'approchèrent du dispositif de transfert. Selena sentit son cœur battre plus fort quand ce fut son tour. Elle échangea un regard avec Lyra, un mélange de peur et d'excitation passant entre elles.

— Tu es prête ? demanda Lyra.

Selena prit une profonde inspiration et hocha la tête.

— Autant que possible.

Elle ferma les yeux alors que le faisceau lumineux l'enveloppait. Une sensation de vertige la submergea, suivie d'un sentiment de chute libre, avant que ses pieds ne touchent à nouveau le sol. Elle ouvrit les yeux et découvrit un environnement totalement différent.

Ils se trouvaient dans une grande salle souterraine, faiblement éclairée par des néons vacillants. Les murs étaient recouverts de mousse et de traces d'humidité. Une odeur de terre et de métal flottait dans l'air, bien loin des parfums aseptisés de la cité céleste.

Lyra et les autres apparurent autour d'elle, encore légèrement éblouis par le transfert. Ils étaient dans un ancien abri souterrain, une base de l'ancien monde, laissée en état de fonctionnement pour les rares descentes des Immortels. Des caisses de provisions, des équipements et des lits de camp avaient été préparés.

— Nous y voilà, murmura Yannis, sa voix résonnant dans le silence de la salle.

Selena prit une grande inspiration. L'air était lourd, chargé de l'odeur de l'humidité et du béton. Ce n'était pas la première fois qu'elle descendait, mais quelque chose était différent cette fois. Tout semblait plus réel, plus intense. Chaque sensation, chaque son.

Ils se mirent en mouvement, déballant les caisses, vérifiant les équipements, s'appropriant cet espace qu'ils allaient habiter. Un silence solennel régnait parmi eux, chacun étant plongé dans ses propres pensées, ses propres appréhensions.

Après quelques heures de préparation, Lyra rassembla tout le monde autour d'elle.

— Demain, nous sortirons de cet abri et nous explorerons les environs. Nous avons cartographié une zone sûre, mais nous devons rester vigilants. La Terre n'est plus ce qu'elle était. Nous ne savons pas ce qui nous attend dehors.

Selena acquiesça, le regard fixé sur l'ombre des couloirs qui s'étiraient autour d'eux. Elle se sentait comme une étrangère dans ce monde, mais un frisson d'anticipation parcourait son corps. Elle allait enfin voir, enfin comprendre.

Cette nuit-là, ils se dispersèrent dans l'abri, essayant de se reposer avant le grand saut. Selena s'installa dans un coin, allongée sur un lit de camp rudimentaire. Les bruits de la Terre, plus sourds, plus rugueux, parvenaient faiblement à travers les épais murs de béton. Elle se tourna et se retourna, incapable de trouver le sommeil, son esprit plein d'images de ce qui les attendait à l'extérieur.

Elle repensa à la dernière conversation qu'elle avait eue avec Dorian avant leur départ. Il lui avait parlé de ses propres doutes, de sa peur de ne plus se reconnaître dans ce monde qu'il avait autrefois connu. Mais il y avait aussi cette lueur d'excitation dans ses yeux, cette envie de redécouvrir la vie, même si c'était sous une forme altérée.

Finalement, à l'aube, Lyra fit le tour de l'abri, réveillant doucement chacun des membres du groupe. L'atmosphère était tendue, chargée de cette nervosité particulière que l'on ressent avant de se lancer dans l'inconnu.

Ils s'équipèrent en silence, vérifiant les combinaisons de protection, ajustant les masques respiratoires et les capteurs de leur drone d'exploration. Un dernier regard circula entre eux, une promesse muette de soutien et de solidarité.

Puis, Lyra se tourna vers la grande porte d'acier qui menait à l'extérieur. Elle posa une main sur la console de commande, prenant une profonde inspiration avant de presser le bouton d'ouverture.

Un grincement sourd résonna dans tout l'abri alors que la porte se déverrouillait lentement. Un filet de lumière froide pénétra dans la salle, révélant le monde extérieur.

Ils avancèrent prudemment, Lyra en tête. La lumière naturelle, même faible, semblait presque aveuglante après les néons de l'abri. Devant eux s'étendait un paysage dévasté, un désert de béton, de métal, entrecoupé de quelques arbres malingres. Les ruines d'anciennes structures se dressaient çà et là, fantomatiques sous le ciel gris.

Selena sentit son cœur se serrer. Ce monde, si différent de celui qu'elle avait connu autrefois, lui apparaissait à la fois étranger et familier. C'était une terre blessée, marquée par des siècles de négligence et de souffrance, mais c'était aussi un monde qui persistait, qui refusait de disparaître.

Elle jeta un coup d'œil autour d'elle. Lyra, Yannis, Dorian et les autres semblaient tous captivés par cette vision, absorbés par ce premier contact avec la réalité terrestre.

— Bienvenue sur Terre, murmura Lyra, sa voix à peine audible dans le silence oppressant.

Selena hocha la tête, incapable de détourner les yeux du spectacle devant elle. Pour la première fois depuis des siècles, elle ressentait quelque chose de véritablement intense. Elle ne savait pas encore où ce voyage les mènerait ni ce qu'ils allaient découvrir. Mais elle savait une chose : il n'y avait plus de retour en arrière possible. Les premiers Immortels avaient décrété qu'il était interdit de revenir dans le monde réel, de passer par la porte de séparation de leurs deux mondes, sous peine de déchéance de son immortalité.

Ils étaient parvenus sur Terre, et rien ne serait plus jamais pareil. L'expérimentation de cette nouvelle simulation pouvait commencer !

Chapitre 2
Les oubliés de la Terre

Dans les décombres de ce qui avait été autrefois une métropole prospère, une silhouette se faufilait parmi les ruines. Le ciel était d'un gris métallique, oppressant, et l'air lourd de particules toxiques. Elie avançait avec précaution, le regard attentif, surveillant les ombres mouvantes autour de lui. Il savait qu'en ces temps incertains, chaque recoin pouvait abriter un danger mortel, qu'il soit humain ou non.

Arrivé à ce qui semblait être un ancien centre commercial, il s'accroupit derrière un amas de débris, inspectant les environs. Son cœur battait fort dans sa poitrine. C'était son endroit préféré pour trouver des ressources, mais il n'était pas le seul à connaître cet endroit. Les gangs rôdaient souvent dans les parages, et une rencontre avec eux se soldait rarement sans violence.

Il attendit quelques minutes, scrutant le silence, puis se décida à avancer. Ses pas résonnaient faiblement sur le sol de béton craquelé alors qu'il pénétrait dans le bâtiment en ruines. L'intérieur était plongé dans la pénombre, éclairé par des rayons de lumière qui filtraient à travers les trous béants du toit. Elie se dirigea vers les étagères effondrées, cherchant des boîtes de conserve ou tout autre aliment non périssable.

Soudain, un bruit de pas retentit derrière lui. Il se retourna, le souffle coupé, les muscles tendus. Une silhouette émergea de l'obscurité.

— Elie ? C'est toi ? murmura une voix féminine.

Elie relâcha un peu la tension en reconnaissant la jeune femme qui se tenait devant lui. C'était Léa, une survivante comme lui, avec qui il avait déjà échangé quelques rares provisions.

— Léa, tu m'as fait peur… souffla-t-il en se redressant. Qu'est-ce que tu fais ici ?

Léa haussa les épaules, un sourire nerveux sur les lèvres.

— La même chose que toi, je suppose. Je cherchais quelque chose à manger. Mais je crois que cet endroit a déjà été fouillé. Il ne reste plus grand-chose.

Elie regarda autour de lui, son regard scrutant les étagères dévastées. Il savait qu'elle avait raison, mais il ne pouvait pas partir les mains vides. Pas après tout le chemin qu'il avait parcouru.

— Il doit bien rester quelque chose, dit-il, une pointe de désespoir dans la voix. On ne peut pas rentrer sans rien.

Léa s'approcha, posant une main légère sur son bras.

— Elie, on ne pas risquer nos vies pour une boîte de haricots. Si les gangs reviennent, on est mort.

Elie serra les dents. Il savait qu'elle avait raison, mais l'idée de retourner au camp les mains vides, de voir les visages déçus des enfants le rendait malade. Il poussa un soupir de frustration, se passant une main dans les cheveux.

— D'accord, murmura-t-il. Mais on va au moins vérifier le sous-sol. Il y avait des rumeurs comme quoi des gens avaient trouvé un stock d'anciennes conserves là-bas.

Léa le regarda avec inquiétude, mais hocha finalement la tête.

— Très bien, mais on fait vite. Je n'ai pas envie de finir en morceaux.

Ils descendirent prudemment les escaliers effondrés, leurs pas résonnant dans le silence oppressant. L'air se faisait plus lourd, plus étouffant à mesure qu'ils s'enfonçaient dans les entrailles du bâtiment. Le sous-sol était plongé dans une obscurité presque totale, seulement troublée par les faisceaux lumineux de leurs lampes torches.

Ils fouillèrent pendant plusieurs minutes, le cœur battant à chaque bruit suspect, à chaque ombre mouvante. Enfin, Elie tomba sur une vieille porte métallique, à moitié cachée par des débris. Il tira dessus de toutes ses forces, grognant sous l'effort, et finit par l'ouvrir dans un grincement sinistre.

— Aide-moi à chercher, souffla-t-il à Léa, pointant sa lampe vers l'intérieur de la pièce.

Ils pénétrèrent dans ce qui semblait être une ancienne réserve. Des étagères vides se dressaient contre les murs, mais au fond, Elie aperçut quelque chose qui fit bondir son cœur : une rangée de boîtes de conserve, recouvertes de poussière, mais intactes.

— On a trouvé, murmura-t-il, sa voix vibrante d'excitation.

Léa s'approcha, les yeux écarquillés.

— Par les cieux… On va pouvoir nourrir le camp avec ça.

Ils commencèrent à remplir leurs sacs avec précaution, le cœur léger pour la première fois depuis des jours. Mais alors qu'ils s'apprêtaient à partir, un bruit de pas précipités retentit dans le couloir. Elie et Léa se figèrent, leurs regards se croisant dans la panique.

— Qui va là ? lança une voix rauque depuis l'obscurité.

Elie éteignit sa lampe d'un geste tremblant, tirant Léa derrière une étagère. Leurs cœurs battaient à tout rompre alors qu'ils se tassaient contre le mur, retenant leur souffle. La voix se rapprochait, accompagnée de plusieurs autres.

— Je t'ai dit que j'avais entendu quelque chose, grogna un homme.

— Ta gueule, répliqua un autre. Si c'est encore des rats, je te fais bouffer ta machette.

Elie sentit la sueur perler sur son front. Il connaissait cette voix. C'était celle de Marco, le chef d'un des gangs les plus redoutés de la région. S'ils se faisaient prendre, ils ne sortiraient jamais d'ici vivants.

Les hommes pénétrèrent dans la pièce, leur lumière scrutant les recoins. Elie sentait son cœur tambouriner dans sa poitrine. Léa tremblait à côté de lui, ses doigts crispés sur son bras.

— Il n'y a rien ici, grogna Marco. Allez, on se casse. On a perdu assez de temps.

Les hommes hésitèrent, échangeant des regards méfiants, mais finirent par se retirer, leurs pas résonnant dans le couloir. Elie attendit quelques minutes, les muscles tendus, avant de se risquer à chuchoter à l'oreille de Léa.

— Ils sont partis, On doit partir nous aussi, maintenant.

Léa hocha la tête, ses yeux brillants de peur. Ils se levèrent lentement, essayant de faire le moins de bruit possible, et remontèrent les escaliers. Lorsqu'ils atteignirent enfin l'extérieur, Elie poussa un soupir de soulagement.

Le vent glacial fouettait leur visage alors qu'ils s'éloignaient du bâtiment, leurs sacs lourdement chargés de provisions. Ils se mirent à courir, leurs pas résonnant sur le bitume craquelé. Elie ne s'arrêta qu'une fois qu'ils eurent mis une distance suffisante entre eux et les ruines.

— On l'a fait, murmura-t-il, haletant.

Léa acquiesça, un sourire tremblant sur les lèvres.

— Oui, mais c'était moins une. La prochaine fois, essayons de ne pas risquer nos vies pour des conserves, d'accord ?

Elie rit faiblement, secouant la tête.

— Promis.

Ils reprirent leur route, le cœur un peu plus léger, se dirigeant vers leur campement. Le paysage autour d'eux était morne et désolé, les vestiges d'une civilisation autrefois glorieuse éparpillés comme des ossements dans la poussière.

Après une longue marche, ils atteignirent enfin leur camp, une série de tentes et de cabanes de fortune érigées à l'abri d'un ancien pont autoroutier. En voyant Elie et Léa arriver, chargés de provisions, un murmure d'excitation parcourut les habitants du camp.

— Ils sont revenus ! cria un enfant en courant vers eux.

Elie s'accroupit, tendant une boîte de conserve au garçonnet, qui le regarda avec des yeux écarquillés.

— On va manger ce soir, murmura-t-il avec un sourire.

Les habitants du camp s'approchèrent, entourant Elie et Léa, des sourires de gratitude sur leurs visages émaciés. Elie sentit un poids quitter ses épaules. Pour une nuit, ils n'auraient pas à se battre contre la faim.

Alors qu'il distribuait les provisions, il leva les yeux vers le ciel sombre. Quelque part là-haut, les Immortels vivaient dans leurs cités dorées, loin des souffrances et des privations.

Elie pensa à ces Immortels, ces êtres qui avaient fui la réalité terrestre pour s'enfermer dans leurs mondes virtuels. Ils avaient abandonné la Terre, laissant derrière eux les oubliés comme lui, condamnés à survivre dans ce qui restait de leur ancienne gloire. Comment pouvaient-ils ignorer à ce point la souffrance des autres ?

Il fut tiré de ses pensées par la voix de Léa.

— Elie, viens t'asseoir. Tu as fait un travail incroyable aujourd'hui.

Elle lui désigna une vieille caisse de bois près du feu de camp où plusieurs personnes s'étaient rassemblées. Il hocha la tête et alla s'asseoir à côté d'elle, fatigué, mais soulagé d'avoir accompli ce qu'il s'était promis.

Autour du feu, les murmures étaient pleins de reconnaissance. Les enfants riaient, leurs visages éclairés par les flammes vacillantes. C'était un instant de répit, une parenthèse fragile dans un quotidien fait de privations.

— Tu crois qu'un jour tout ça va changer ? demanda soudain Léa en regardant les flammes. Que les Immortels nous laisseront revenir dans leurs villes, nous offriront une chance de vivre normalement ?

Elie la fixa un instant, incertain de quoi répondre. Il connaissait cette question, ce rêve d'un retour à une vie plus juste, mais il avait aussi vu la réalité de trop près pour s'y accrocher encore.

— Je ne sais pas, dit-il enfin, sa voix pleine de résignation. J'ai du mal à croire qu'ils se soucient de nous. Pour eux, on est juste… des reliques, un fardeau qu'ils préfèrent ignorer.

Léa baissa les yeux, visiblement déçue par sa réponse. Elle ramena ses genoux contre sa poitrine, cherchant du réconfort dans la chaleur du feu.

— Peut-être qu'on devrait essayer de leur parler. Leur montrer qu'on existe encore, qu'on est des humains comme eux, et qu'on mérite une chance.

— Léa… soupira Elie, sentant une pointe de tristesse monter en lui. Tu te souviens de ce qui est arrivé à ceux qui ont essayé de s'approcher de leurs cités ? Ils n'ont jamais été revus. Peut-être qu'ils sont encore là, enfermés dans des camps, ou peut-être qu'ils ont été tués. On ne sait rien de ce qui se passe derrière ces murs.

Elle hocha la tête, les yeux brillants de larmes.

— Oui, je sais. Mais vivre comme ça… dans cette misère, cette peur constante…

— Je comprends, murmura-t-il en posant une main sur son épaule. Mais tout ce que nous avons, c'est notre survie, notre solidarité. Ce monde est impitoyable, et les Immortels ne sont pas des dieux, même s'ils aiment à le croire.

Ils restèrent silencieux un moment, écoutant le crépitement des flammes et les rires étouffés des enfants. La nuit était froide, mais pour un instant, la chaleur humaine compensait la rudesse de la réalité.

— Peut-être que tu as raison, dit enfin Léa, la voix plus posée. Peut-être qu'on ne peut pas compter sur eux. Mais il doit bien y avoir un moyen de changer les choses, non ? On ne peut pas juste continuer à survivre comme ça pour toujours.

Elie la regarda, touché par sa détermination. Il y avait dans ses yeux une lueur d'espoir qui contrastait avec la résignation de la plupart des survivants qu'il connaissait. Peut-être que cet espoir, aussi ténu soit-il, était leur seule chance.

— Il y a des rumeurs, murmura-t-il en se penchant vers elle. Des rumeurs sur un endroit, quelque part dans les montagnes, où les technologies des immortels auraient été préservées. Un lieu où les survivants comme nous pourraient trouver refuge, loin de la misère et des gangs.

Léa le fixa, soudainement captivée par ses paroles.

— Tu crois que cet endroit existe vraiment ?

Elie haussa les épaules.

— Je ne sais pas. Mais il y a des gens qui y croient. Certains sont partis pour le trouver. Peut-être que c'est juste un mythe, mais… peut-être que c'est notre seule chance.

Léa se redressa, une étincelle de détermination dans le regard.

— Alors, il faut qu'on essaye, non ? On ne peut pas rester ici indéfiniment, à attendre de mourir de faim ou de tomber sur un gang. Si cet endroit existe, on doit le trouver.

Elie sentit son cœur se serrer. L'idée de quitter ce qui restait de sa vie, de se lancer dans une quête incertaine, le terrifiait. Mais il savait qu'elle avait raison. Ils ne pouvaient pas continuer ainsi.

— D'accord, dit-il enfin, résolu. Mais on ne peut pas partir seuls. On doit trouver d'autres personnes prêtes à nous suivre. Des gens en qui on peut avoir confiance.

Léa hocha la tête.

— On va les trouver. Et on va partir. On n'a plus rien à perdre.

Ils se turent, contemplant les flammes qui dansaient devant eux. Autour du feu, les visages fatigués, mais souriants des survivants brillaient d'une lueur nouvelle. Peut-être qu'il y avait encore un espoir, quelque part, au-delà des ruines.

Le lendemain matin, Elie se réveilla tôt, la lumière grise de l'aube filtrant à travers les débris qui servaient de toit à sa tente de fortune. Léa dormait encore, enroulée dans une couverture rapiécée, son visage paisible malgré la dureté de leur existence. Il la regarda un instant, se demandant comment elle pouvait encore croire en un avenir meilleur dans un monde aussi brisé.

Il se leva silencieusement, ramassa son sac et sortit de la tente. Dehors, le campement s'éveillait lentement. Des silhouettes fatiguées s'activaient autour des feux, essayant de réchauffer de maigres restes de nourriture. Un groupe d'enfants jouaient avec une vieille balle dégonflée, leurs rires s'élevant dans l'air froid du matin, contrastant avec la morosité ambiante.

Elie salua quelques visages familiers en passant, s'arrêtant pour discuter brièvement avec ceux qu'il connaissait bien. Il devait être prudent, ne pas attirer trop l'attention sur ses projets. Trouver des alliés était une chose, mais il fallait s'assurer que personne d'autre ne soit au courant. S'il y avait la moindre fuite, les gangs seraient vite informés, et leurs chances de survie diminueraient drastiquement.

Il se dirigea vers une vieille cabane construite à partir de morceaux de tôle et de bois récupérés. Devant, un homme d'âge mûr était assis sur une caisse, aiguisant une lame de couteau. Il leva les yeux en voyant Elie approcher.

— Elie, ça fait un moment. Comment ça va ? demanda-t-il d'une voix rauque.

— Ça pourrait aller mieux, répondit Elie avec un sourire fatigué. Je voulais te parler, Pierre. En privé.

Pierre fronça les sourcils, puis hocha la tête. Il rangea son couteau dans sa ceinture et fit signe à Elie de le suivre à l'intérieur. La cabane était sombre, seulement éclairée par un mince rayon de soleil levant qui filtrait à travers une fissure dans le toit. Pierre s'assit sur un vieux fauteuil déchiré et invita Elie à prendre place sur une caisse en bois.

— Alors, qu'est-ce qui t'amène ici si tôt ?

Elie hésita un instant, cherchant ses mots. Pierre était un ancien militaire, un homme pragmatique et respecté dans le camp. S'il pouvait convaincre quelqu'un de l'aider, c'était bien lui.

— Il y a des rumeurs qui courent, commença Elie, parlant à voix basse. Sur un endroit, quelque part dans les montagnes, où les technologies des Immortels seraient encore en état de marche. Un refuge, loin d'ici.

Pierre le fixa, ses yeux perçants étudiant chaque détail du visage d'Elie.

— Tu crois vraiment à ces histoires ? On entend ce genre de rumeur depuis des années. Des gens qui ont tenté leur chance, aucun n'est revenu.

— Peut-être, admit Elie. Mais rester ici, c'est mourir à petit feu. Tu le sais aussi bien que moi. Les ressources s'épuisent, les gangs deviennent plus violents. On ne pourra pas tenir éternellement.

Pierre se pencha en avant, les mains croisées devant lui.

— Tu es en train de me dire que tu veux partir à la recherche de ce « refuge » ?

— Pas seul. Elie prit une inspiration. Je veux emmener Léa, et d'autres personnes qui seraient prêtes à tenter le coup. Des gens de confiance. On ne peut pas faire ça à la légère.

Pierre resta silencieux un long moment, réfléchissant. Enfin, il soupira et se redressa.

— Tu es fou, tu le sais ça ? Il secoua la tête avec un petit sourire. Mais je comprends. Tu veux une chance, même si elle est infime.

Elie hocha la tête, espérant de tout cœur que Pierre dirait oui.

— Si on reste ici, on va tous mourir, Pierre. Peut-être pas aujourd'hui, ni demain, mais bientôt. Si ce refuge existe, il pourrait nous donner une nouvelle chance.

Pierre se leva, s'approcha d'un petit coffre en bois dans un coin de la pièce et en sortit une carte usée et tachée. Il la déplia sur une table, pointant un endroit dans les montagnes.

— J'ai entendu parler de ce lieu. Certains disent qu'il y aurait un ancien complexe scientifique, là-haut. Mais c'est loin, et le chemin est dangereux.

Il leva les yeux vers Elie.

— Si tu veux tenter ta chance, je ne t'en empêcherai pas. Mais tu dois savoir que ce sera risqué, et tu devras convaincre les bonnes personnes.

Elie sentit une vague de soulagement le submerger.

— Merci, Pierre.

— Ne me remercie pas encore, répondit Pierre d'une voix grave. Il y a beaucoup de choses à régler avant de partir. Et il faudra que tu parles à Jonas. S'il te soutient, tu auras plus de chances de convaincre les autres.

Elie acquiesça. Jonas était l'un des leaders du camp, un homme respecté pour sa sagesse et son calme. Il serait essentiel de l'avoir de leur côté.

— Je vais lui parler.

— Bonne chance, dit Pierre en repliant la carte et en la tendant à Elie. Et fais attention. Tout le monde ne verra pas cette idée d'un bon œil.

Elie prit la carte, le remerciant d'un signe de tête, et quitta la cabane. Dehors, le soleil continuait de percer à travers les nuages, inondant le campement d'une lumière froide. Il jeta un coup d'œil vers le coin où Jonas avait l'habitude de passer ses matinées. Le vieil homme était assis, entouré de quelques survivants, écoutant leurs préoccupations avec une patience infinie.

Elie s'avança, son cœur battant plus fort. Convaincre Jonas ne serait pas chose facile. Le vieil homme était un pacifiste, un homme de principes, qui avait toujours prôné la solidarité et la résistance passive face aux gangs. Si quelque chose n'était pas fait bientôt, ils seraient tous condamnés.

— Jonas, l'appela-t-il doucement en s'approchant. Je peux te parler en privé ?

Le vieil homme leva les yeux, ses traits marqués par les années et les épreuves. Il hocha la tête, s'excusant auprès des autres, puis se leva pour rejoindre Elie à l'écart.

— Que se passe-t-il, mon garçon ? demanda-t-il d'une voix douce.

Elie lui expliqua tout, les rumeurs sur le refuge, son désir de partir, de trouver un endroit sûr pour eux tous. Jonas l'écouta attentivement, sans l'interrompre, ses yeux perçants semblant voir au-delà des mots.

— Elie, je comprends ton désir de fuir, dit-il enfin. Mais ce que tu proposes est dangereux. Tu risques de perdre plus que ta vie dans cette quête.

— Si nous restons ici, nous sommes déjà perdus, répondit Elie, son ton empreint de désespoir. Nous devons essayer. Pour Léa, pour les enfants… pour nous tous.

Jonas soupira, passant une main tremblante dans sa barbe blanche.

— C'est un pari insensé, mais je vois que ton cœur est déterminé.

Il se pencha vers Elie, posant une main sur son épaule.

— Je te soutiendrai, mais à une condition.

— Tout ce que tu veux, répondit Elie, reconnaissant.

— Si jamais tu trouves ce refuge, et que tu arrives à y mener les nôtres, tu devras revenir chercher ceux qui resteront ici. Ne nous oublie pas, Elie. Nous sommes tous une famille, même si parfois nous devons nous séparer.

Elie hocha la tête, les yeux brillants de gratitude.

— Je te le promets, Jonas. Si ce lieu existe, je reviendrai pour tous ceux qui voudront nous rejoindre.

Le vieil homme lui fit un léger sourire, puis le serra dans ses bras.

— Alors, va, et que la chance soit avec toi.

Elie se détacha, son cœur empli d'un mélange d'appréhension et d'espoir. La première étape était franchie. Il avait le soutien de Jonas. Restait à convaincre les autres, et à se préparer pour le voyage le plus périlleux de sa vie.

Les jours suivants furent marqués par des discussions secrètes et des préparatifs discrets. Elie, avec l'aide de Pierre et de Jonas, approcha ceux qui, dans le camp, semblaient les plus susceptibles de se joindre à leur quête. Chaque conversation était menée avec prudence, car la nouvelle d'un départ vers un hypothétique refuge pourrait provoquer des tensions et des jalousies, voire alerter les gangs qui rôdaient dans les alentours.

Il commença par parler à Samir, un jeune père de famille dont la femme était morte l'année précédente lors d'un raid. Samir vivait maintenant pour ses deux enfants, prêt à tout pour leur offrir un avenir, même dans ce monde désolé. Elie savait que Samir avait envisagé de tenter une percée vers l'une des anciennes cités des Immortels, en dépit des dangers.

Ils se rencontrèrent derrière un vieux hangar de métal, loin des oreilles indiscrètes. Samir regardait Elie avec méfiance, ses traits marqués par la fatigue et la douleur.

— Qu'est-ce que tu veux, Elie ? demanda-t-il d'une voix rauque.

— Je veux te parler d'un projet, répondit Elie, en mesurant ses mots. D'une chance, peut-être la dernière, de quitter cet enfer et de trouver un endroit où tes enfants pourraient grandir sans craindre la mort à chaque instant.

Les yeux de Samir se rétrécirent, sceptiques.

— Quel endroit ? Tu parles des cités des Immortels ? On sait tous que c'est impossible. On se ferait abattre avant d'approcher leurs murs.

Elie secoua la tête.

— Non, pas les cités. Il y a un endroit, dans les montagnes, où les technologies des Immortels auraient été préservées. Un ancien complexe scientifique, ou quelque chose comme ça. Certains disent qu'il y a encore des gens là-bas, des gens comme nous.

Samir haussa les sourcils.

— Tu parles de cette vieille légende ? Tu sais combien de personnes sont parties à sa recherche et n'ont jamais été revues ?

— Oui, je sais. Elie soupira, regardant le sol jonché de débris. Mais regarde autour de toi, Samir, combien de temps encore penses-tu pouvoir protéger tes enfants ici ? Les gangs deviennent plus nombreux, plus violents. Nous n'avons presque plus rien à manger. Bientôt, ce ne sera plus qu'une question de jours avant qu'ils ne viennent tout détruire.

Il releva les yeux, fixant le jeune père avec intensité.

— Je suis prêt à tenter ma chance. Je pars avec Léa et d'autres volontaires. Mais on a besoin de gens solides, prêts à se battre si nécessaire, et à veiller sur les autres.

Samir hésita, le doute et la peur luttant contre le désir de protéger ses enfants. Finalement, il hocha lentement la tête.

— D'accord. Je suis avec toi. Mais si ça tourne mal…

— Si ça tourne mal, on reviendra. Ou on mourra en essayant. Répondit Elie, le regard déterminé. Mais au moins, on aura tenté.

Ils se serrèrent la main, et Samir repartit vers sa tente, le visage plus sombre que jamais. Elie sentit un poids se soulever de ses épaules. Samir était avec eux. Il était fort, capable de défendre le groupe, et sa présence rassurerait les autres.

Il continua son tour, parlant à ceux qu'il savait être des alliés potentiels. Sarah, une ancienne infirmière, accepta de les suivre après avoir entendu les conditions désastreuses dans lesquelles vivaient certains enfants du camp. Pour elle, c'était une question d'éthique : sauver ceux qu'elle pouvait, là où elle le pouvait.

Yuri, un ancien ingénieur, fut plus difficile à convaincre. Il avait perdu foi en toute promesse d'un avenir meilleur, enfermé dans une amertume silencieuse depuis que sa femme avait été tuée lors d'un pillage. Mais après avoir longuement parlé avec Elie, il admit qu'il n'avait plus rien à perdre. Et s'il y avait la moindre chance de trouver un endroit où sa connaissance des anciennes technologies pourrait être utile, il la prendrait.

Petit à petit, un noyau se forma autour de lui. Ils étaient huit, prêts à tout risquer pour fuir cet enfer. Il y avait Léa, évidemment, avec sa foi inébranlable en un avenir meilleur ; Samir et ses deux enfants ; Sarah, l'infirmière au cœur de pierre, mais aux mains guérisseuses ; Yuri, le vieux technicien bourru ; et deux autres jeunes, Nadia et Hugo, des orphelins que la violence avait liés comme un frère et une sœur.

Un soir, alors que le camp était plongé dans le silence, Elie réunit son groupe dans une des vieilles baraques abandonnées à l'écart du campement. Ils s'assirent en cercle, leurs visages éclairés par une lampe de fortune. L'atmosphère était tendue, chargée d'anticipation et de peur.

— Nous avons tout préparé, commença Elie à voix basse. Nous partirons demain, à l'aube. Nous devons nous éloigner avant que les autres ne se réveillent.

Les regards se croisèrent, inquiets, mais déterminés. Léa prit la parole.

— Il faut qu'on soit prêts à marcher pendant plusieurs jours sans nous arrêter. Il y a aura des patrouilles des gangs sur les routes principales, il faudra donc éviter les chemins balisés.

Yuri hocha la tête.

— J'ai vérifié les cartes, dit-il en montrant une vieille feuille froissée. Il y a un chemin, à travers la forêt, qui nous mènera jusqu'au pied des montagnes. Mais c'est difficile. On devra transporter tout ce qu'on peut, et ce ne sera pas facile pour les enfants.

Samir posa une main rassurante sur l'épaule de son fils, qui semblait terrifié à l'idée de ce périple.

— Nous sommes prêts, dit-il simplement, sa voix calme trahissant l'inquiétude qu'il essayait de cacher.

Elie les regarda un à un, sentant le poids de la responsabilité peser sur ses épaules. C'était sa décision, son plan, et il devait les mener à bon port. Ils avaient tout risqué pour cette chance, et il ne pouvait pas les laisser tomber.

— Nous devons rester soudés, dit-il, sa voix pleine de conviction. Quoi qu'il arrive, on reste ensemble. Si l'un de nous tombe, on l'aide. Si quelqu'un se fait capturer, on fait tout pour le récupérer, d'accord ?

Ils acquiescèrent tous en silence, unis par une détermination commune. Ils étaient conscients des dangers, mais aussi de l'espoir infime qui les portait.

— D'accord, reprit Elie. Alors cette nuit, reposez-vous autant que possible. On partira dès les premières lueurs.

Ils se dispersèrent, chacun retournant à ses préparatifs. Elie resta un moment, seul, dans la cabane vide. Il regarda la carte que Yuri avait laissée, traçant du doigt le chemin qu'ils devraient emprunter. C'était un pai insensé, mais c'était leur seule chance.

Le matin arriva vite. Le camp était encore endormi lorsque le petit groupe se réunit à la lisière du campement, leurs sacs chargés de provisions et de tout ce qu'il pouvait emporter. Le soleil pointait à peine à l'horizon, baignant les ruines d'une lueur rosée.

Elie fit un dernier tour d'horizon. Ils étaient tous là, fatigués, mais résolus. Léa lui sourit faiblement, posant une main sur son bras.

— Prêt ? demanda-t-elle.

— Prêt, répondit-il, même si son cœur battait à tout rompre.

Ils se mirent en marche, se faufilant dans les ombres des bâtiments effondrés, laissant derrière eux les décombres d'une vie qu'ils ne pouvaient plus supporter. Leur destination était incertaine, mais chaque pas les éloignait un peu plus de la misère et de la peur.

Ils marchèrent en silence, écoutant le chant des oiseaux qui saluaient l'aube. C'était un nouveau départ, une chance infime, mais précieuse. Pour la première fois depuis longtemps, Elie sentit un léger frisson d'espoir l'envahir.

Ils étaient ensemble, déterminés, et peut-être, juste peut-être, ils trouveraient ce refuge dont ils avaient rêvé.

Les premiers jours de leur fuite furent épuisants. Le groupe avançait en silence, concentré sur le chemin difficile qu'ils empruntaient. La forêt dense s'étendait devant eux, ses arbres géants formant un labyrinthe impénétrable. Chaque pas devait être mesuré, chaque bruit attentivement écouté, car les dangers étaient partout. Les anciennes cartes de Yuri leur offraient des indications précieuses, mais elles ne pouvaient pas anticiper les changements que la nature, indifférente, avait imposés à ce monde en ruines.

La première nuit, ils se réfugièrent dans une petite clairière, à l'abri des regards. Le silence oppressant de la forêt les enveloppait, amplifiant chaque craquement de branche, chaque souffle de vent. Les enfants de Samir, tremblants de peur et de fatigue, se blottirent contre leur père. Sarah, l'infirmière, s'assura que chacun avait de l'eau et tenta de calmer les esprits en parlant doucement, comme pour apprivoiser l'obscurité autour d'eux.

— Tu ne dors pas ? murmura Léa, la voix douce.

— Non. Il secoua la tête. Je n'y arrive pas.

Elle le regarda avec compassion, puis posa une main sur la sienne.

— Je sais que c'est dur, Elie. Mais tu n'es pas seul dans cette histoire. On est tous avec toi.

— Je sais… répondit-il en serrant légèrement sa main. Mais j'ai l'impression d'avoir entraîné tout le monde dans un piège. Et si on ne trouve rien là-bas ? Si c'était juste un mensonge, un rêve de plus qu'on poursuit pour fuir la réalité ?

Léa hocha doucement la tête.

— Peut-être. Mais qu'avions-nous d'autre ? Attendre la mort dans ces ruines, regarder les enfants mourir de faim, les gangs nous détruire petit à petit ? Non, au moins, maintenant, on avance. On a un but, même s'il est lointain et incertain.

Elie se tourna vers elle, cherchant dans ses yeux une conviction qu'il peinait à ressentir lui-même. Elle lui offrit un sourire fatigué, mais sincère.

— Nous croyons en toi, Elie. Et en nous. Peu importe ce qu'on trouvera, l'important c'est de ne pas abandonner.

Il hocha la tête, touché par ces mots. Léa avait toujours été une source de force pour lui, une lumière dans l'obscurité. Il se sentit soudain un peu plus léger, même si les doutes n'avaient pas disparu.

Le groupe se remit en route à l'aube, les muscles endoloris par la marche et le manque de sommeil. Ils progressaient lentement, en file indienne, Yuri ouvrant la marche avec prudence. La forêt semblait les observer, ses branches se refermant sur eux comme une cage végétale.

Après plusieurs heures de marche, ils atteignirent un cours d'eau. La rivière, encore pure et claire, serpentait à travers les arbres. Ils s'arrêtèrent pour se reposer, remplissant leurs gourdes et se lavant brièvement, savourant ce moment de répit. Les enfants de Samir jouèrent un instant sur la berge, leurs rires brisant le silence oppressant de la forêt.

— On devrait peut-être suivre la rivière, suggéra Sarah en observant le courant. Elle pourrait nous mener à un village, ou à un point de passage.

Yuri, qui examinait la carte, secoua la tête.

— Non, c'est trop risqué. Les patrouilles suivent souvent les cours d'eau. On a plus de chance de tomber sur un groupe de pillards ou sur une bande armée. Il vaut mieux continuer par la forêt.

Ils continuèrent leur chemin, s'enfonçant de plus en plus dans la végétation dense. La progression devenait plus difficile, les arbres formant un labyrinthe presque infranchissable. Le groupe avançait lentement, s'arrêtant fréquemment pour reprendre son souffle. L'atmosphère devenait pesante, et l'épuisement commençait à se lire sur tous les visages.

Le quatrième jour, alors qu'ils traversaient un vallon escarpé, ils tombèrent sur un obstacle inattendu. Un amas d'arbres déracinés bloquait le chemin, leurs branches étendues comme les tentacules d'une créature monstrueuse. Elie, qui menait la marche, s'arrêta net.

— Qu'est-ce qu'on fait maintenant ? demanda Hugo, le jeune orphelin, l'angoisse perçant dans sa voix.

Yuri s'avança, inspectant cet amoncellement avec attention.

— On pourrait essayer de le contourner, proposa-t-il. Mais ça nous fera perdre plusieurs heures.

Elie hocha la tête, réfléchissant rapidement. Il n'y avait pas beaucoup d'options. Les arbres étaient trop nombreux pour être escaladés facilement, et les enfants n'auraient pas la force de grimper sur un tel obstacle.

— On va le contourner, décida-t-il finalement. Mieux vaut perdre du temps que de prendre des risques inutiles.

Ils commencèrent à longer les troncs, cherchant un passage entre les branches enchevêtrées. L'atmosphère devenait de plus en plus oppressante, la forêt autour d'eux se resserrant comme pour les empêcher d'avancer.

— Attention, s'écria soudain Léa, levant la main.

Ils s'arrêtèrent tous net, le cœur battant. Devant eux, dissimulé dans les hautes herbes, un piège rudimentaire, mais dangereux avait été installé. Une corde tendue, reliée à une série de pieux dissimulés sous les feuilles. Un seul pas de plus et l'un d'eux aurait pu être gravement blessé.

— Qui a fait ça ? murmura Sarah, son regard parcourant les alentours avec inquiétude.

— Des chasseurs, répondit Yuri en fronçant les sourcils. Ou pire, un des gangs qui patrouille dans la forêt.

— On doit se dépêcher, dit Elie en contournant soigneusement le piège. Si quelqu'un revient ici, on sera en danger.

Ils accélérèrent le pas, l'adrénaline leur donnant un regain d'énergie. Le contournement de l'obstacle leur prit plus de deux heures, et lorsqu'ils revinrent enfin sur le chemin principal, le soleil commençait déjà à descendre à l'horizon.

Le groupe était épuisé, mais Elie insista pour qu'ils continuent un peu, jusqu'à trouver un endroit sûr pour camper. Ils marchèrent encore une heure avant de tomber sur une petite grotte, dissimulée derrière des rochers couverts de mousse.

— On va s'arrêter ici, annonça Elie en entrant prudemment dans la grotte. Elle était petite, mais suffisamment profonde pour les abriter tous.

Ils s'installèrent pour la nuit, leurs corps endoloris réclamant du repos. Samir fit un maigre feu à l'entrée, juste assez pour réchauffer l'air sans attirer l'attention. Les enfants s'endormirent presque immédiatement, épuisés par la marche.

Elie, Léa et Yuri restèrent éveillés, surveillant les alentours. L'atmosphère était tendue, chaque craquement de branche les faisant sursauter.

— On est surveillé, murmura Yuri, son regard scrutant la forêt sombre. Je le sens.

— Tu crois qu'ils vont nous attaquer ? demanda Léa, l'inquiétude perçant dans sa voix.

Yuri haussa les épaules.

— Peut-être pas cette nuit. Ils attendront qu'on soit plus fatigués, plus vulnérables. Ils nous testeront pour voir si on est armé, si on représente une menace.

Elie serra les poings. L'idée d'être traqué par des inconnus dans cette forêt hostile le rendait fou d'inquiétude. Mais il ne devait pas montrer sa peur. Ils comptaient tous sur lui.

— On va rester sur nos gardes, dit-il avec détermination. Et on partira dès l'aube. Si on bouge assez vite, on peut leur échapper.

Ils se répartirent les tours de garde, chacun veillant tour à tour sur les autres, l'angoisse serrant leur poitrine. La nuit passa lentement, chaque minute semblant s'étirer à l'infini.

Au matin, ils reprirent leur marche, plus prudents que jamais. La menace invisible qui les entourait pesait lourd sur leurs esprits, mais ils avançaient, un pas après l'autre, refusant de céder à la panique.

La forêt semblait se resserrer autour d'eux, ses ombres se déplaçant comme des fantômes silencieux. Chaque craquement de branche, chaque souffle de vent faisait sursauter le groupe, épuisé et tendu. Elie, en tête, menait la marche avec détermination, mais il sentait l'angoisse se répandre parmi les survivants. Ils savaient tous qu'ils étaient traqués, mais ignoraient par qui ou quoi.

Léa marchait à ses côtés, silencieuse, le regard fixé sur le chemin devant eux. Yuri fermait la marche, ses yeux scrutant chaque recoin de la forêt, ses mains prêtes à saisir son couteau. Samir, portant son fils sur son dos, avançait avec difficulté, chaque pas lui coûtant un effort immense. Derrière lui, Sarah murmurait à la petite fille pour la rassurer, mais sa voix tremblait légèrement.

Après plusieurs heures de marche silencieuse, ils débouchèrent enfin sur une clairière. Un étrange sentiment de paix émanait de cet endroit, comme si la nature elle-même leur offrait un répit. Le soleil, haut dans le ciel, baignait la clairière d'une lumière douce. Fatigués et affamés, ils décidèrent de s'y arrêter un moment.

Elie s'assit sur un rocher, le visage creusé par l'épuisement. Léa vint s'asseoir à côté de lui, sortant de son sac un peu de nourriture. Ils partageaient les dernières rations des morceaux de pain rassis et un peu d'eau.

— Ça ne pourra pas durer, murmura-t-elle en brisant le silence. On va manquer de tout bientôt.

Elie hocha la tête, son regard perdu dans le vide. Il le savait. Chaque jour qui passait les affaiblissait un peu plus, physiquement et mentalement. Les enfants, surtout, souffraient de la faim et de l'épuisement. Ils devaient trouver une solution, et vite.

— On arrivera bientôt aux montagnes, dit Yuri en s'approchant. Il y a un col qu'on peut emprunter. Avec un peu de chance, on y sera avant la nuit.

— Les montagnes… répéta Elie, songeur. Ça nous éloignera de nos poursuivants, non ?

— Probablement, répondit Yuri. Mais ça sera difficile. Les enfants auront du mal.

Elie ferma les yeux un instant. Chaque décision pouvait être une question de vie ou de mort. S'ils restaient ici, ils risquaient de tomber dans un piège, mais traverser les montagnes avec des enfants affaiblis était tout aussi risqué.

— On n'a pas le choix, murmura-t-il finalement. On doit essayer.

Le groupe se remit en route, déterminé malgré la fatigue. La forêt devint plus clairsemée à mesure qu'ils s'approchaient des montagnes. Le terrain se faisait plus escarpé, les rochers apparaissant entre les arbres. Chaque pas était un défi, chaque souffle, un effort.

Ils atteignirent les contreforts des montagnes en fin d'après-midi. Le col dont parlait Yuri était là, une étroite passe entre deux pics rocheux. Le vent soufflait fort, glacial, leur fouettant le visage.

— On doit se dépêcher, dit Yuri en pointant le sommet du col. Si on y arrive avant la nuit, on pourra se mettre à l'abri de l'autre côté.

Elie hocha la tête et, prenant une grande inspiration, il commença l'ascension. Les autres les suivirent, serrant les dents, rassemblant leurs dernières forces. La montée était rude, les pierres instables sous leurs pieds. Samir luttait pour garder l'équilibre avec son fils sur le dos, Léa l'aidant du mieux qu'elle pouvait.

Le crépuscule commençait à tomber lorsqu'ils atteignirent le sommet du col. De l'autre côté, la montagne descendait en pente douce vers une vallée encore baignée par la lumière dorée du soir. Un léger brouillard flottait au loin, masquant les détails, mais le paysage semblait moins hostile.

— On y est presque, souffla Elie, le soulagement perçant dans sa voix. Encore un cffort.

Ils entamèrent la descente, leurs jambes tremblantes sous l'effort. Les enfants, épuisés, trébuchaient souvent, mais ils continuaient, poussés par la volonté de leur père et les encouragements de Sarah.

Ils avaient parcouru la moitié de la pente lorsque le hurlement retentit. Un cri bestial, déchirant, qui résonna dans la montagne. Le groupe s'arrêta net. Le cœur battant à tout rompre. Elie échangea un regard inquiet avec Yuri.

— Qu'est-ce que c'était ? murmura Sarah, serrant la petite fille contre elle.

— Je ne sais pas, répondit Yuri, ses yeux parcourant les ombres autour d'eux. Mais on doit se dépêcher.

Ils accélérèrent le pas, dévalant la pente avec précaution. Le hurlement retentit à nouveau, plus proche cette fois, comme si la créature les suivait. Le groupe se mit à courir, la peur les poussant en avant.

Ils atteignirent enfin le fond de la vallée, haletants et épuisés. Devant eux, à travers le brouillard, se dessinait une silhouette sombre : une vieille cabane en bois, à moitié en ruines, mais qui offrait un abri.

— Là, s'écria Elie en pointant la cabane du doigt. Vite, à l'intérieur.

Ils se précipitèrent vers la cabane, la peur au ventre. Elie fut le premier à entrer, poussant la vieille porte qui grinça sinistrement. L'intérieur était sombre et poussiéreux, mais suffisamment grand pour les accueillir tous.

Ils se regroupèrent au centre de la pièce, le souffle court, écoutant attentivement. Le silence retomba, lourd et oppressant, seulement brisé par leur respiration.

— C'était quoi ce cri ? demanda Hugo, le jeune orphelin, les yeux écarquillés de peur.

— Peut-être un animal, répondit Sarah en essayant de le rassurer. Ou… quelque chose d'autre.

Elie s'approcha de la porte, jetant un coup d'œil prudent dehors. Le brouillard s'épaississait, masquant la vue. Le silence était total, comme si la forêt retenait son souffle.

— On ne peut pas rester ici longtemps, murmura Yuri. Si c'est un animal, il reviendra. Et s'il y a d'autres dangers, cette cabane ne tiendra pas.

— On n'a pas le choix, répondit Elie en refermant doucement la porte. On est trop fatigués. On se repose un peu, et on repartira dès que possible.

Le groupe acquiesça, reconnaissant la nécessité de ce repos, même s'ils savaient qu'il serait bref et précaire. Les enfants s'endormirent rapidement, blottis les uns contre les autres. Sarah et Samir veillaient sur eux, leurs visages marqués par la fatigue et l'inquiétude.

Elie s'assit contre un mur, la tête entre les mains. Léa vint s'asseoir à côté de lui, silencieuse. Ils restèrent ainsi un moment, écoutant le silence pesant autour d'eux.

— On y arrivera, murmure-t-elle finalement, posant une main sur son épaule. On doit y croire.

Elie hocha la tête, mais le doute le rongeait toujours. Il leva les yeux vers le plafond délabré, se demandant ce que l'avenir leur réservait.

Le hurlement retentit à nouveau, perçant la nuit comme une lame de glace. Le groupe se figea, le cœur battant à tout rompre. Léa se redressa, ses muscles tendus par la peur.

— Quoi que ce soit, c'est proche, murmura Yuri, son visage fermé. On doit être prêts.

Ils rassemblèrent les quelques armes qu'ils avaient, des couteaux et des bâtons improvisés. La peur était palpable dans la cabane, mais ils étaient prêts à se battre, à défendre ce maigre abri contre tout ce qui les menaçait.

La nuit passa lentement, chaque minute s'étirant comme une éternité. Le hurlement ne se fit plus entendre, mais l'angoisse restait, suspendue au-dessus d'eux comme une ombre malveillante.

À l'aube, la lumière grise du matin filtrant à travers les planches disjointes, ils sortirent prudemment de la cabane. Le brouillard s'était dissipé, révélant une vallée tranquille, baignée par une lumière s'intensifiant. Rien ne bougeait.

Elie scruta les alentours, ses yeux parcourant les arbres majestueux qui les entouraient. Le silence semblait presque oppressant après la tension de la nuit, mais il n'y avait aucun signe de danger imminent. Il sentit un soupir de soulagement collectif émaner du groupe.

— On dirait qu'on est seuls, murmura Léa, incrédule.

Yuri, toujours prudent, s'éloigna un peu pour explorer les environs. Il revint quelques minutes plus tard, secouant la tête.

— Aucun signe de la créature ni de nos poursuivants, annonça-t-il. On devrait en profiter pour partir maintenant.

Le groupe acquiesça. L'idée de rester plus longtemps dans cette cabane délabrée ne plaisait à personne. Ils rassemblèrent leurs maigres affaires et se préparèrent à reprendre la marche.

— Où allons-nous maintenant ? demande Sarah, son regard passant d'Elie à Yuri. On ne peut pas continuer comme ça, à errer sans but.

Elie prit une grande inspiration. Il savait qu'il devait leur redonner de l'espoir, leur rappeler leur objectif commun. Il repensa à ce qui les avait rassemblés, les rumeurs qu'ils avaient entendues, les histoires sur un endroit où la technologie était encore intacte, où les gens pouvaient vivre sans craindre la faim ou les gangs.

— Nous continuons vers l'est, déclara-t-il, sa voix empreinte d'une détermination nouvelle. Notre destination, dit-il en montrant la carte, la ville entourant la cité des Immortelles, ou ce qu'il en reste, est à quelques jours d'ici. Comme vous le savez, on dit que certains y ont trouvé refuge, qu'ils ont réussi à restaurer un peu de l'ancien monde.

— Ce ne sont que des rumeurs, Elie, dit Yuri, sceptique. Je vous ai suivi parce que j'ai envie d'y croire, mais admets-le, il est parfois difficile de risquer sa vie sur des histoires.

— Je sais, répondit Elie, son regard plongé dans celui de Yuri. Mais on ne peut pas rester ici, et on ne peut pas retourner en arrière. C'est notre seule chance.

Un silence pesant s'installa, chaque membre du groupe pesant le pour et le contre de cette décision. Finalement, ce fut Samir qui parla.

— Je préfère mourir en essayant de trouver un avenir pour mes enfants que de les voir mourir de faim ou d'être tués par des pillards, et c'est pour ça que je t'ai suivi Elie. Sa voix tremblait d'émotion, mais sa résolution était claire.

Léa acquiesça.

— Nous devons essayer. C'est tout ce qu'on a.

Yuri haussa les épaules avec un léger soupir.

— Très bien. Allons-y.

Ils se mirent en route, quittant la cabane et la vallée derrière eux. Le chemin était difficile, mais l'espoir d'atteindre un endroit plus sûr les poussait en avant. Le paysage changea progressivement, les montagnes se muant en collines plus douces, et la végétation se faisait plus clairsemée.

À mesure qu'ils avançaient, les signes de civilisation ancienne devenaient plus fréquents. Des routes craquelées par le temps, des bâtiments en ruine envahis par la végétation. Ils traversèrent plusieurs petits villages désertés, leurs maisons effondrées et leurs rues silencieuses. La désolation du monde qu'ils découvraient les plongeait dans une mélancolie silencieuse, mais ils continuaient à avancer.

Le soir du cinquième jour, alors que le soleil déclinait à l'horizon, ils atteignirent enfin le sommet d'une colline escarpée. En contrebas, à quelques kilomètres de là, les ruines d'une ville se dessinaient dans la lumière dorée du crépuscule. Un peu plus loin encore se dessinait une ligne, un mur immense, immuable, éternel. Derrière, la cité des Immortels.

— C'est là ? demanda Sarah, la voix remplie d'espoir.

Elie hocha la tête.

— Oui.

La ville était en grande partie détruite, mais au centre, ils pouvaient distinguer des lumières vacillantes, des signes de vie. Un campement semblait avoir été installé parmi les décombres et de petites colonnes de fumée s'élevaient dans le ciel.

— Des survivants… murmura Yuri, presque incrédule.

— On dirait bien, répondit Elie, un sourire se dessinant sur son visage. On a réussi.

Ils restèrent là un moment, à contempler la vue, se permettant enfin de ressentir un peu de soulagement. La route avait été longue et périlleuse, mais ils étaient arrivés. Peut-être que ce n'était pas la fin de leur périple, mais c'était un nouveau départ, une chance de reconstruire.

— Allons-y, dit finalement Elie. Il est temps de découvrir si cet endroit est vraiment ce qu'on espérait.

Ils entamèrent la descente, leurs pas lourds, mais déterminés. Alors qu'ils approchaient des premières maisons en ruines, des silhouettes émergèrent des ombres. Un petit groupe de personnes, armées de lances et de bâtons, les observait avec méfiance.

— Qui êtes-vous ? lança un homme, s'avançant prudemment.

— Des survivants, répondit Elie, levant les mains en signe de paix. Nous cherchons un refuge.

L'homme les jaugea un moment, puis fit signe à ses compagnons. Après un échange silencieux, il hocha la tête.

— Vous n'êtes pas les premiers à arriver ici. Venez, on va vous amener à notre chef.

Ils furent escortés à travers les ruines jusqu'au centre du camp. Là, dans un grand bâtiment partiellement effondré, une petite communauté s'était installée. Des tentes de fortune, des feux de camp, et des gens, des enfants jouant, des adultes discutant. C'était un spectacle qu'ils connaissaient à ceci près, ils semblaient heureux, dans l'attente d'autre chose. Elie et son groupe se trouvaient face à une communauté totalement différente de qu'ils avaient connue empreinte de résilience.

Un homme grand et robuste s'approcha, ses yeux perçants observant le groupe.

— Je suis Markus, dit-il en se présentant. Vous venez de loin ?

— Oui, répondit Elie, fatigué, mais soulagé. On cherche juste un endroit où être en sécurité.

Markus les observa un moment, puis un sourire chaleureux éclaira son visage.

— Vous êtes les bienvenus. Nous n'avons pas grand-chose, mais nous partageons ce que nous avons. Ici, nous essayons de reconstruire, de trouver un nouveau départ, dit-il en regardant vers la cité des Immortels.

Le groupe se détendit, l'espoir renaissant dans leurs cœurs. C'était une nouvelle étape pour eux, une lueur dans l'obscurité.

— Merci, murmura Léa, les larmes aux yeux.

Ils furent conduits à un coin du camp où ils purent s'installer. Tandis que la nuit tombait, Elie regarda les étoiles apparaître dans le ciel. La route avait été longue et incertaine, mais ils avaient trouvé un refuge, un tremplin d'espoir pour continuer.

Au loin, s'étirait en hauteur la tour Éternité, la cité des Immortels et son enceinte gigantesque. Les seuls bâtiments dans cet univers dévasté à rester intactes, les yeux ne pouvaient embrasser la totalité de cette cité.

Pour la première fois depuis des mois, il se laissa aller à un sentiment de paix. Peu importait les défis qui les attendaient, ils n'étaient plus seuls. Ensemble, ils pouvaient rêver d'un avenir meilleur.

Elie regarda Léa avec une intensité profonde. Il savait qu'il finirait par rentrer dans la cité des Immortels. Il trouverait une solution, il fallait qu'il trouve une solution, il ne voulait, ne pouvait rester dans le camp. Même si toutes les personnes étaient accueillantes. Son rêve était de vivre normalement, comme avant.

Elie traînait très souvent avec Markus. Il le présentait à plusieurs autres personnes se disant plus ou moins influentes dans le campement. Au fil des jours, Elie apprit que les habitants de la cité n'étaient pas tous des Immortels. Une partie de ces citadins étaient des humains comme eux. À ceci près, ils avaient des compétences techniques.

Piotr, un ancien ingénieur biochimiste, expliqua, lors d'une soirée étoilée, assis autour d'un feu, à Elie et Léa, ce qui se passait de l'autre côté du mur. Des humains triés sur le volet, non seulement pour leurs compétences, mais aussi pour leur capacité à obéir aveuglément, de génération en génération.

— Mais… pourquoi acceptent-ils tout cela ? interrogea Léa dans un souffle.

— Pour les privilèges, bien sûr, répliqua Piotr dans un cri. Tous les humains travaillant pour ces faux dieux ont tout le confort, toute la nourriture qu'ils veulent, comme avant…

Elie, silencieux, regardait l'enceinte de la cité.

— Mais… reprit Piotr, cela ne durera pas. Markus et les autres ont réussi à infiltrer des gars chez les techniciens. C'est moi qui leur ai tout appris au niveau scientifique, s'exclama-t-il dans un rire gras. Et bientôt… boum… les Immortels, et ben, on verra si comme des dieux, ils savent voler…

Piotr finit sa phrase dans une toux secouant tout son corps. Pour finir, il cracha dans le feu. Elie regardait toujours intensément la ville. En tant que leader d'une faction, il savait que les attaques approchaient. Mais une part de lui doutait du bien-fondé de l'anéantissement physique des Immortels. Il était persuadé que la meilleure alternative était le partage des connaissances pour reconstruire un nouveau monde. Utopie… Réalité…

Chapitre 3
La rupture

Le silence régnait dans la salle de contrôle centrale de la tour Éternité, le cœur de la ville immortelle. Sur les murs, des écrans géants projetaient les mondes numériques parfaits où résidaient les Immortels, leurs corps endormis dans des caissons de stase. Des techniciens, surveillant les systèmes avec une attention quasi religieuse. Le léger bourdonnement des serveurs et le cliquetis des claviers étaient les seuls sons qui résonnaient dans la vaste pièce.

Un jeune technicien, Michael, vérifiait les paramètres d'un caisson lorsque soudain, un grésillement retentit. Il leva la tête, fronçant les sourcils, et chercha l'origine du bruit.

— C'est quoi ce bruit ? demanda-t-il, tournant la tête vers sa collègue Lisa, assise à côté de lui.

Lisa, penchée sur son propre terminal, regarda autour d'elle, perplexe.

— Aucun système ne signale d'anomalie, répondit-elle en consultant rapidement les diagnostics sur son écran. Peut-être juste une interférence.

Le grésillement s'intensifia, Michael se redressa l'air inquiet, et ajusta son casque de communication.

— Tu es sûre ? insista-t-il. On dirait que ça vient du réseau principal.

Avant que Lisa ne puisse répondre, un bruit de claquement sec résonna dans la salle, et tous les écrans s'éteignirent d'un coup, plongeant la pièce dans une obscurité presque totale. Des exclamations paniquées fusèrent dans toute la salle de contrôle.

— Qu'est-ce que… ? s'écria un superviseur en bondissant de son siège. Relancez les systèmes, vite !

Les techniciens se mirent à taper frénétiquement sur leurs claviers, tentant de rétablir les connexions. Michael fit de même, mais chaque tentative échouait, chaque commande renvoyait le même message d'erreur : **Réseau principal hors service. Système de secours inaccessible.**

— Putain, ça ne répond pas ! s'exclama Lisa en tapant encore plus fort sur son clavier.

Le superviseur, un homme d'une cinquantaine d'années au visage marqué par les années de service, se dirigea précipitamment vers l'ordinateur central. Son visage était devenu livide, ses yeux écarquillés d'inquiétude.

— Que se passe-t-il ? demanda-t-il, sa voix vibrante de tension. Michael, qu'est-ce que vous voyez ?

Michael secoua la tête, les yeux fixés sur les lignes de code défilant en rouge sur son écran.

— J'ai jamais vu ça avant. C'est comme si tout le réseau était en train de s'effondrer. Il n'y a plus de liaison avec les serveurs du Nexus, plus aucun retour d'information des caissons !

Lisa se tourna vers lui, paniquée.

— Tu veux dire que les Immortels… qu'ils ne sont plus connectés ?

— C'est pire que ça, répondit Michael, sa voix tremblante. Ils sont en train de sortir de la stase. Ils se réveillent.

Un silence glacial s'abattit sur la salle. Le superviseur se passa une main tremblante sur le visage.

— C'est impossible… ils ne peuvent pas… Il secoua la tête comme pour chasser une pensée effrayante. Allez vérifier les générateurs de secours ! hurla-t-il soudain en se tournant vers un technicien debout près de la porte.

Le technicien hocha la tête, terrifié, et se précipita hors de la salle.

Pendant ce temps, Lisa s'efforçait de relancer une commande.

— Allez, allez… redémarre, bon sang ! marmonna-t-elle, les doigts crispés sur le clavier.

Un bip strident retentit soudainement, et l'écran devant elle s'illumina brièvement avant de s'éteindre à nouveau. Un message apparut en rouge sur un fond noir : **Surcharge détectée. Reconnexion impossible.**

— Bordel ! jura Lisa. C'est comme si quelqu'un avait tout verrouillé de l'intérieur.

Hugo se tourna vers elle, son visage blafard.

— Tu crois que c'est un sabotage ?

Le superviseur, qui tentait en vain de joindre les autres départements via son communicateur, s'interrompit et se retourna brusquement.

— Un sabotage ? Mais qui pourrait…

Avant qu'il ne puisse finir sa phrase, un nouvel écran de contrôle s'alluma brièvement, projetant des chiffres chaotiques sur le mur. Hugo se pencha en avant, essayant de comprendre ce qu'il voyait.

— Oh non… souffla-t-il. C'est pas seulement ici. C'est mondial. Tous les réseaux de la ville sont hors ligne.

Le superviseur blêmit davantage, ses lèvres tremblant d'angoisse.

— Comment… comment est-ce possible ?

— On doit contacter la direction, dit Lisa d'une voix ferme, essayant de reprendre le contrôle de ses émotions. Ils doivent savoir ce qui se passe.

Le superviseur hocha la tête, comme en transe.

— Oui… Oui, bien sûr.

Il se tourna vers un communicateur mural et essaya de contacter le bureau de Selena. Mais, comme pour les systèmes informatiques, il n'y avait aucune réponse. Le silence, à présent, pesait comme un lourd couvercle sur la salle de contrôle. Les techniciens échangèrent des regards anxieux.

— Quelqu'un va venir, murmura Lisa, plus pour elle-même que pour les autres. Ils ne peuvent pas nous laisser comme ça.

À cet instant, les lumières d'urgence s'allumèrent, baignant la pièce d'une lueur rougeâtre. Un sifflement étrange se fit entendre, puis une voix synthétique résonna dans la salle, froide et déshumanisée.

— Protocole d'urgence activé. Accès aux systèmes restreint. Tous les caissons de stase en cours déconnexion. Veuillez procéder à l'évacuation immédiate.

Le superviseur recula d'un pas.

— Non… souffla-t-il. Ça ne peut pas être vrai…

Michael, les mains tremblantes, regarda autour de lui. Partout, les écrans continuaient de clignoter, affichant des messages d'erreur. Les Immortels étaient en train de se réveiller, désorientés, vulnérables.

— On a perdu le contrôle, murmura-t-il, les yeux écarquillés d'horreur. Ils sont à la merci du monde extérieur.

Un frisson parcourut la salle, comme une vague glacée. Les techniciens se regardaient, pris d'une terreur muette. Ils comprenaient tous ce que cela signifiait : le monde parfait des Immortels, leur domination absolue, venait de s'effondrer en un claquement de doigts.

Le superviseur, le visage blanc, se tourna vers la salle de contrôle où les techniciens étaient figés de peur et de confusion. Les mots semblaient lui manquer. Finalement, il prit une grande inspiration et essaya de reprendre le contrôle de la situation.

— Calmez-vous, dit-il d'une voix plus forte, mais qui dénonçait son anxiété. Nous devons suivre le protocole. D'abord, assurer la sécurité des caissons et contacter la direction.

Un silence tendu répondit à ses paroles. Les techniciens se regardèrent, hésitant entre suivre les ordres et céder à la panique grandissante. Michael prit la parole, sa voix trahissant un mélange d'urgence et d'inquiétude.

— Monsieur, le protocole d'urgence stipule que nous devons sécuriser les générateurs secondaires pour éviter une surchauffe. Si on ne fait rien, les caissons pourraient…

— … exploser, termina Lisa à sa place, ses yeux élargis par la peur.

Le superviseur déglutit, réalisant l'ampleur de la situation. Il hocha la tête, essayant de paraître résolu.

— Très bien, Michael et Lisa, allez aux générateurs et assurez-vous qu'ils fonctionnent. On ne peut pas laisser les caissons sans protection.

Les deux techniciens échangèrent un regard et se levèrent précipitamment. Alors qu'ils se dirigeaient vers la sortie, Michael se retourna.

— Et pour les Immortels ?

Le superviseur ferma les yeux un instant, rassemblant ses pensées. Puis, il prit une décision.

— Nous devons les réveiller en toute sécurité. Les systèmes de stase ne tiendront pas longtemps avec cette surcharge. Nous devons prévenir la direction. Peut-être qu'ils ont un plan de secours. Toi, dit-il en désignant un technicien hébété par la situation. Va prévenir la Présidente de la tour… Bouge !

Michael et Lisa acquiescèrent et se précipitèrent hors de la salle. Le couloir était plongé dans la pénombre, seulement éclairé par les lumières d'urgence rouges. Le bourdonnement sourd de la tour Éternité, qui semblait toujours aussi immuable, paraissait étrangement menaçant dans ce contexte de chaos.

— Tu penses qu'on va y arriver ? demanda Lisa alors qu'ils couraient vers les escaliers menant aux niveaux inférieurs.

— On n'a pas le choix, répondit Michael d'une voix ferme. Si on ne rétablit pas les générateurs, tout le système va s'effondrer. Les Immortels vont se réveiller sans aucune protection.

Ils atteignirent la porte menant aux générateurs. Michael sortit sa carte d'accès, mais un bip d'erreur retentit. Il essaya de nouveau, en vain.

— Merde, la sécurité est verrouillée, grogna-t-il en frappant la porte de son poing. On va devoir passer par la salle de maintenance.

Ils se précipitèrent dans un autre couloir, évitant les débris qui jonchaient le sol après ce qui semblait être un début de chaos. Les murs vibraient, comme si la tour elle-même tremblait sous l'impact de la panne.

Arrivés dans la salle de maintenance, ils trouvèrent le technicien envoyé par le superviseur plus tôt, allongé au sol, inconscient. Lisa s'accroupit près de lui, cherchant un signe de vie.

— Il respire, mais il a dû recevoir un choc. On n'a pas le temps de l'évacuer.

Michael hocha la tête, se dirigeant vers le panneau de commande des générateurs. Il ouvrit le panneau et jeta un coup d'œil à l'intérieur.

— C'est pas bon… murmura-t-il en voyant les circuits grillés. Il faut réinitialiser le système manuellement.

Il se tourna vers Lisa, la mâchoire crispée.

— Va à la salle de distribution et prépare-toi à relancer le courant. Je vais essayer de rétablir le réseau ici.

Lisa hésita, regardant Michael avec inquiétude.

— Et s'il y a une autre surcharge ? Tu risques de…

— Je sais, Lisa. Mais on n'a pas le choix. Si on n'y arrive pas, tout va sauter.

Elle hocha la tête, les yeux brillants de détermination et se précipita hors de la salle.

Michael se mit à l'ouvrage, ses mains tremblant légèrement. Il connaissait les risques. Il savait que s'il se trompait, la surchauffe pourrait déclencher une explosion dévastatrice. Mais il n'y avait pas d'alternative. Il ajusta les câbles, réinitialisa les fusibles et entra les commandes manuelles.

Un instant plus tard, un vrombissement retentit dans toute la salle. Les générateurs reprenaient lentement vie. Un sourire soulagé apparut sur le visage de Michael. Il prit son communicateur.

— Lisa, c'est bon ! envoie le courant !

Un silence de quelques secondes, puis la voix de Lisa résonna, tremblante, mais pleine d'espoir.

— Je… je crois que ça marche !

La lumière des générateurs s'intensifia, illuminant la salle d'une lueur éclatante. Michael expira enfin, se laissant tomber contre le mur. Mais son soulagement fut de courte durée.

— Michael ? appela Lisa, sa voix emplie de panique. Les caissons… ils sont en surcharges.

Michael se redressa d'un bond, les yeux grands ouverts.

— Quoi ?

— Ils… ils n'ont pas supporté le redémarrage. L'énergie est trop instable. On va les perdre si on n'arrête pas tout !

Le sang de Michael se glaça. Il se précipita vers le panneau de commande, ses doigts volants sur les interrupteurs.

— Prépare-toi à couper l'alimentation à mon signal ! cria-t-il dans le communicateur.

Il chercha désespérément une solution, mais chaque seconde passée augmentait la pression sur les caissons. Puis, il trouva une manette d'arrêt d'urgence. Ses mains se crispèrent dessus.

— Maintenant !

Il tira la manette vers le bas. L'électricité s'interrompit brusquement, plongeant la salle dans le silence et l'obscurité totale. Un silence assourdissant.

Après un moment qui sembla une éternité, la voix de Lisa brisa l'obscurité.

— Ça a marché… Les caissons sont stables. Michael, tu as réussi.

Michael, le souffle court, se laissa glisser au sol, le cœur battant à tout rompre.

— On n'est pas encore sortis d'affaire, Lisa, murmura-t-il. Mais au moins, ils ont encore une chance.

Leur répit fut de courte durée. Dans la salle de contrôle centrale, les Immortels commençaient à s'éveiller, désorientés, perdus dans un monde qu'ils avaient négligé. Et dehors, dans les ruines de la cité, les Oubliés de la Terre, ayant perçu le chaos qui régnait dans la tour, se rassemblaient, sentant que l'instant de leur revanche approchait.

La salle de stase était plongée dans un silence oppressant, interrompu seulement par le bourdonnement constant des caissons. Les corps des Immortels y reposaient, parfaitement immobiles, leurs visages détendus comme s'ils rêvaient. Mais, dans l'obscurité, les premières lueurs de conscience commençaient à poindre derrière leurs paupières closes.

Soudain, un caisson s'ouvrit avec un sifflement hydraulique. Une femme aux longs cheveux argentés, vêtue d'une combinaison blanche, émergea tremblante. Ses yeux papillonnèrent, cherchant à s'habituer à la faible lumière ambiante. Elle s'effondra presque en sortant du caisson, ses muscles atrophiés par des années d'inactivité.

— Où… où suis-je ? murmura-t-elle d'une voix rauque.

Elle regarda autour d'elle, voyant les autres caissons commencer à s'ouvrir un à un. Les Immortels émergeaient, tous aussi désorientés qu'elle. Des murmures inquiets s'élevaient dans la pièce.

***

Dans le même temps, le technicien gravit les derniers escaliers menant au bureau de Selena, le souffle court, le cœur battant à tout rompre. La sueur perlait sur son front alors qu'il se précipitait dans le couloir, ses pas résonnant dans le silence tendu de la tour. Il ne prit même pas la peine de frapper avant d'ouvrir la porte avec fracas.

Selena, debout près de son bureau, se retourna brusquement, ses yeux étincelants d'une colère glaciale.

— Qu'est-ce que c'est que cette intrusion, siffla-t-elle, ses mains se crispant sur le rebord de la table.

Le technicien, haletant, prit un instant pour reprendre son souffle, ses yeux cherchant les mots. Il balbutia finalement, sa voix brisée par l'urgence et la peur :

— Les générateurs… les générateurs ont été sabotés. Tous les systèmes sont hors service, et…

Sa gorge se noua, le rendant presque incapable de continuer. Selena s'avança d'un pas, son regard perçant accroché au sien.

— Continue, ordonna-t-elle d'une voix dure, ses yeux se plissant d'impatience.

— … Et on est coupé du monde extérieur, lâcha-t-il enfin, chaque mot pesant comme un coup de massue. Plus de communication, plus de connexion au Nexus. Nous sommes piégés ici.

Le visage de Selena se figea, ses traits prenant une teinte livide. Pendant un instant, elle resta immobile, comme si elle tentait d'absorber l'ampleur de la catastrophe. Piégés. Ce mot résonnait en elle avec une force inimaginable, brisant les certitudes qu'elle avait toujours eues. Leur monde, bâti sur l'illusion de la perfection et du contrôle absolu, se fissurait. Elle inspira profondément, tentant de reprendre le contrôle.

— Est-ce que quelqu'un sait ce qu'il se passe en dehors de la tour ? demanda-t-elle finalement, sa voix étrangement calme, presque distante.

Le technicien secoua la tête, le regard fuyant.

— Les systèmes de surveillance sont hors ligne, tout comme les canaux de communication, murmura-t-il, sa voix à peine audible.

Selena ferma les yeux un instant, la mâchoire crispée. Puis, elle se tourna lentement vers la grande baie vitrée de son bureau, dominant la ville et ses alentours. En contrebas, les lumières scintillantes de la cité immortelle étaient éteintes, plongeant les rues et les bâtiments dans une obscurité inquiétante.

— Alors c'est le chaos, murmura-t-elle pour elle-même. Ses yeux se rétrécirent alors qu'elle scrutait les ténèbres. Ils viennent pour nous. Les Oubliés… ils savent.

Le technicien resta silencieux, l'atmosphère dans la pièce se chargeant d'une tension palpable. Selena se redressa, son esprit tournant à toute allure, cherchant une issue, une solution. Mais rien ne venait. Tout ce qu'ils avaient construit, tout ce qu'ils avaient cru infaillible, était en train de s'effondrer.

— Combien de temps avant que les Immortels réalisent ce qui se passe ? demanda-t-elle, se tournant vers le technicien.

— Ils sont déjà en train de se réveiller, répondit-il, la voix tremblante. La coupure les a tous sortis de stase. Ils… ils vont paniquer.

Selena serra les dents. Elle le savait. Ils n'avaient jamais été préparés à une telle éventualité. La vie dans les mondes numériques avait affaibli leur esprit, les avait rendus dépendants de ce système qui, à présent, les trahissait. Ces caissons ne devaient leur servir qu'à créer et vivre dans les mondes virtuels. La majorité des autres Immortels avaient fini par rester à l'intérieur. Ils refusaient de voir l'évolution du monde. Selena, plus pragmatique, préférait vivre son Immortalité en regardant la déchéance des Oubliés. Elle regarda le technicien droit dans les yeux, son regard froid et déterminé.

— Trouve Michael et Lisa. Qu'ils rejoignent la salle de contrôle principale, il faut remettre au moins une partie des systèmes en ligne, et vite.

Le technicien hocha la tête et s'apprêtait à sortir quand Selena l'arrêta d'un geste.

— Et une dernière chose… Elle marqua une pause, ses yeux sombres, avant de continuer d'une voix dure : Ne dis rien aux autres. Pas encore. Nous ne devons pas semer la panique.

— Bien, madame, répondit-il avant de disparaître dans le couloir, sa silhouette se fondant dans les ombres.

Selena resta seule dans son bureau, les poings serrés. Elle sentait la colère monter en elle, mais plus encore, une peur viscérale qu'elle n'avait jamais ressentie auparavant. Ils étaient les Immortels, les maîtres de ce monde. Et pourtant, à cet instant précis, ils étaient impuissants, démunis face à une menace qu'ils avaient sous-estimée.

Elle inspira profondément, essayant de calmer les battements frénétiques de son cœur. Non, ce n'était pas la fin. Ils trouveraient une solution. Ils devaient la trouver.

D'un geste résolu, elle s'avança vers son bureau, ouvrant le tiroir du bas pour en sortir une petite tablette qu'elle alluma. L'écran affichait une carte en temps réel des infrastructures de la ville. Tous les points étaient rouges, indiquant une panne totale. Ses doigts tremblaient légèrement alors qu'elle parcourait les informations.

— Comment ont-ils pu faire ça… ? murmura-t-elle, la voix emplie d'incrédulité.

Mais avant qu'elle ne puisse poursuivre ses réflexions, un bruit sourd résonna au loin, comme un grondement lointain. Elle leva les yeux, le regard attiré par les ténèbres au-delà de la vitre.

Des lueurs rouges scintillaient dans le ciel nocturne, des incendies qui se propageaient dans la ville. Les Oubliés étaient en train d'attaquer, profitant de la confusion. Selena sentit une vague de panique l'envahir, mais elle la réprima violemment.

— Non, pas maintenant, se murmura-t-elle à elle-même, serrant les poings jusqu'à ce que les jointures blanchissent. Je ne vais pas céder maintenant.

Elle tourna les talons, se dirigeant vers la porte avec détermination. Elle devait rejoindre la salle de contrôle principale, coordonner les efforts pour rétablir un semblant d'ordre. Mais avant de sortir, elle s'arrêta et se tourna une dernière fois vers la baie vitrée.

— Vous pensez pouvoir nous détruire, murmura-t-elle, sa voix emplie d'une froide résolution. Mais vous n'avez aucune idée de ce dont nous sommes capables.

Elle se détourna, quittant le bureau d'un pas rapide, le cœur lourd, mais l'esprit aiguisé. La guerre venait de commencer, et elle comptait bien la remporter, à n'importe quel prix.

***

Dans la salle de stase, un homme, plus âgé, se redressa difficilement. Ses yeux se plissèrent en apercevant la jeune femme.

— Sandra ? appela-t-il d'une voix hésitante.

Sandra tourna lentement la tête, ses yeux cherchant à se focaliser.

— Adrien ? Que se passe-t-il ? Pourquoi…pourquoi sommes-nous réveillés ?

Adrien se leva, titubant légèrement. Il posa une main tremblante sur le bord du caisson pour se stabiliser.

— Je ne sais pas… Les systèmes de stase ne devaient pas s'interrompre comme ça. Quelque chose a dû se passer…

D'autres Immortels se joignirent à eux, formant un petit groupe confus. Certains tentaient de se souvenir de leur dernière pensée avant d'entrer en stase, d'autres s'agrippaient à leurs caissons leurs yeux écarquillés par la peur.

— Il fait si froid… murmura un Immortel, ses lèvres bleues tremblant légèrement.

— Ce n'est pas normal… Nous étions censés être en sécurité, à l'abri des aléas du monde réel, s'écria une femme, ses yeux remplis de terreur.

Sandra prit une grande inspiration, essayant de calmer les battements frénétiques de son cœur. Elle se tourna vers Adrien, ses mains tremblantes, agrippant les siennes.

— On doit comprendre ce qui se passe, Adrien. Peut-être que c'est juste une panne temporaire.

— Une panne ? répéta Adrien avec un sourire crispé. Une panne qui nous réveille tous en même temps ? Non, il y a autre chose… quelque chose de grave.

Les autres immortels se rapprochèrent d'eux, cherchant une sorte de leadership, un réconfort. Un homme grand, à la carrure imposante, fit un pas en avant.

— Nous devons trouver les techniciens. Ils sauront quoi faire. Ils peuvent nous remettre en stase, nous dire ce qui ne va pas.

Adrien hocha la tête, mais son regard restait sombre. Il savait que les techniciens auraient dû déjà être là, les assistant durant leur réveil. L'absence de ces protocoles de sécurité n'était pas de bon augure.

— D'accord, essayons de trouver quelqu'un. Ils sont peut-être encore dans la salle de contrôle.

Sandra et Adrien, suivis par les autres, se dirigèrent difficilement vers la porte, leurs pas hésitants résonnant dans le silence glacé de la pièce. Adrien fit coulisser avec difficulté la porte lentement, révélant un couloir plongé dans l'obscurité, éclairé seulement par les faibles lueurs rouges des lumières d'urgence.

— C'est étrange… murmura Sandra en avançant prudemment. Où sont passés les hologuides ?

Les murs habituellement bordés de panneaux lumineux, affichant des indications et des informations, étaient maintenant noirs. Les hologrammes interactifs, toujours prêts à fournir assistance, avaient disparu.

Ils avancèrent en groupe, leurs pas lents et maladroits, jusqu'à atteindre la salle de contrôle. Les portes étaient grandes ouvertes, signe évident du chaos qui y régnait quelques minutes plus tôt. À l'intérieur, ils découvrirent les consoles renversées, des écrans fissurés et des câbles arrachés.

— Mon Dieu… souffla Adrien en voyant les dégâts. Que s'est-il passé ici ?

Sandra s'approcha d'un terminal encore fonctionnel et tenta de se connecter, mais le système lui renvoya un message d'erreur.

— Système hors ligne. Contrôle manuel requis… lut-elle à haute voix, sentant l'angoisse monter en elle.

— Les serveurs principaux doivent être hors service. Sans eux, on ne peut rien faire ici, déclara un autre Immortel, l'air découragé.

Un bruit métallique retentit soudain derrière eux, les faisant sursauter. Michael et Lisa apparurent dans l'encadrement de la porte, leurs visages tendus par l'urgence de la situation.

— Qu'est-ce que vous faites ici ? s'écria Michael, visiblement surpris de voir les Immortels éveillés.

— Nous… nous avons été réveillés. Qu'est-ce qui passe ? Pourquoi les systèmes sont-ils hors ligne ? demanda Adrien, sa voix pleine de colère.

Lisa échangea un regard inquiet avec Michael avant de répondre.

— Il y a eu une panne… une énorme panne énergétique. Nous essayons de redémarrer les générateurs, mais… il y a trop de dommages. Les systèmes de stase ne pouvaient plus vous maintenir.

Les murmures de panique se multiplièrent parmi les Immortels. Sandra s'avança, le regard déterminé.

— Que devons-nous faire ? Nous ne pouvons pas rester ici sans protection.

Michael hésita, conscient de la gravité de ce qu'il allait dire.

— Vous devez quitter la tour. C'est trop dangereux ici. Les systèmes de sécurité sont instables, et il y a… il y a des mouvements dehors. Des groupes hostiles.

— Quoi ? s'exclama un Immortel, ses yeux s'agrandissant de terreur. Des groupes hostiles ? Que veux-tu dire ?

— Les habitants de la ville… les Oubliés. Ils semblent avoir compris que quelque chose ne va pas. Si vous restez ici, vous serez en danger.

Sandra sentit son cœur s'accélérer. Elle comprenait maintenant l'ampleur de la situation. Les Immortels, autrefois tout-puissants dans leurs mondes numériques, étaient redevenus des êtres de chair et de sang, vulnérables et exposés. La dernière création des Immortels, une Terre où ils revenaient pour mater la rébellion, prenait corps mais dans le sens inverse : ils étaient devenus les proies.

— Il faut partir, murmura-t-elle, le regard perdu. Mais… où pouvons-nous aller ?

— Nous avons un plan, répondit Lisa en échangeant un regard avec Michael. Il y a un ancien complexe souterrain, hors de portée des Oubliés. Vous serez en sécurité là-bas… mais il faut se dépêcher.

Adrien se tourna vers les autres Immortels. Leurs visages reflétaient la peur, la confusion, mais aussi une lueur d'espoir.

— D'accord, nous allons suivre votre plan. Montrez-nous le chemin.

Michael acquiesça et se dirigea vers la sortie.

— Suivez-moi. Ne vous arrêtez pas et restez groupés.

Les Immortels se mirent en marche, les jambes tremblantes, mais déterminées. Le réveil brutal de leur utopie numérique n'était que le début d'une nouvelle ère de survie. Tandis qu'ils quittaient la tour Éternité, le grondement lointain des mouvements hostiles se faisait entendre. Le monde avait changé, et ils allaient devoir apprendre à vivre dans cette réalité dure et impitoyable.

Les Immortels avançaient lentement dans le dédale de couloirs sombres, le cœur battant, portés par l'adrénaline et la peur. Chaque ombre leur paraissait menaçante, chaque bruit résonnait comme un présage de danger imminent. Michael ouvrait la marche, une lampe-torche à la main, éclairant le chemin devant eux. Lisa fermait la marche, jetant des coups d'œil inquiets derrière eux pour s'assurer qu'ils n'étaient pas suivis.

— Allez, vite ! Nous devons atteindre l'ascenseur de service avant qu'il ne soit trop tard ! pressa Michael, sa voix résonnant dans le silence tendu.

Les Immortels le suivaient en silence, certains trébuchant encore, leurs muscles fatigués et engourdis par des années d'immobilité. Sandra se tenait près d'Adrien, son regard oscillant entre la peur et la détermination.

— Adrien, tu crois qu'on va s'en sortir ? murmura-t-elle, sa voix trahissant une angoisse qu'elle peinait à contenir.

— On n'a pas le choix, Sandra. On doit essayer. On doit… survivre.

Un bruit sourd, comme un grondement lointain, interrompit leur conversation. Michael s'arrêta brusquement, levant une main pour signifier le silence. Tous se figèrent, retenant leur souffle.

— Qu'est-ce que c'est ? demanda un Immortel, les yeux écarquillés.

— Les Oubliés… Ils sont en bas, en train d'essayer de pénétrer dans la tour, répondit Lisa, sa voix tremblante. Il faut se dépêcher, on n'a plus beaucoup de temps.

Ils reprirent leur marche, plus vite cette fois, presque en courant. Les battements de cœur de Sandra résonnaient dans ses tempes, et elle luttait pour ne pas céder à la panique. Lorsqu'ils atteignirent enfin l'ascenseur de service, Michael tapa frénétiquement sur le panneau de commande. Lors de l'installation, Selena avait imposé qu'il soit relié à un réseau électrique isolé en cas de problème.

— Allez, allez, allez… murmura-t-il, les yeux rivés sur les chiffres qui défilaient lentement, indiquant la montée de la cabine.

Le temps semblait s'étirer, chaque seconde, une éternité. Derrière eux, des bruits de plus en plus forts résonnaient. Des voix, des cris… Les Oubliés étaient proches.

— Ils sont ici ! s'écria un Immortel en se retournant, pointant le doigt vers le bout du couloir où des silhouettes sombres apparaissaient.

— Bordel ! jura Michael en tapant du poing sur la paroi de l'ascenseur. Plus vite, merde.

Le groupe se resserra autour de la porte, les regards terrifiés. Les Oubliés s'avançaient, certains armés de barres de fer, leurs visages déformés par la colère et la haine.

— Vous ne pouvez pas fuir ! Vous allez payer pour ce que nous vous avez fait ! hurla l'un d'eux, sa voix résonnant avec une violence froide.

— Oh, mon Dieu ! Ils vont nous tuer… murmura une Immortelle, les larmes coulant sur ses joues.

Sandra serra la main d'Adrien, sa respiration saccadée. C'était la fin, pensait-elle. Ils allaient mourir ici, piégés comme des rats. Puis, avec un bruit métallique, les portes de l'ascenseur s'ouvrirent enfin.

— Entrez, vite ! cria Michael, les poussant à l'intérieur.

Le groupe se précipita dans la cabine, s'entassant les uns contre les autres. Michael appuya sur le bouton du sous-sol, priant pour que l'ascenseur ne bloque pas. Pendant un moment, rien ne se produisit. Puis, dans un frémissement, la cabine commença lentement à descendre.

Les Oubliés se ruèrent vers eux, hurlant de rage, mais les portes se fermèrent juste à temps, les isolants du chaos extérieur. Le silence retomba, seulement perturbé par le bourdonnement de l'ascenseur.

Sandra s'effondra contre le mur de la cabine, sa main toujours serrée autour de celle d'Adrien. Ils étaient en vie… pour le moment.

— On s'en est sorti… souffla-t-elle, incrédule.

— Pas encore, répondit Michael d'une voix grave. Le plus dur reste à venir.

L'ascenseur descendit en tremblant vers les niveaux inférieurs de la tour, là où se trouvait le complexe souterrain que Michael et Lisa avaient mentionné. Adrien observait les chiffres défiler, son esprit tourmenté par la pensée de ce qui les attendait en bas.

— Michael… commença-t-il, cherchant ses mots. Si les Oubliés savent que nous sommes là, ils ne vont pas nous laisser tranquilles. Même si on trouve refuge dans ce complexe, combien de temps avant qu'ils nous retrouvent ?

Michael le regarda un moment, puis baissa les yeux.

— Je ne sais pas, Adrien. Mais on n'a pas d'autre choix.

Le silence retomba, lourd et oppressant. L'ascenseur ralentit enfin, s'arrêtant dans un bruit sourd. Les portes s'ouvrirent sur un long couloir faiblement éclairé, le béton brut suintant d'humidité.

— C'est par ici, dit Lisa en prenant la tête du groupe. Le complexe n'est pas loin.

Ils sortirent prudemment, les sens en alerte. Le couloir menait à une grande porte métallique. Michael s'approcha, cherchant le panneau de contrôle.

— Lisa, aide-moi. Il faut déverrouiller cette porte manuellement.

Les deux techniciens se mirent au travail, ouvrant une trappe pour accéder aux câbles et aux leviers. Pendant ce temps, les Immortels regardaient autour d'eux, frissonnant dans la fraîcheur humide des lieux.

— Et s'ils nous suivent jusqu'ici ? demanda un Immortel, sa voix trahissant sa panique.

— Ils ne pourront pas ouvrir cette porte sans l'équipement adéquat, répondit Michael sans lever les yeux de ce qu'il faisait. Mais il faut faire vite.

Après quelques minutes d'efforts, un déclic se fit entendre. La porte métallique s'ouvrit lentement, révélant une vaste salle souterraine, bordée de moniteurs éteints et d'équipements en sommeil.

— On y est… souffla Lisa, se redressant. Entrez, vite.

Le groupe se précipita à l'intérieur, et Michael referma la porte derrière eux, engageant tous les verrous manuels. Les Immortels regardaient autour d'eux, l'air hagard, ne sachant que faire.

— C'est… c'est ici qu'on doit vivre maintenant ? demanda Sandra, sa voix brisée.

— Pour le moment, oui, répondit Michael. On va devoir rétablir l'énergie, sécuriser les lieux. Mais c'est notre meilleure chance.

Adrien posa une main sur l'épaule de Sandra.

— Nous nous en sortirons, murmura-t-il, essayant de se convaincre autant qu'elle. On est en sécurité ici.

Sandra acquiesça, mais une ombre de doute planait sur son visage. Tout avait changé si vite. De la perfection numérique à cette réalité brutale, le contraste était saisissant.

Lisa et Michael s'activèrent pour mettre le complexe en marche, tandis que les Immortels cherchaient un semblant de confort dans cet environnement austère. Les lumières vacillèrent, puis s'allumèrent complètement, inondant la pièce d'une lumière blafarde.

— Voilà, c'est déjà ça, dit Lisa, un sourire fatigué sur le visage. On a de l'électricité.

Les Immortels, épuisés, s'assirent sur le sol, leurs regards perdus dans le vide. Ils étaient en vie, oui. Mais à quel prix ? Le monde qu'ils avaient connu, celui de l'immortalité numérique et de l'insouciance, était révolu. Maintenant, ils devaient faire face à une nouvelle réalité, où chaque jour serait une lutte pour survivre.

Adrien prit la main de Sandra, la serrant doucement.

— On va s'en sortir, Sandra. Je te le promets.

Elle hocha la tête, mais au fond de ses yeux, la peur restait ancrée. Le réveil avait été brutal, mais l'avenir s'annonçait encore plus incertain.

Ils étaient les Immortels, autrefois maîtres de leur destin, et pourtant, à cet instant précis, ils n'étaient que des humains fragiles, tentant désespérément de trouver leur place dans un monde qui leur était devenu étranger.

***

Loin au-dessous de la tour Éternité, dans les profondeurs obscures de la mégapole, les rues habituellement silencieuses étaient soudainement animées d'un tumulte inédit. Les habitants, longtemps soumis à l'ombre des Immortels, se regroupaient, échangeant des murmures d'espoir et de défi. Dans les sous-sols humides et mal éclairés, les résistants s'organisaient, transmettant des messages à la hâte, utilisant les rares moyens de communication encore fonctionnels.

Dans une petite pièce exiguë, éclairée par la lumière vacillante d'une ampoule nue, Elie était assis sur une caisse en bois, concentré sur la vieille radio grésillante posée devant lui. La voix d'un animateur clandestin, à peine audible à travers les interférences résonnait dans la pièce.

— … C'est notre chance, mes amis ! s'exclamait la voix, pleine d'excitation. Les Immortels sont vulnérables ! Leur tour est plongée dans l'obscurité. Ils sont coupés de leurs mondes parfaits. Le moment est venu de reprendre ce qui nous appartient.

Elie serra les poings, ressentant l'adrénaline parcourir son corps. À ses côtés, Léa, devenue une jeune femme au regard perçant et aux traits marqués par des mois de lutte, le fixait intensément. Ses yeux brillaient d'une lueur de rage et d'espoir mêlés.

— On y va, non ? dit-elle, la voix vibrante d'impatience. C'est notre chance de les faire tomber.

Elie hocha lentement la tête, son regard se perdant dans le vide, comme s'il pesait chaque mot qu'il s'apprêtait à prononcer.

— Oui, répondit-il finalement, d'une voix calme, mais ferme. Mais nous devons être prêts. Leur chute n'est que le début. Le vrai combat commence maintenant.

Il se leva, les yeux parcourant la petite assemblée autour de lui. Une dizaine de visages le fixait avec intensité, des hommes et des femmes aux traits durs, marqués par les privations et les épreuves, mais dont les yeux brillaient d'une détermination farouche.

— Pour ceux qu'ils ont laissé mourir, pour ceux qu'ils ont ignorés, reprit-il, sa voix gagnant en intensité. Nous allons leur montrer que la volonté humaine est plus forte que n'importe quelle immortalité factice.

Un murmure d'approbation parcourut l'assemblée, bientôt suivi d'acclamations. Des poings se levèrent dans un geste de défi, des cris d'encouragement résonnèrent dans la pièce. Pour la première fois depuis des années, les Oubliés ressentaient un souffle de liberté, une étincelle d'espoir.

— Nous avons attendu trop longtemps ce moment, dit une voix grave dans le fond de la pièce. C'était Markus, toujours aussi imposant avec son visage balafré, qui avait vu de nombreux camarades tomber au fil des années. Cette fois, on va les avoir.

— Mais il faut être prudents, intervint une femme plus âgée, ses cheveux gris tirés en arrière dans un chignon sévère. Ils sont affaiblis, mais pas inoffensifs. Leur technologie pourrait encore nous écraser si nous ne faisons pas attention.

Léa serra les poings, la mâchoire serrée.

— On n'a pas le choix, Anna. C'est maintenant ou jamais. Si on les laisse se réorganiser, ils nous écraseront. Il faut frapper vite et fort.

Elie posa une main apaisante sur l'épaule de Léa, la forçant à croiser son regard.

— Léa a raison sur un point, dit-il d'une voix posée. Nous devons agir vite. Mais nous ne pouvons pas nous précipiter tête baissée. Si nous échouons, ce sera la fin. Pour nous, et pour tous ceux qui comptent sur nous.

Il se tourna vers la petite radio, éteignant l'appareil d'un geste précis. Puis il sortit une vieille carte de la ville qu'il étala sur la table centrale.

— Voilà ce que nous allons faire, dit-il en désignant plusieurs points marqués sur la carte. Nous devons d'abord prendre le contrôle des sous-stations énergétiques. Sans électricité, leur tour est vulnérable, mais ils pourraient encore la réactiver s'ils trouvent un moyen de contourner le sabotage. Markus, tu mèneras un groupe ici, dit-il en pointant du doigt un point situé à l'est de la mégalopole. C'est l'un des principaux nœuds de distribution. Si on le prend, ils seront incapables de relancer le système.

Markus acquiesça, le regard déterminé.

— Considère-le comme fait.

— Léa, reprit Elie en se tournant vers elle, toi et ton groupe, vous vous occuperez de la communication. Il faut que les gens sachent ce qui se passe. Utilisez toutes les ondes encore disponibles, distribuez des tracts, faites courir le mot. Les Immortels sont tombés, mais nous devons maintenir la pression.

Léa sourit, un sourire sans joie, mais empli de détermination.

— On va leur rappeler ce que c'est de craindre les humains, dit-elle avec un éclat de malice dans les yeux.

Elie esquissa un léger sourire avant de redevenir sérieux.

— N'oublions pas pourquoi nous faisons ça, dit-il en regardant chacun des membres de la résistance. Ce n'est pas seulement pour se venger. C'est pour construire quelque chose de meilleur, pour ceux qui viendront après nous. Ne l'oubliez pas.

Un silence solennel s'abattait sur la pièce alors que chacun méditait ses paroles. Puis, Anna s'avança et posa une main sur l'épaule d'Elie.

— Nous ne t'oublierons pas, dit-elle doucement. Nous savons pourquoi nous nous battons. Et nous savons que cette fois, nous avons une chance. Grâce à toi.

Elie hocha la tête, les yeux brillants d'émotion, puis il leva le poing, un geste que tous imitèrent.

— Pour la liberté ! s'écria-t-il.

— Pour la liberté ! répétèrent les autres en chœur.

Ils se dispersèrent alors, chacun se préparant pour ce qui allait être la plus grande bataille de leur vie. Le cœur de la ville immortelle allait être assiégé, et pour la première fois depuis des décennies, l'espoir brûlait dans lc cœur des Oubliés.

Elie resta un moment seul dans la pièce, son regard posé sur la carte. La bataille qui s'annonçait serait rude, et il savait qu'il y aurait des pertes. Mais pour la première fois, il sentait que leur cause avait une chance de triompher. Il se détourna enfin de la carte, ses pensées tournées vers les Immortels, ces êtres qui se croyaient invincibles.

Il repensa à son arrivée dans le camp, il y a quelques mois de cela, à la gentillesse et à l'accueil de toutes les personnes. Il se remémora comment Markus l'avait pris sous son aile et lui avait donné de plus en plus de responsabilités dans le camp. Mais comment imaginer qu'ils feraient de lui leur chef pour diriger, organiser la révolte contre les Immortels.

Il avait planifié et organisé les opérations d'infiltration dans la cité pour mener à bien les opérations de sabotage des centres de production d'énergie pour priver les Immortels de leurs sources d'électricité. Les actions coup poing avaient porté leur fruit et depuis quelques semaines, les combats faisaient rage.

— Nous allons vous montrer, murmura-t-il pour lui-même, un éclat de défi dans les yeux. Nous allons vous montrer ce que c'est que de vivre, vraiment.

Il sortit à son tour de la pièce, prêt à mener le peuple vers la liberté.

***

Dans la tour Éternité, Selena fixait la ville plongée dans une semi-obscurité. Les lumières, autrefois constantes et éclatantes, vacillaient à présent, reflet d'un pouvoir lui-même vacillant. Sous ses pieds, elle pouvait presque sentir les échos de la révolte qui grondait dans les rues. La colère des Oubliés, longtemps ignorée, montait à la surface. Les rapports qu'elle recevait n'étaient plus que des fragments confus, des bribes d'information éparses et inquiétantes.

Un technicien, pâle et tremblant, entra dans la pièce avec une tablette entre les mains.

— Madame, les dernières nouvelles sont inquiétantes, balbutia-t-il en tentant de maintenir son calme. Des foules se massent au pied de la tour… les forces de sécurité immortelles… elles sont débordées.

Selena se retourna brusquement, les yeux étincelants de rage.

— Comment cela est-il possible ? lança-t-elle. Nos forces sont parfaitement entraînées !

Le technicien déglutit difficilement.

— Ils… ils érigent des barricades. Ils utilisent des projectiles improvisés. Nos forces ne sont pas équipées pour faire face à ce genre de soulèvement.

Les mots flottèrent dans l'air comme une accusation. Selena serra les poings, son regard brûlant d'une fureur contenue.

— Des projectiles improvisés ? répéta-t-elle, incrédule. Vous voulez dire que nous, les Immortels, nous sommes défiés par des humains armés de pierres et de bâtons ?

Le silence dans la salle était pesant. Les conseillers, assis autour d'une grande table circulaire, évitaient de croiser le regard de leur présidente. Un homme plus âgé, portant une tenue immaculée, prit la parole, sa voix basse, mais assurée.

— Selena, la situation est plus complexe que cela. Les systèmes de défense sont hors ligne depuis la panne. Nos troupes ne sont pas habituées à des confrontations directes, encore moins contre des masses aussi déterminées.

— C'est inacceptable ! s'écria-t-elle en frappant du poing sur la table. Nous devons reprendre le contrôle.

Elle se tourna vers un autre conseiller, un homme d'une cinquantaine d'années aux cheveux poivre et sel, le visage marqué par des années de calculs stratégiques.

— Réactivez les systèmes.

L'homme secoua lentement la tête.

— Nous avons essayé. Les générateurs de secours ne répondent pas. Les principaux systèmes sont hors d'usage, et nous ne savons toujours pas qui est à l'origine du sabotage.

— Comment est-ce possible que personne ne sache rien ? Selena fulminait, son visage habituellement impassible, déformé par la colère. Nous sommes censés être les maîtres de cette cité, les gardiens du savoir et de la technologie. Et vous me dites que nous sommes aveugles dans notre propre tour ?

Un murmure de désarroi parcourut la salle.

— Si nous ne rétablissons pas le contrôle, continua Selena d'une voix froide, nous allons tout perdre.

Un autre conseiller, une femme aux cheveux noirs tirés en arrière, prit la parole.

— Selena, nous devons envisager la possibilité que cette situation dépasse ce que nous avions prévu. Peut-être devrions-nous négocier avec eux, calmer la situation avant qu'elle ne devienne incontrôlable.

Selena se figea, ses yeux se rétrécissant en deux fentes glaciales.

— Négocier ? Avec des sauvages ? répliqua-t-elle avec une voix cinglante. Vous croyez vraiment qu'ils s'arrêteront une fois qu'ils auront goûté au pouvoir ? Ces gens ne cherchent pas à négocier, ils cherchent à détruire tout ce que nous avons construit.

La conseillère hésita un instant avant de répondre.

— Ils ont vécu des décennies sous notre contrôle, en marge de ce que nous leur avons promis. Il était inévitable qu'ils finissent par se rebeller. Peut-être que la violence n'est pas la réponse.

Selena explosa.

— Ils ne méritent rien d'autre que la soumission ! C'est nous qui avons bâti ce monde. Nous leur avons offert l'utopie, et voilà comment ils nous remercient ?

La salle entière resta silencieuse, l'atmosphère chargée de tension. Le visage de Selena était devenu livide, ses yeux fixés sur la fenêtre, observant la ville en contrebas où des ombres s'agitaient dans la pénombre.

— Ils viennent pour nous, murmura-t-elle, plus pour elle-même que pour ses conseillers. Ces êtres inférieurs pensent qu'ils peuvent nous atteindre.

Elle se redressa, retrouvant peu à peu son calme froid et calculateur.

— Très bien, dit-elle finalement d'un ton glacial. S'ils veulent la guerre, nous allons leur donner la guerre. Mobilisez toutes les ressources que nous avons encore. Trouvez une solution pour réactiver les défenses.

Un des conseillers, nerveux, prit la parole.

— Selena, sans les systèmes en ligne, nous ne sommes qu'une poignée face à une armée enragée. Nous devons envisager une évacuation.

Selena tourna lentement la tête vers lui, ses yeux brûlants de mépris.

— Vous êtes prêts à abandonner ? À fuir comme des lâches ?

Le conseiller blêmit sous le poids de son regard.

— Non… bien sûr que non, mais nous devons être réalistes. Si nous restons, nous risquons de tout perdre.

Un long silence s'installa, puis Selena se détourna, regardant à nouveau la ville plongée dans l'obscurité.

— Vous ne comprenez donc pas, dit-elle doucement, presque dans un murmure. Nous avons déjà presque tout perdu.

— Pourtant, dans toutes nos réalités virtuelles… commença un autre Immortel, mais Selena lui coupa la parole sèchement.

— Dans vos jeux, vous voulez dire. Toutes vos projections vous donnaient un avenir parfait, vous pouviez sortir, tous ces gens au-dehors vous acclamaient comme des dieux, des bienfaiteurs. Mais ce n'était qu'illusion… Non, ne dites plus rien, j'ai accompagné un groupe, je voulais voir, mais vous avez passé trop de temps à l'abri dans vos caissons. Pourquoi croyez-vous que je préférais être le plus souvent présente dans la réalité ? J'ai vu monter cette révolte…

— Pourquoi n'avez-vous rien dit, alors, la coupa une Immortelle.

— Pourquoi ? répondit Selena… Pourquoi ? Mais vous n'auriez pas voulu entendre. N'ai-je pas raison ?

Ses mots résonnèrent presque comme une sentence. Les conseillers échangèrent des regards anxieux, conscients que leur monde, bâti sur la promesse de l'immortalité et du contrôle absolu, s'effritait sous leurs pieds.

Soudain, des éclats de lumière jaillirent dans la ville, suivis de grondements sourds. Les Immortels observaient, impuissants, tandis que les premières barricades cédaient sous la pression des foules en colère. Des silhouettes humaines envahissaient les rues autrefois désertes, avançant en masse vers la tour Éternité.

— Nous ne sommes plus des dieux, murmura Selena, le visage figé dans une expression de terreur silencieuse. Nous ne l'avons jamais été.

Ses conseillers, muets de stupeur, ne trouvèrent rien à répondre. La vérité s'abattait sur eux avec une brutalité qu'ils n'avaient jamais imaginée. L'immortalité, ce rêve de perfection et d'éternité, révélait sa terrible fragilité. Le vernis doré de leur monde se craquelait, laissant entrevoir la réalité brutale : ils étaient aussi vulnérables que ceux qu'ils avaient méprisés.

— Quels sont vos ordres, madame ? demanda un conseiller, d'une voix brisée par la peur.

Selena inspira profondément, son regard plongé dans l'abîme de la révolte.

— Préparez-vous à la fin, dit-elle simplement. Nous avons sous-estimé la force de la volonté humaine.

Elle se détourna, laissant derrière elle un silence lourd de conséquences.

Chapitre 4
La fuite

La lumière orange du crépuscule glissait lentement sur les ruines de la cité dévastée. Le tour Éternité, jadis majestueuse, n'était plus qu'un spectre dans le paysage ravagé. Elie se tenait au sommet d'un immeuble effondré, scrutant l'horizon. À ses pieds, le sol craquait sous les débris métalliques qui parsemaient la terre, et les échos lointains de la révolte se faisaient encore entendre.

Il n'y avait plus rien ici. Rien à sauver, rien à espérer. La cité n'était plus qu'une tombe à ciel ouvert, où les rêves de technologie immortelle s'étaient éteints avec fracas. Pourtant, dans les ruelles sombres et les sous-sols effondrés, quelques survivants résistaient encore, comme des ombres dans un monde en ruines.

Il pensait qu'il pourrait embarquer les personnes du camp pour créer une nouvelle communauté. Mais c'était sans compter sur l'ambition et la soif de pouvoir de certaines personnes. Parmi de proches amis, certains avaient perdu l'esprit devant les marches du pouvoir. Après avoir combattu les Immortels, et avant même leur élimination totale, les révoltés s'étaient retournés les uns contre les autres pour des questions de territoire, d'ego.

Elie descendit prudemment de son perchoir, rejoignant un petit groupe qui l'attendait dans les profondeurs d'un bâtiment en partie effondré. Léa était déjà là, les bras croisés, son visage éclairé par une faible lueur de lampe à huile.

— Alors, qu'est-ce que tu as vu ? demanda-t-elle sans détour, ses yeux perçant les ténèbres.

Elie secoua la tête, l'air grave.

— Rien de bon, la tour est en flammes. Le chaos continue de grandir. Ceux qui étaient encore en vie ici se battent ou fuient.

Léa esquissa un sourire amer.

— Ça fait des semaines que c'est comme ça. Combien de temps avant que tout s'effondre ?

Elie s'appuya contre le mur délabré, son regard perdu dans le vide.

— C'est déjà en train de s'effondrer. Il n'y a plus rien pour nous ici, Léa. Nous devons partir.

Les autres membres du groupe, une douzaine de survivants vêtus de haillons, se rassemblèrent autour d'eux, les visages marqués par la fatigue et la peur.

— Partir où ? demanda soudain un homme barbu, nommé Tomas, d'une voix rauque. Il n'y a rien d'autre dehors que des déserts et des terres brûlées.

Léa intervint, son ton plus vif.

— On ne sait pas ça avec certitude. Des rumeurs circulent encore. Il y aurait d'autres endroits où la technologie immortelle fonctionne. Des endroits où l'énergie n'aurait pas disparu.

— Encore des rumeurs, ricana Tomas. On parie encore une fois nos vies sur des rumeurs.

Léa fixa Thomas dans les yeux, refusant de céder.

— Qu'est-ce qu'on a à perdre ? Tu veux rester ici et mourir avec le reste de cette ville ? Ou alors te battre contre des forces qui nous dépassent, comme ces Immortels que nous ne pouvons plus atteindre ?

Elie intervint, calmant la tension qui montait.

— Je sais que cela semble fou, Tomas, dit-il d'une voix posée, mais rester ici, c'est mourir à petit feu. Nous avons déjà quitté une communauté, il y a plusieurs mois. Nous sommes arrivés ici avec pour espoir de reprendre à ces faux dieux leur technologie qui nous permettrait de vivre… et non plus de simplement survivre. Là-bas, peut-être, il y a quelque chose. Un autre espoir. Mais si nous n'essayons pas… nous ne saurons jamais. Et tous nos amis morts ces derniers temps… l'auront été pour rien.

Un silence pesant s'installa. Chaque membre du groupe regardait Elie avec des yeux où se mêlaient peur et résignation. Depuis que la tour Éternité était tombée et que les systèmes des Immortels avaient été sabotés, les rues s'étaient transformées en champ de bataille. Les derniers humains luttaient pour leur survie, mais les ressources s'amenuisaient.

— J'ai entendu parler d'un endroit, reprit doucement une jeune femme, Mira, en s'avançant timidement. Plus au nord. Un complexe souterrain que les Immortels n'auraient pas touché. Si c'est vrai, il pourrait y avoir encore de l'énergie là-bas. Des vivres. De l'eau.

— C'est loin ? demanda Tomas, adouci par la lueur d'espoir dans la voix de Mira.

— À plusieurs jours de marche, répondit-elle. Mais si nous nous organisons, nous pouvons y arriver.

Léa hocha la tête.

— Nous devons partir au plus vite. Avant que le chaos n'atteigne ce côté de la ville.

— Je suis d'accord, ajouta Elie. Ceux qui veulent rester, vous êtes libres de le faire. Mais moi, je ne vais pas attendre de mourir ici. Et n'espérez pas que l'on puisse revenir vous chercher. J'ai déjà vécu cette situation. C'est compliqué de laisser des personnes que l'on connaît derrière soi, mais c'est un aller sans retour. Soit on trouve cet endroit, et nous aviserons, comme nous l'avons fait en arrivant ici, dit-il en regardant Léa avec des larmes plein les yeux. Soit… on ne trouve rien et nous mourrons en chemin. Mais entre attendre ici une amélioration qui ne viendra pas et mourir pour rien, ou… tenter quelque chose et avoir, ne serait-ce qu'un mince espoir de trouver mieux, au risque de mourir sur la route… Mon choix est fait, finit-il dans un soupir, la voix éplorée.

Un murmure parcourut le groupe. Quelques-uns hésitèrent, mais rapidement, il devint évident que la majorité partageait l'avis d'Elie. La décision était prise.

Quelques heures plus tard, la petite troupe était prête à quitter les ruines. Ils avaient rassemblé ce qu'ils pouvaient : quelques sacs de provisions, des armes de fortune, et surtout, l'espoir fragile de trouver un refuge loin de la dévastation.

— On ne peut pas prendre trop de risques, murmura Elie à Léa alors qu'ils se préparaient à partir. Si les Immortels se sont réorganisés, ils pourraient encore nous traquer.

— Je doute qu'ils en soient capables, répliqua Léa en serrant la bandoulière de son sac. Ils sont aussi perdus que nous.

— Peut-être. Mais mieux vaut ne pas tenter le diable.

Léa jeta un dernier regard à la ville en contrebas, où les lueurs des incendies continuaient de danser dans la nuit noire.

— Est-ce qu'on reviendra un jour ? demanda-t-elle doucement. Est-ce que cela fera comme avec notre ancienne communauté ? Nous ne la reverrons plus ?

Elie se tourna vers elle, son visage durci par les évènements récents.

— Si on revient, ce sera pour quelque chose de plus grand. Pour les Oubliés.

Elie hocha lentement la tête, puis se détourna.

Le groupe s'ébranla, quittant les ruines de la cité sous le couvert de la nuit. La ville qui les avait accueillis, qui les avaient vu grandir, qui avait fait de Elie un porteur d'espoir, l'initiateur de la révolte contre les Immortels, la ville qui avait été le symbole d'un futur âge d'or, d'un renouveau de la condition humaine. Cette ville disparaissait dans l'ombre, emportant avec elle, d'une part, les espoirs déchus d'un monde qui s'était cru immortel, et d'autre part, la folie de certains hommes avides de pouvoir au point de s'entretuer une fois les Immortels disparus.

Alors qu'ils s'enfonçaient dans la lande désolée, une question restait suspendue dans l'esprit de chacun : trouveraient-ils réellement cet endroit ? Ou n'était-ce qu'une autre illusion dans un monde où tout s'était effondré ?

Le premier jour de marche fut silencieux. Le paysage autour d'eux était morne et désolé. La terre semblait morte, craquelée par des années de sécheresse et d'abandon. Chaque pas les éloignait un peu plus de la ville, mais aussi de toute certitude.

Mira marchait à côté d'Elie, ses yeux constamment rivés sur l'horizon.

— Tu crois qu'on trouvera vraiment cet endroit ? lui demanda-t-elle, brisant finalement le silence. Que l'on sera plus obligé de courir derrière un rêve irréel ?

Elie resta un moment silencieux, réfléchissant à sa réponse.

— Je ne sais pas, Mira, avoua-t-il. Mais je préfère tenter ma chance une nouvelle fois que de rester là-bas à attendre la mort.

Elle acquiesça doucement.

— Tu as raison. Cette fois encore tu n'as pas vraiment le choix.

Le groupe continua d'avancer, le vent soulevant parfois la poussière des routes abandonnées. Au loin, les premières montagnes se dessinaient, imposantes et mystérieuses, comme un obstacle de plus entre eux et leur salut.

Le chemin vers l'inconnu venait à peine de recommencer.

Le deuxième jour de marche fut plus éprouvant que le premier. Le paysage, toujours aussi aride et désolé, semblait s'étendre à l'infini. Le soleil de plomb frappait sans relâche, et l'eau qu'ils avaient emportée diminuait à vue d'œil.

Léa, en tête du groupe, se retourna vers Elie, une moue d'inquiétude sur le visage.

— On ne tiendra pas longtemps à ce rythme, murmura-t-elle en jetant un regard aux autres, visiblement épuisés.

Elie hocha la tête, conscient de la gravité de la situation.

— On va devoir rationner encore plus, répondit-il doucement. Si nous ne trouvons pas de source d'eau bientôt, ça va devenir critique.

Tomas qui marchait en retrait, se rapprocha et écouta la conversation. Il leva un sourcil en entendant les mots d'Elie.

— Rationner ? dit-il, incrédule. On est déjà au strict minimum ! Et pour quoi ? Pour des rumeurs d'un endroit qui pourrait même ne pas exister !

Léa lança un regard noir à Tomas.

— On en a déjà parlé, Tomas. Si tu veux faire demi-tour, fais-le. Personne ne te retient.

Mais Tomas secoua la tête avec amertume.

— Revenir dans cette ville à l'agonie ? Non merci. Mais je veux juste qu'on soit réaliste. Si on ne trouve rien dans les prochains jours, on risque de tous y passer.

Elie fronça les sourcils, mais ne répondit pas tout de suite. Il savait que Tomas avait raison, mais admettre l'ampleur de la situation risquait de semer encore plus de panique dans le groupe.

— On va continuer, finit-il par dire. On trouvera quelque chose.

Léa hocha la tête en signe d'approbation et s'éloigna pour reprendre la tête du groupe. Tomas, quant à lui, ne dit rien de plus, mais son regard restait lourd de doutes.

La marche continua dans un silence pesant, chaque membre du groupe plongé dans ses propres pensées. La fatigue s'abattait sur eux comme un fardeau invisible, et les visages se creusaient à mesure que les kilomètres s'accumulaient sous leurs pieds.

Le troisième jour, un cri retentit soudainement depuis l'avant du groupe. Mira, qui marchait aux côtés de Léa, s'arrêta net, ses yeux écarquillés par la surprise.

— Là ! Regardez ! s'écria-t-elle en pointant du doigt un point à l'horizon.

Tous levèrent les yeux dans la direction indiquée. À l'horizon, quelque chose se dessinait enfin : une sorte de structure, vaguement visible à travers les vagues de chaleur.

Elie s'approcha pour mieux voir. C'était flou, presque indistinct, mais il y avait définitivement quelque chose.

— Qu'est-ce que c'est ? demanda Léa, plissant les yeux.

— Une ville ? proposa Tomas, sans grande conviction.

Elie hocha la tête, ses yeux fixés sur la silhouette.

— C'est peut-être le complexe dont Mira parlait. Ou quelque chose d'autre… mais c'est notre seule piste.

L'espoir, minime, mais réel, se raviva dans le groupe. Avec une énergie renouvelée, ils reprirent la marche, leurs pas plus rapides malgré l'épuisement. La promesse de trouver quelque chose, n'importe quoi, les faisait avancer.

Après plusieurs heures de marche, ils s'approchèrent enfin de ce qui semblait être une installation. Les bâtiments étaient petits, presque enterrés sous le sable et les débris, mais ils étaient encore debout. Il y avait des panneaux solaires, brisés pour la plupart, mais certains semblaient intacts.

— Ça ressemble à un ancien poste de recherche, murmura Elie en inspectant les lieux. Peut-être abandonné pendant les premiers jours du cataclysme.

Léa regarda autour d'elle, ses yeux scrutant les alentours avec méfiance.

— On doit vérifier si quelque chose fonctionne encore. Des machines, des réservoirs d'eau… tout ce qui pourrait nous aider.

Elie acquiesça. « Divisons-nous ».

Ils se dispersèrent alors dans le complexe. Le bâtiment principal, une ancienne station de recherche, n'était pas grand, mais il était constitué de plusieurs salles. L'atmosphère y était pesante, le silence seulement brisé par leurs pas précautionneux sur le sol poussiéreux.

Léa et Elie entrèrent dans ce qui semblait être la salle des commandes. Les consoles étaient couvertes de poussière, mais relativement intactes.

— Peut-être qu'on peut rétablir l'alimentation ici, dit Elie en s'approchant d'une des machines.

Léa hocha la tête et commença à examiner les câbles et les circuits. Après quelques minutes de travail, Elie parvint à connecter une batterie portable qu'ils avaient trouvée dans une autre pièce.

— Croisons les doigts, murmura Léa en appuyant sur un bouton.

Un vrombissement faible, presque imperceptible, résonna dans la pièce. Une petite lumière verte clignota sur le tableau de bord. Ils échangèrent un regard de surprise.

— Ça fonctionne ? demanda-t-elle.

Elie tapota sur quelques touches, activant lentement des systèmes endormis depuis des années.

— Pour l'instant, oui.

Leurs yeux se posèrent alors sur l'écran principal. À mesure que l'alimentation se rétablissait, les données réapparaissaient, et une carte détaillée des environs se forma.

— Regarde ça, dit Elie en désignant un point lumineux au nord de leur position. Ça semble être une autre installation… beaucoup plus grande.

Léa se pencha en avant, plissant les yeux. Le complexe dont ils avaient entendu parler, celui qui serait encore intact.

— C'est là qu'on doit aller, souffla-t-elle.

Elie hocha la tête, mais il y avait une certaine gravité dans son regard.

— Oui, mais ce n'est pas la seule chose qui apparaît sur cette carte… regarde ici, dit-il en pointant plusieurs points lumineux plus petits qui se déplaçaient rapidement.

Léa fronça les sourcils.

— Qu'est-ce que c'est ?

— Je ne sais pas, répondit-il. Mais ça se rapproche.

Leur cœur se serra à cette révélation. Il y avait quelqu'un, ou quelque chose, là-bas.

Léa déglutit difficilement, le regard fixé sur les points lumineux qui se rapprochaient de plus en plus.

— Tu penses que ce sont des… survivants ? demanda-t-elle, la voix tremblante.

Elie resta silencieux un moment, puis secoua la tête.

— Peu importe ce que c'est, ça vient vers nous, et ça ne semble pas amical. Il se redressa, attrapant son sac. On doit partir, maintenant.

Léa hocha la tête et s'empressa de rassembler leurs affaires. Le grondement sourd, à peine perceptible, semblait s'amplifier à mesure que les secondes s'écoulaient. Quelque chose approchait.

Ils se précipitèrent hors de la salle des commandes, retrouvant Tomas et les autres à l'extérieur du bâtiment. Tomas les regarda arriver, les sourcils froncés.

— Qu'est-ce qui se passe ? demanda-t-il en voyant leurs visages tendus.

— On n'est pas seuls ici, répondit Elie, essoufflé. Quelque chose se rapproche de nous, et vite. On doit s'éloigner de ce complexe avant qu'ils ne nous trouvent.

Mira, qui vérifiait leur équipement, se redressa brusquement, l'air inquiet.

— C'est peut-être un autre groupe de survivants ?

— Peut-être, admit Elie, mais je ne veux pas prendre le risque. Ils pourraient être hostiles.

Tomas hocha la tête, la mâchoire serrée. Il comprenait la situation. Le monde était devenu trop dangereux pour faire confiance à des inconnus.

— On se casse, déclara-t-il, attrapant son sac.

Le groupe se mit en marche rapidement, quittant les ruines du complexe à travers les dunes. Le soleil était bas à l'horizon, projetant des ombres longues et inquiétantes sur le sol craquelé. Elie, en tête, jetait sans cesse des regards en arrière, guettant le moindre signe de mouvement.

Ils marchèrent pendant un moment, en silence, ne s'arrêtant que pour de courtes pauses. Le froid de la nuit commençait à s'installer, rendant la marche encore plus difficile. Le vent sifflait à travers les collines de sable, soulevant des particules qui leur piquaient la peau et les yeux.

Léa trébucha soudainement, épuisée. Elie se tourna vers elle, tendant la main pour l'aider à se relever.

— Ça va ? demanda-t-il doucement.

— Je… Elle reprit son souffle, hochant la tête. Oui, ça va. Je suis juste fatiguée.

Il la fixa un moment, ses yeux remplis d'inquiétude, mais il n'ajouta rien. Ils n'avaient pas le luxe de se reposer pour l'instant.

Soudain, un bruit lointain retentit derrière eux, un rugissement qui fit écho à travers les dunes.

Tomas se retourna brusquement, les yeux écarquillés.

— Qu’est-ce que c’était ? demanda-t-il, la panique dans la voix.

Elie plissa les yeux, essayant de discerner quelque chose dans la pénombre, mais tout ce qu’il voyait, c’était le vent qui soulevait des vagues de sable.

— Ils sont encore plus près, murmura Elie.

— On va jamais y arriver… marmonna Mira, essoufflée. Si on continue à ce rythme, ils vont nous rattraper.

Elie serra les poings. Mira avait raison. Ils étaient trop lents, trop épuisés. Et les bruits se rapprochaient, des rugissements mécaniques, peut-être des véhicules…

— Il faut qu’on se cache, dit Elie d’un ton urgent. Si on continue à marcher, on est foutus.

Léa regarda autour d’elle, désespérée.

— Se cacher ? Mais où ? Il n’y a rien ici, juste du sable à perte de vue !

— Là-bas ! s’écria Tomas, pointant vers un amas de rochers qui se dressaient à quelques centaines de mètres devant eux. On peut se cacher derrière ces pierres.

Sans perdre une seconde, le groupe se mit à courir vers les rochers, leurs jambes tremblantes sous la fatigue. Les bruits de moteurs s’intensifiaient, grondant comme une tempête imminente.

Arrivés derrière les rochers, ils s’effondrèrent sur le sol, haletants, essayant de contrôler leur respiration. Elie se pencha légèrement, scrutant l’horizon. Il pouvait voir les lueurs des phares, des formes indistinctes approchant rapidement.

— Des véhicules… murmura-t-il.

Léa le rejoignit, son visage exsangue.

— Ils sont trop nombreux. On ne pourra pas les affronter.

— On n’a pas besoin de les affronter, répondit Elie en reculant derrière la pierre. On doit juste rester invisibles.

Tous se serrèrent contre les rochers, retenant leur souffle. Les moteurs vrombissaient de plus en plus fort. Des ombres noires, imposantes, traversèrent le désert, balayant les dunes avec leurs phares puissants. Elie sentit son cœur battre à tout rompre dans sa poitrine. Ils devaient rester silencieux, immobiles, espérant que les poursuivants ne les repéreraient pas.

Les véhicules ralentirent en approchant des ruines du complexe qu'ils avaient quitté, mais aucun ne sembla s'attarder dans leur direction. Les lumières s'éloignèrent peu à peu, et bientôt, le grondement des moteurs se dissipa dans la nuit.

Ils attendirent plusieurs minutes après la disparition des derniers véhicules avant de bouger. Le silence revint, lourd et oppressant.

— On a eu de la chance, murmura Mira, la voix tremblante.

Elie hocha la tête, se redressant lentement.

— On ne peut pas rester ici. Il faut continuer.

Léa se leva à son tour, jetant un dernier regard aux lumières lointaines.

— Oui, dit-elle. Mais on est plus près qu'eux de cet endroit… On doit y arriver avant eux.

Elie acquiesça. Ils n'avaient plus le choix. Le groupe reprit la marche avec une détermination renouvelée. Le silence pesant de la nuit leur donnait une étrange sensation de solitude, comme si le monde entier avait cessé d'exister autour d'eux. Elie ouvrait la marche, serrant les dents contre la fatigue, tandis que Léa et Tomas suivaient de près, les yeux fixés sur l'horizon.

— Combien de temps avant d'arriver ? demande Mira d'une voix faible, ses jambes fléchissant sous l'effort.

Elie jeta un regard vers la boussole cassée qu'il portait au poignet. Un vestige d'un autre temps, inutile maintenant.

— Quelques heures, peut-être. Si tout va bien.

Léa s'arrêta un instant, sa respiration courte, son visage crispé par la fatigue et l'inquiétude.

— Elie, dit-elle en posant une main sur son bras, qu'est-ce qu'on va faire une fois là-bas ? On ne sait même pas si cet endroit existe vraiment. Si la technologie immortelle est encore intacte… qu'est-ce qui nous attend ?

Elie baissa les yeux, incapable de répondre immédiatement. Il savait qu'elle avait raison. Tout ce qu'ils avaient, c'étaient des rumeurs, des fragments d'espoir glanés dans des récits de survivants désespérés. Mais il ne pouvait pas laisser le doute les arrêter maintenant.

— Je ne sais pas, admit-il finalement, en croisant son regard. Mais on doit essayer. On ne peut pas continuer à survivre comme ça, pas dans ce monde.

Léa hocha lentement la tête, mordant sa lèvre inférieure.

— Alors on continue.

Ils marchèrent en silence pendant ce qui sembla être des heures, leurs silhouettes à peine visibles dans l'obscurité croissante. Le vent sifflait, soulevant des vagues de sable qui semblaient vouloir les avaler tout entier. Tomas trébucha à plusieurs reprises, son corps épuisé par l'effort.

— Je vais… je vais par tenir longtemps, haleta-t-il, s'arrêtant pour se pencher en avant les mains sur les genoux. Je… je dois me reposer.

Elie s'arrêta et jeta un coup d'œil autour de lui. Il n'y avait aucun abri en vue, juste des dunes à perte de vue. Mais il savait que forcer Tomas à continuer dans cet état pourrait lui être fatal.

— D'accord, dit-il en se rapprochant de lui. On prend une pause. Cinq minutes, pas plus.

Léa, Mira et Tomas s'écroulèrent sur le sable, leurs corps frissonnant sous le froid nocturne. Elie resta debout, scrutant l'horizon, les mains serrées en poings.

— Tu crois qu'ils vont nous rattraper ? demande soudain Léa, les yeux fixés sur lui.

Elie secoua la tête.

— Je ne sais pas. Peut-être qu'ils ont abandonné la poursuite. Peut-être qu'ils ont trouvé autre chose à chasser.

Léa plissa les yeux, regardant elle aussi au loin, comme si elle cherchait à percevoir des mouvements invisibles.

— On a encore de l'avance, murmura-t-elle. Mais pour combien de temps ?

Soudain, un bruit léger, mais distinct brisa le silence. Un frottement contre le sable. Elie se tourna brusquement, tendant l'oreille.

— Vous avez entendu ça ?

Les autres se redressèrent, l'alerte dans leurs yeux.

— C'était quoi ? demanda Tomas, son visage pâle de peur.

Elie ne répondit pas tout de suite. Il se pencha, prenant une poignée de sable entre ses doigts et le laissant couler lentement. Le vent. Le bruit était plus faible qu'avant, mais cela ressemblait à un déplacement discret dans les dunes. Quelqu'un ou quelque chose les suivait.

— On doit bouger, dit-il avec urgence, sa voix tendue. Ils sont plus proches qu'on ne le pensait.

Léa et Mira bondirent sur leurs pieds, serrant leurs sacs contre elles. Tomas tituba, son corps encore faible, mais la peur semblait lui donner un élan d'énergie.

— On va où ? demande Mira, la voix brisée par la panique.

— Par ici, répondit Elie en désignant une colline rocheuse à l'horizon, plus proche que le reste du désert infini. Si on atteint ces formations rocheuses, on pourra peut-être trouver un endroit où se cacher ou au moins avoir une vue dégagée.

Ils se remirent à courir, leurs jambes alourdies par la fatigue et l'adrénaline. Chaque pas leur semblait pesant, chaque souffle leur brûlait la gorge. Elie pouvait entendre les battements irréguliers de son cœur, comme un tambour incessant dans ses oreilles.

Les bruits derrière eux devenaient plus persistants, comme si quelque chose les traquait sans relâche. Une ombre furtive se mouvait derrière les dunes, toujours invisible, mais palpable, comme une menace omniprésente.

Enfin, ils atteignirent la base de la colline rocheuse. Elie leva les yeux, cherchant une ouverture, un abri quelconque. Là, dans la pénombre, une petite cavité entre les pierres.

— Par ici ! cria-t-il, guidant le groupe à l'intérieur.

Ils se précipitèrent dans l'ouverture, se plaquant contre les parois de la caverne, leurs corps tremblants d'épuisement. Le silence retomba autour d'eux, brisé seulement par leurs respirations saccadées.

Léa s'approcha d'Elie, sa voix réduite à un murmure.

— Tu crois qu'on est en sécurité ici ?

Elie hocha la tête, bien que son esprit en doutât. Il espérait que les ténèbres et les rochers les protégeraient suffisamment longtemps pour qu'ils puissent se reposer. Mais il savait, au fond de lui, que la course n'était pas terminée.

— Pour l'instant, répondit-il doucement. Mais on doit rester sur nos gardes.

Ils s'installèrent dans un coin de la caverne, tentant de trouver un peu de réconfort dans cette cachette temporaire. Tomas s'effondra contre le mur de pierre, fermant les yeux, épuisé.

Mira, elle, scrutait toujours l'entrée avec une inquiétude palpable.

— Si c'est eux… s'ils nous trouvent ici, qu'est-ce qu'on fait ? demanda-t-elle d'une voix tremblante.

Elie ne répondit pas immédiatement, se contentant de fixer l'entrée sombre.

— On se bat, dit-il finalement, d'une voix grave. Ou on meurt.

Le silence retomba à nouveau, lourd et pesant, alors que le groupe réalisait l'ampleur de la situation. La fuite n'était qu'un répit temporaire, et le véritable danger rôdait toujours dans l'ombre.

Alors que l'obscurité les enveloppait, un profond silence régnait dans la petite caverne où Elie et son groupe s'étaient réfugiés. Les souffles reprenaient lentement un rythme plus calme, mais l'angoisse était encore palpable. Tomas, malgré sa fatigue, ne parvenait pas à trouver le sommeil. Mira restait assise, les genoux ramenés contre sa poitrine, fixant l'entrée avec une peur latente. Léa, elle, s'était appuyée contre Elie, en quête de réconfort dans ce monde devenu si brutal.

— Elie, murmura-t-elle après un long moment. Et si… et si nous ne trouvions rien là-bas ? Si cette rumeur est fausse ?

Elie resta silencieux. Lui aussi était hanté par ces questions. Il se souvenait de ces promesses d'un sanctuaire, un endroit où la technologie immortelle, le Nexus, fonctionnait encore. Mais plus ils s'enfonçaient dans ce monde ravagé, plus ce mythe semblait lointain, irréel.

— Alors on continuera, finit-il par dire, d'une voix plus déterminée qu'il ne le ressentait vraiment. Ce que nous avons laissé derrière nous est pire que tout ce que nous pourrions trouver là-bas.

Léa hocha la tête sans ajouter un mot. Mais dans son regard, Elie pouvait lire cette même question, cette même crainte de l'avenir incertain qui les attendait.

Les heures s'étiraient dans une étrange langueur, rythmées par les battements de la peur. Puis, sans prévenir, un bruit sourd se fit entendre à l'extérieur. Tomas, d'un bond, se redressa, les yeux écarquillés. Mira se plaqua contre le mur, son souffle coupé.

— C'est eux ? demanda-t-elle d'une voix brisée, ses yeux cherchant désespérément une réponse dans le visage d'Elie.

Il ne répondit pas immédiatement, son esprit s'éveillant d'un coup, aux aguets. Il tendit l'oreille. Le bruit n'était pas celui d'un pas humain. Il semblait… plus mécanique, comme un grincement rouillé.

— Restez ici, ordonna-t-il à voix basse.

Tandis qu'il se dirigeait vers l'entrée, accroupi, Léa le suivit de près malgré sa peur palpable. Ensemble, ils jetèrent un coup d'œil hors de la caverne.

L'obscurité recouvrait toujours le paysage désolé, mais au loin, des éclats de lumière clignotaient, faiblement. Ces lumières n'avaient rien d'humain. C'étaient des drones, éteints pendant des années, probablement réactivés par des protocoles d'urgence. Ils déambulaient sans but précis, cherchant ce qu'ils devaient protéger, maintenant que tout s'était effondré.

— Qu'est-ce que c'est ? murmura Léa.

Elie fronça les sourcils, observant ces drones errant avec une curiosité mêlée de méfiance.

— Des fragments du monde des Immortels, répondit-il. Ils sont à la recherche d'un ordre qu'ils ne recevront jamais.

Le spectacle était troublant. C'était comme si le monde technologique, autrefois parfait, tentait de se raccrocher à ses derniers vestiges, sans comprendre que tout avait changé. C'était là une vision du futur qu'Elie ne pouvait ignorer. Ce qu'ils cherchaient, cette supposée terre de l'immortalité intacte, pourrait bien être aussi creux et vide que ces drones perdus.

— Il va falloir redoubler de prudence, chuchota-t-il, en se tournant vers Léa. Si ces drones sont encore actifs, il pourrait y avoir d'autres machines. Des systèmes de défense, des sentinelles… peut-être même des restes du Nexus.

Léa serra la mâchoire, hochant la tête.

— Alors nous devons être prêts à tout.

Ils retournèrent dans la caverne, où Tomas et Mira attendaient nerveusement. Le groupe se réunit dans un cercle, discutant à voix basse de ce qui les attendait. La lumière pâle de l'aube commençait à filtrer à travers l'entrée, et avec elle, la promesse d'un nouveau départ, ou peut-être, la fin de tout.

— Nous n'avons plus beaucoup de choix, dit Elie d'un ton grave en s'adressant à ses compagnons. Soit nous continuons vers cet endroit, soit nous restons ici à attendre la mort.

Tomas serra ses poings, le regard déterminé.

— Si ces rumeurs sont vraies, dit-il, alors nous pourrions trouver un moyen de reconstruire. Nous pourrions récupérer ce qu'ils nous ont volé… et même, peut-être, comprendre cette immortalité.

L'idée fit son chemin dans l'esprit d'Elie. L'immortalité… était-elle vraiment une bénédiction ou une malédiction ? Ils avaient vu la chute des Immortels, ces dieux déchus de leur trône numérique. Mais si une part de cette technologie survivait, elle pourrait encore offrir une chance à l'humanité.

— Si cet endroit existe, murmura Mira, est-ce qu'on pourrait vraiment l'utiliser pour… nous sauver ?

Elie ne répondit pas immédiatement. Cette question pesait lourd dans son esprit depuis qu'ils avaient pris la décision de fuir. Il savait qu'atteindre cet endroit n'était qu'une partie du chemin. Le vrai défi serait de décider quoi faire une fois là-bas.

— Peut-être, dit-il enfin. Mais nous devons d'abord y arriver.

Le groupe hocha la tête, résolu à poursuivre leur quête, même si cette dernière se transformait peu à peu en une course contre la montre.

Au loin, les drones continuaient leur danse erratique dans les dunes. Le monde était en train de basculer dans une ère nouvelle. L'ancien système, celui des Immortels, n'était plus qu'un fantôme, mais ses ruines continuaient de peser sur l'avenir.

Alors qu'ils quittaient la caverne pour reprendre leur marche, l'aube révélait un paysage plus aride et dangereux que jamais. Leurs esprits étaient tournés vers l'espoir d'une nouvelle ère, mais aussi vers la crainte de ce qui les attendait au bout de la route.

Alors qu'ils approchaient de leur destination, Elie et son groupe découvrirent les vestiges d'une ancienne civilisation immortelle. Les rumeurs d'une technologie intacte se confirmaient, mais à quel prix ? La ville immortelle, gardée par des machines et des systèmes autonomes, n'était pas aussi vide qu'ils l'avaient imaginé. Là-bas, les derniers secrets de l'immortalité attendaient d'être révélés, mais ces révélations pourraient bien bouleverser tout ce qu'ils croyaient savoir sur la vie, la mort et l'éternité.

Le chemin vers l'immortalité se révélait être un labyrinthe de choix moraux, de sacrifices, et de confrontations entre ceux qui croyaient encore en un avenir pour l'humanité et ceux qui préféraient se réfugier dans l'illusion éternelle du Nexus…

Deuxième partie
L'illusion de l'éternité

Chapitre 5
L'ascension des immortels

Quelques semaines auparavant, le vent soufflait doucement à travers la haute tour de la cité immortelle. Depuis la large baie vitrée de son appartement, Selena observait la ville en contrebas, perdue dans ses pensées. Des souvenirs lointains remontaient à la surface, des bribes de conversations, des promesses faites des siècles auparavant. Elle se souvenait de l'époque où elle n'était qu'une humaine parmi tant d'autres, encore vulnérable à la maladie et au vieillissement, ignorante des vérités qui allaient bouleverser le monde.

Le crépitement d'un feu holographique dans le coin de la pièce interrompit ses pensées, mais elle n'y prêta pas attention. Elle se souvenait de ce jour particulier, celui où tout avait changé pour elle.

***

Le laboratoire blanc immaculé sentait le désinfectant et le métal froid. Des écrans projetaient des chiffres incompréhensibles et des schémas du corps humain. Selena, alors âgée de 35 ans, se tenait au centre de la pièce, entourée de techniciens et de médecins, son cœur battant à tout rompre. À l'époque, l'idée d'une vie sans fin n'était qu'un rêve. Un rêve que, contre toute attente, ils avaient réussi à toucher du doigt.

Le Dr Jensen, un scientifique à l'air sévère et rigide, entra dans la pièce. Il portait une blouse impeccable et des lunettes aux verres fins. Son regard calculateur s'arrêta sur Selena.

— Prête, Selena ? demanda-t-il d'une voix sèche, sans détourner son attention des instruments.

Selena inspira profondément, cherchant à calmer les doutes qui la rongeaient depuis des semaines.

— Oui… répondit-elle d'une voix qui trahissait encore un peu de nervosité. Je suis prête.

Le Dr Jensen s'approcha d'elle, ses mains gantées tapotant une tablette qui clignotait de données. Il la fixa un moment, ses yeux pleins de la détermination froide qui animait les pionniers dans ce projet fou. Puis il se tourna vers les autres scientifiques présents.

— Très bien. Nous sommes sur le point de franchir une nouvelle étape de l'humanité.

Selena sentit un frisson lui parcourir l'échine. Elle savait qu'elle ne serait plus jamais la même après ce jour. Ce qu'ils s'apprêtaient à lui injecter, ce n'était pas seulement un traitement expérimental. C'était l'immortalité, la promesse de défier les lois mêmes de la nature. Elle s'allongea sur la table froide, le regard fixé au plafond. Les lumières au-dessus d'elle se reflétaient sur les instruments chirurgicaux et les seringues métalliques qui attendaient d'être utilisés.

Une voix familière brisa le silence tendu.

— Selena… tu es sûre de vouloir faire ça ?

C'était sa meilleure amie, Laeticia, une autre scientifique du projet. Contrairement à Selena, elle avait choisi de rester en dehors du programme. Elle n'avait pas voulu sacrifier son humanité pour l'éternité.

Selena tourna la tête vers elle, une lueur d'hésitation dans les yeux.

— Je dois le faire, Laeti. Nous avons travaillé toute notre vie pour en arriver là. Si ce n'est pas moi, ce sera quelqu'un d'autre.

Laeticia serra les poings, les lèvres pincées. Elle n'était pas convaincue.

— Et si on se trompait ? Et si… ce n'était pas la bonne solution ?

Selena ferma les yeux, se rappelant pourquoi elle avait pris cette décision. Elle voulait vivre. Elle voulait voir le monde changer, prospérer, aller au-delà des limites imposées par la nature.

— Si on se trompe, murmura-t-elle, alors ce sera un prix que je serai prête à payer.

Le silence qui suivit fut lourd de sens. Laeticia s'éloigna lentement, laissant Selena avec ses choix. Le processus s'enclencha, et bientôt, le liquide immortel coula dans ses veines, tandis que des machines complexes surveillaient chaque réaction de son corps.

La première étape du processus était enclenchée.

***

Selena soupira en repensant à cette journée. Les débuts de leur utopie. La promesse d'un monde où la mort n'aurait plus sa place. Mais avec le temps, elle avait compris que cette immortalité, tant convoitée, n'était pas la libération qu'elle espérait. C'était une prison dorée, une boucle infinie d'ennui et de désillusion.

Un bruit sourd derrière elle la tira de ses pensées. Un homme entra dans la pièce, portant une tenue immaculée, ses traits tirés. C'était Soren, un autre immortel, membre du conseil. Son visage ne montrait aucun signe de vieillissement, mais ses yeux trahissaient le poids siècles.

— Selena, dit-il en s'avançant, la voix grave. La situation devient de plus en plus instable. Les humains en dehors des villes immortelles commencent à se rebeller.

Selena hocha la tête sans un mot, fixant toujours la ville. La révolte des Oubliés. Elle savait que cela arriverait tôt ou tard. Aucun régime, aussi parfait soit-il, ne pouvait durer éternellement. Les humains laissés à leur sort finissaient toujours par se soulever.

— Cela ne peut pas continuer ainsi, poursuivit Soren, s'approchant d'elle. Nous devons réagir. Le Conseil commence à envisager des mesures drastiques.

Elle se tourna lentement vers lui, ses yeux reflétant une lassitude qu'elle n'avait plus besoin de cacher.

— Des mesures drastiques ? répéta-t-elle d'une voix sèche. Comme quoi, Soren ? Encore plus de contrôle ? Encore plus de surveillance ?

Soren croisa ses bras derrière son dos, prenant un ton plus ferme.

— Si nécessaire. Nous ne pouvons pas laisser des décennies de travail s'effondrer à cause de la colère de quelques humains délaissés. Nous avons bâti ce monde pour éviter la violence, la mort.

Selena secoua la tête.

— Nous l'avons bâti pour nous protéger de la mort, mais à quel prix ? demanda-t-elle en le fixant droit dans les yeux. À quel moment avons-nous perdu ce pour quoi nous nous battions réellement ?

Soren fronça les sourcils, ne comprenant pas pleinement où Selena voulait en venir.

— Tu parles comme Laeticia. Toujours à douter, même après tous ces siècles.

Le nom de Laeticia résonna dans l'esprit de Selena. Cela faisait si longtemps. Elle ne savait même plus si Laeti était encore en vie quelque part, ou si elle avait succombé au vieillissement comme tant d'autres. Selena sentit une vague de tristesse monter en elle.

— Peut-être que Laeticia avait raison, murmura-t-elle, presque pour elle-même. Peut-être qu'il y a des choses qu'on n'aurait jamais dû essayer de changer.

Soren secoua la tête avec exaspération.

— C'est trop tard pour ces réflexions. Nous sommes devenus immortels, Selena. Il n'y a pas de retour en arrière.

Selena le savait. Mais cela n'empêchait pas les doutes de grandir en elle. L'immortalité n'était-elle pas qu'une illusion ? Une fuite face à la réalité inévitable ? Tandis que la révolte grondait en dehors des murs de leur cité, elle sentait que leur ère touchait à sa fin.

— Peut-être, répondit-elle finalement, la voix basse. Mais même les dieux peuvent être fragiles.

Et pour la première fois depuis des siècles, Selena se demandait si elle avait fait le bon choix.

***

Selena se tenait dans la vaste salle blanche du centre de recherche biologique de NexusCorp, il y a plus de deux siècles. Elle observait les silhouettes en blouse blanche s'affairant autour d'elle, l'esprit envahi par des pensées contradictoires. Ce jour-là marquait le début de sa transformation. La promesse de l'immortalité se dressait devant elle, une utopie qui avait séduit la plupart des élites du monde. Mais quelque part, au fond d'elle, une petite voix chuchotait : Et si tout cela n'était qu'un mirage ?

La porte s'ouvrit doucement derrière elle, et une silhouette familière entra dans la pièce. Le docteur Vincent Mortensen, chef scientifique du projet Nexus et l'un des architectes de la nouvelle ère.

— Selena, la voix de Vincent était douce, mais empreinte d'une autorité indéniable. Tout est prêt. Es-tu prête pour finaliser le processus ?

Selena tourna la tête, regardant l'homme dans les yeux. Il semblait calme, serein, comme s'il maîtrisait parfaitement l'énormité de ce qui allait se produire. Mais elle savait qu'au fond, même lui n'était pas à l'abri d'un doute.

— Je suis prête depuis longtemps, Vincent, répondit-elle, sa voix légèrement tremblante. C'est juste que… le chemin pour y parvenir paraît de plus en plus irréel.

Vincent sourit, posant une main rassurante sur son épaule.

— L'immortalité semble toujours irréelle, jusqu'à ce que vous y accédiez.

Selena esquissa un sourire hésitant avant de détourner les regards vers les équipements brillants, les tubes et les machines qu'elle ne comprenait qu'en partie. La salle ressemblait à une fusion entre un laboratoire de pointe et une chambre de méditation futuriste. Des caissons transparents, suspendus dans les airs, baignaient dans une lumière bleutée.

— Comment tout cela a-t-il commencé, Vincent ? demanda-t-elle finalement, cherchant un peu de réconfort dans l'histoire qu'elle connaissait déjà. Ce rêve d'immortalité…

Le docteur prit une grande inspiration, se préparant à répéter une histoire qu'il avait racontée à des centaines de candidats avant elle.

— Tout a commencé avec la découverte de la régénération cellulaire accrue dans certaines espèces marines, commença Vincent en se dirigeant vers un panneau de contrôle. L'hydrozoaire, pour être précis. Une petite créature capable de réparer son corps indéfiniment, sans jamais vieillir. Pendant des années, nous avons étudié ce phénomène, cherchant à comprendre comment la nature avait su défier la mort.

Selena hocha la tête. C'était une histoire qu'on leur avait racontée lors des premières phases du programme.

— Mais, ça ne suffisait pas, n'est-ce pas ? reprit-elle doucement.

Vincent esquissa un sourire.

— Non. Cela n'était qu'un point de départ, l'immortalité biologique ne suffisait pas. Il fallait quelque chose de plus profond, de plus durable. Il se pencha sur l'écran et fit apparaître une série de graphiques représentant des cellules en cours de régénération. Nous avons commencé par maîtriser la régénération cellulaire, mais rapidement, nous nous sommes rendu compte que les cellules finiraient par se corrompre d'une manière ou d'une autre. Le secret était dans la mémoire cellulaire, et c'est là que l'intelligence artificielle est entrée en jeu.

Selena fronça les sourcils, suivant ses explications.

— L'IA ? Je pensais que tout cela reposait uniquement sur la biologie.

— C'est plus compliqué que cela, répondit Vincent, sa voix teintée d'un soupçon de fierté. L'IA nous a permis d'intervenir dans les processus cognitifs et neurologiques, de numériser certaines parties du cerveau humain. En termes simples, elle a permis à notre esprit d'échapper aux limitations de notre corps.

Selena se souvint des premiers rapports qu'elle avait lus sur les réussites des premiers essais. Des sujets humains qui avaient réussi à transférer partiellement leurs consciences vers des machines intelligentes, créant une copie numérique d'eux-mêmes.

— C'est comme cela que nous avons su que nous pouvions aller plus loin, poursuivit Vincent, en désignant un caisson de stase devant lui. Nous avons synchronisé le processus biologique et numérique. Les cellules se régénèrent indéfiniment, et l'esprit, quant à lui, est préservé à l'aide de copies numériques régulières. Si le corps faiblit, nous réactivons cette version sauvegardée. L'immortalité n'est pas seulement dans la chair, elle est aussi dans l'esprit.

Selena s'approcha du caisson. C'était à la fois fascinant et inquiétant. La promesse d'une vie sans fin, mais au prix d'une partie de soi.

— Et qu'en est-il des premiers essais ? demanda-t-elle, sa voix s'adoucissant. Tu as mentionné que… tout ne s'était pas déroulé comme prévu.

Vincent sembla hésiter un instant. Puis il baissa la tête, laissant échapper un léger soupir.

— Les premiers essais ont échoué, avoua-t-il. Nous avons découvert que l'esprit humain n'est pas fait pour vivre sans fin. Certains sujets sont devenus fous, incapables de gérer les milliards de souvenirs qui s'accumulaient dans leur esprit. Leurs personnalités ont commencé à se fracturer. Nous avons dû les déconnecter.

Selena déglutit. Les sujets « déconnectés » étaient une légende noire que tout le monde connaissait, mais que personne n'évoquait à haute voix.

— Mais nous avons corrigé ces erreurs, continua-t-il rapidement. Nous avons développé des protocoles pour effacer certains souvenirs, permettant à l'esprit de rester stable. Et c'est ainsi que nous sommes parvenus à la version finale du projet Nexus.

Selena hocha lentement la tête. Elle se souvenait de tout cela, bien sûr. Mais l'entendre à nouveau, juste avant de subir le processus, rendait l'expérience plus… humaine. Plus tangible. Elle n'allait pas simplement transcender la mort, elle allait effacer des parties de son passé, peut-être des parties d'elle-même pour maintenir cet équilibre délicat entre l'immortalité et la folie.

— Es-tu vraiment sûr de vouloir faire cela ? demanda Vincent, sa voix plus douce maintenant, presque compatissante.

Selena garda le silence un moment, son regard se posant sur les machines, puis sur Vincent.

— J'ai déjà sacrifié tant de choses pour en arriver là. Il n'y a pas de retour en arrière possible.

— Il y a toujours un retour en arrière, tant que tu n'as pas franchi cette porte, murmura Vincent, désignant le caisson ouvert devant elle. Une fois à l'intérieur, tout change. Tu ne seras plus jamais la même.

Elle prit une longue inspiration, puis se redressa, son visage retrouvant sa détermination habituelle.

— Je ne crains pas le changement, Vincent. Ce que je crains… c'est de disparaître sans laisser de traces.

Vincent hocha lentement la tête, conscient qu'aucun argument ne la ferait changer d'avis.

— Très bien, alors. Allons-y.

Selena avança vers le caisson. Le cœur battant, elle s'allongea à l'intérieur, ses yeux fixés sur le plafond blanc immaculé au-dessus d'elle. Les tubes se connectèrent doucement à son corps, et elle sentit une vague de froid envahir ses membres.

— Ça va commencer, murmura Vincent. Respire calmement. Bientôt, tu seras… autre.

Selena ferma les yeux alors que la machine s'activait autour d'elle. Ses pensées se brouillèrent, et elle sentit son esprit se dissoudre peu à peu dans une mer de lumière, jusqu'à ce qu'il ne reste plus que le silence.

Ce jour-là, Selena devint une Immortelle. Mais quelque part, une partie d'elle resta prisonnière du caisson, à jamais.

***

Le silence s'étira entre eux, lourd de sens. Soren resta immobile, les yeux rivés sur Selena, tentant de comprendre cette fissure dans l'assurance que chacun d'entre eux avait arborée pendant tant d'années. Mais même lui, au fond, pouvait ressentir ce doute grandissant, cette ombre qui planait sur leur immortalité. Si les humains se rebellaient, cela signifiait que quelque chose dans leur utopie n'avait pas fonctionné.

— Que proposes-tu, Selena ? demanda-t-il finalement, d'un ton plus doux, plus vulnérable.

Selena soupira et tourna à nouveau son regard vers la ville en contrebas. Les lumières clignotantes et les ombres mouvantes indiquaient que quelque chose se passait. Les humains laissés à leur sort, autrefois isolés dans la pauvreté et la souffrance, se rassemblaient. Leur colère, longtemps étouffée, venait enfin d'exploser.

— Je ne sais pas encore, admit-elle. Mais je pense que le contrôle et la répression ne sont plus la solution. Nous devons affronter la réalité que nous avons ignorée pendant trop longtemps. Nous devons reconnaître les erreurs que nous avons faites.

Soren fronça les sourcils, incrédule.

— Reconnaître nos erreurs ? Tu crois vraiment qu'ils écouteront des excuses après tout ce qu'ils ont enduré ?

Selena se tourna brusquement vers lui, son visage plus ferme.

— Je ne parle pas d'excuses, Soren. Je parle de changement. Si nous continuons à les voir comme des êtres inférieurs, comme des nuisances que nous devons contrôler, nous allons droit vers notre propre destruction. Nous ne sommes pas des dieux Soren. Tu as passé trop de temps dans ton caisson de stase, dans tes rêves de mondes parfaits. Mais là… c'est la vraie vie. Nous sommes Immortels, oui. Mais uniquement face à la nature et non face à la volonté de tuer qui anime ces sauvages.

Soren haussa un sourcil, surpris par l'intensité de ses propos. Jamais il n'aurait cru entendre Selena remettre en question l'idéologie même sur laquelle ils avaient bâti ce monde.

— Et si tu as raison, alors quoi ? Tu proposes de partager notre immortalité avec eux ? De les rendre égaux à nous ? demanda-t-il, sceptique.

Selena baissa les yeux. La vérité, c'est qu'elle ne savait pas si cela était possible. La technologie qu'ils avaient utilisée pour devenir immortels était complexe, dangereuse. Elle était coûteuse, non seulement en termes de ressources, mais aussi d'humanité. Nombreux étaient ceux qui avaient tenté de suivre leur chemin et avaient échoué, sombrant dans la folie ou pire.

— Peut-être qu'il est trop tard pour ça, murmura-t-elle. Mais nous devons au moins essayer de comprendre ce qui s'est passé. D'écouter ces voix que nous avons ignorées pendant tant d'années.

Soren secoua la tête, décontenancé par cette idée.

— Tu parles comme si c'était notre faute. Comme si tout cela dépendait que de nous. Mais les humains ont toujours été en guerre, toujours cherché à s'autodétruire. C'est pour ça que nous avons fait ce que nous avons fait, pour les protéger d'eux-mêmes.

Selena sourit tristement.

— Peut-être que c'était là notre première erreur. Croire que nous pouvions les sauver.

Le silence retomba, coupé seulement par les bruits lointains de la révolte qui grondait. Selena et Soren se tenaient là, deux immortels, observant la fin d'une ère. Ils avaient voulu être des dieux, mais ils réalisaient désormais que leur pouvoir avait des limites, que leur immortalité n'était qu'une illusion fragile.

Soudain, un message urgent apparut sur l'écran holographique de la pièce, clignotant avec insistance. Soren s'approcha et tapa rapidement pour l'ouvrir. Ses yeux s'écarquillèrent en parcourant le texte.

— Qu'est-ce que c'est ? demande Selena, s'approchant à son tour.

Soren déglutit avant de répondre.

— Les systèmes de sécurité de la Tour ont été piratés. Les insurgés humains ont pris le contrôle des principales centrales d'énergie. Sils coupent l'alimentation…

— … nous serons complètement vulnérables, acheva Selena dans un souffle. Et tout ce que nous avons construit s'effondrera.

Ils échangèrent un regard lourd de sens. L'inévitable était là. Les Immortels étaient sur le point de tomber de leur piédestal. Mais Selena sentait que, d'une manière ou d'une autre, cela devait arriver.

— Alors c'est le début de la fin, murmura-t-elle.

Soren la fixa, ses lèvres serrées.

— Ou le début de quelque chose de nouveau, répondit-il, résigné.

Les bruits de la révolte continuaient de se rapprocher. Les rues sous la Tour Éternité étaient en proie au chaos, les insurgés avançant vers leur objectif ultime. Les Immortels, jadis tout-puissants, se trouvaient désormais face à leur propre fragilité, tandis que les Oubliés, ceux qu'ils avaient négligés, réclamaient justice.

La chute des Immortels avait commencé.

Les échos des cris en bas de la tour devinrent plus forts, plus proches. Des explosions sporadiques résonnaient dans la mégapole, chaque détonation marquant un point de non-retour dans la révolte qui enflammait la ville. Dans la salle de contrôle, Selena et Soren étaient plongés dans un silence lourd, chacun absorbé par l'ampleur de la catastrophe qui se déroulait devant eux.

Soren rompit finalement le silence.

— On ne peut pas rester là. Si les systèmes d'énergie tombent… nous tomberons avec eux.

Selena hocha la tête lentement, mais elle ne bougea pas. Ses pensées étaient ailleurs, vagabondant entre les siècles de vie qu'elle avait vécus, les décisions qu'elle avait prises pour arriver jusqu'ici, et les conséquences de ces choix qui lui revenaient maintenant comme une vague implacable.

— Nous devons partir, immédiatement, insista Soren, son ton plus ferme cette fois-ci.

Elle tourna lentement la tête vers lui.

— Partir pour aller où ? Crois-tu qu'il existe encore un endroit sur cette planète où nous serons en sécurité ? Tout ce que nous avons bâti s'effondre autour de nous, Soren.

Soren fronça les sourcils, se rapprochant d'elle avec une détermination qui masquait à peine son angoisse.

— Selena, ce n'est pas le moment de philosopher. On peut encore se sauver. Il y a un endroit… un refuge. Loin de tout cela. Si nous atteignons le complexe souterrain avant que tout ne s'écroule, nous pourrons redémarrer les systèmes, récupérer une partie de notre technologie. Là-bas, nous serons protégés.

— Et pour combien de temps encore ? demanda-t-elle doucement, mais avec une clarté glaciale. Nous fuyons sans cesse nos erreurs, Soren. Cette fois, je me demande si nous ne devons pas simplement les affronter.

Soren serra les poings.

— C'est insensé ! Nous sommes immortels, Selena ! Selena, nous avons des ressources, des moyens… Nous pouvons nous en sortir, recommencer ailleurs si nécessaire. Mais rester ici ? Face à cette rébellion ? Il secoua la tête, la mâchoire crispée. C'est du suicide.

Selena le fixa un long moment, et dans ses yeux, il y avait une lassitude que Soren n'avait jamais vue chez elle auparavant.

— Peut-être que c'est justement ça, murmura-t-elle que nous devons comprendre. Nous avons vécu si longtemps, sans jamais envisager notre fin. Et maintenant que la mort nous rattrape, nous sommes terrifiés.

Soren ouvrit la bouche pour répondre, mais un autre message d'urgence clignota sur l'écran. Cette fois, c'était la confirmation qu'ils redoutaient. Les insurgés avaient pris le contrôle de la centrale énergétique principale. Le compte à rebours avant la coupure totale était enclenché.

— C'est fini, souffla-t-il.

Selena se tourna vers l'écran, ses pensées tourbillonnantes.

— Peut-être que non, dit-elle soudain. Peut-être qu'il nous reste une dernière chose à faire.

Soren la fixa, perplexe.

— Qu'est-ce que tu proposes ?

Selena ferma les yeux un instant, comme pour rassembler ses pensées, puis elle se redressa, plus résolue que jamais.

— Nous devons leur parler. Nous devons descendre.

Soren éclata de rire, un rire nerveux et incrédule.

— Leur parler ? Descendre ? Dans cette foule en furie ? Tu as perdu la tête. Ils nous tueraient avant que nous ayons prononcé un mot.

— Peut-être. Mais nous devons essayer. Ce sont eux qui détiennent maintenant le pouvoir. Nous devons comprendre leur colère, et s'ils sont prêts à nous écouter, nous devons tenter de réparer ce que nous avons brisé.

Soren recula, visiblement abasourdi par l'audace de Selena.

— Tu es sérieuse…

Elle hocha la tête, son regard décidé.

— Nous avons voulu être des dieux, Soren. Mais maintenant, il est temps d'admettre que nous avons échoué.

Le regard de Soren passa de Selena à l'écran de contrôle, où la coupure d'énergie se rapprochait inexorablement. Il savait qu'elle avait raison, d'une certaine manière. Ils ne pouvaient plus fuir indéfiniment. Mais l'idée de descendre parmi les insurgés, de s'exposer à leur haine lui semblait suicidaire.

— Si tu fais ça, tu risques de ne jamais remonter, avertit-il.

— Je le sais.

Le silence retomba entre eux. Puis Soren, les yeux baissés, murmura :

— Alors je viens avec toi.

Quelques minutes plus tard, Selena et Soren se tenaient dans l'ascenseur principal de la tour, descendant lentement vers le cœur de la ville. La cabine métallique vibrait légèrement tandis qu'elle traversait les niveaux, mais ni l'un ni l'autre ne parla. Chaque seconde qui les rapprochait du sol semblait lourde d'incertitude.

— Tu crois vraiment qu'ils vont nous écouter ? demanda Soren, brisant enfin le silence.

Selena ne répondit pas immédiatement. Elle observa les chiffres défilés sur l'écran, leur indiquant leur descente progressive.

— Je ne sais pas, dit-elle finalement. Mais c'est notre seule chance.

L'ascenseur ralentit, puis s'immobilisa avec un léger tintement. Les portes s'ouvrirent sur une rue plongée dans la pénombre, où des ombres mouvantes passaient rapidement. Les bruits de la foule, à quelques pâtés de maisons, étaient assourdissants.

Selena prit une profonde inspiration et sortit de la cabine, suivie de près par Soren. Ils marchèrent en silence vers la place principale, là où les insurgés s'étaient rassemblés. En approchant, ils virent les barricades, les véhicules renversés, et les visages tendus de ceux qui se préparaient à prendre d'assaut la tour.

Léa, l'une des leaders de la révolte, se tenait au centre de la place, un regard déterminé sur le visage. Quand elle aperçut Selena et Soren, elle fit un signe à ses compagnons de cesser toute action.

— Qu'est-ce qu'ils veulent ? murmura quelqu'un derrière elle.

Léa s'avança de quelques pas.

— Vous êtes venus vous rendre ? lança-t-elle froidement.

Selena secoua la tête.

— Non. Nous sommes venus vous écouter.

Un murmure parcourut la foule. Léa haussa un sourcil, mais elle ne sembla pas surprise. Après tout, c'était un moment historique, un tournant dans leur longue lutte.

— Parler ? dit-elle avec un sourire amer. C'est un peu tard pour ça, non ?

Selena s'avança, lentement, son regard rivé sur celui de Léa.

— Peut-être que ça l'est, répondit-elle. Mais si nous ne parlons pas maintenant, tout ce qui suivra sera encore plus tragique.

Léa resta silencieuse un instant, jaugeant les deux immortels qui se tenaient devant elle.

— Très bien, finit-elle par dire. Parlez. Mais sachez que les mots ne suffiront pas à effacer ce que vous avez fait.

Selena hocha la tête, consciente du poids de ses prochaines paroles. C'était le début d'une nouvelle ère, l'illusion de leur éternité s'effondrant sous leurs pieds.

Selena prit une profonde inspiration, son regard se posant sur les visages marqués de colère et de souffrance qui l'entouraient. Elle savait que ses mots n'effaceraient pas des décennies d'oppression, de misère, et de négligence. Mais c'était peut-être la seule chance qu'ils avaient d'éviter un bain de sang.

— Je comprends que ma présence ici soit difficile à accepter, commença-t-elle, sa voix résonnant dans le silence qui s'était fait autour d'elle. Nous avons vécu trop longtemps dans notre tour, coupés de la réalité, vous ignorant… et ignorant ce que nos choix vous ont coûté.

Léa croisa les bras, son visage restait impassible, mais ses yeux montraient une lueur de curiosité. La foule, elle, restait tendue, mais silencieuse.

— Vous êtes coupés de la réalité depuis bien plus longtemps que vous ne l'admettez, répliqua sèchement Léa. Nous avons crié, nous avons souffert… et vous n'avez rien vu.

Selena hocha la tête. Elle ne pouvait pas nier ces accusations.

— Tu as raison, dit-elle calmement. Nous avons échoué. En cherchant à échapper à la mort, nous avons créé un monde où nous avons oublié la vie. Nous pensions que la perfection résidait dans l'éternité… mais tout ce que nous avons trouvé, c'est la distance, le mépris et l'indifférence.

Soren, à côté d'elle, semblait sur le point d'intervenir, mais un rapide coup d'œil de Selena l'arrêta. Elle devait mener cette conversation, elle seule.

— Nous vous avons pris trop de choses, poursuivit-elle, son regard se posant sur Léa puis balayant la foule. Et je ne suis pas ici pour vous demander de nous pardonner. Mais je veux comprendre… et réparer, si nous le pouvons.

Léa la fixa longuement, avant de secouer lentement la tête, un sourire amer aux lèvres.

— Réparer ? souffla-t-elle. Comment veux-tu réparer ce qui est irrémédiablement brisé ? Vous avez pris nos ressources, vous avez pris notre avenir, et maintenant vous venez avec vos belles paroles… mais c'est trop tard, Selena, le monde est déjà détruit.

La foule réagit à ses mots avec des murmures d'approbation, certains serrant les poings, d'autres secouant la tête en signe de frustration. L'atmosphère était électrique, prête à exploser à tout moment.

Selena sentit le poids de leurs regards. Elle savait que sa position était délicate, presque impossible. Pourtant, elle ne pouvait pas abandonner maintenant.

— Peut-être que tu as raison, admit-elle doucement. Mais même si ce monde est brisé, il ne doit pas finir dans le chaos. Vous avez la possibilité de construire quelque chose de nouveau, de meilleur. Et si nous devons mourir pour cela… alors ce sera ainsi. Mais ne laissez pas notre chute devenir la vôtre.

Léa sembla surprise par ces derniers mots. Ses yeux se plissèrent légèrement comme si elle pesait les paroles de Selena.

— Tu parles de mourir… mais vous n'êtes même pas capables de comprendre ce que cela signifie pour nous. La mort, pour vous, c'était une possibilité lointaine, un concept abstrait. Pour nous, c'est la réalité quotidienne.

Selena serra les poings, ses ongles s'enfonçant dans sa paume.

— Crois-moi, répondit-elle, la voix tremblante d'une émotion qu'elle n'avait plus ressentie depuis des décennies, je commence à comprendre. Peut-être plus que tu ne le penses.

Léa haussa un sourcil, visiblement intriguée par cette réponse. Mais avant qu'elle ne puisse répliquer, un homme dans la foule prit la parole, sa voix tremblante de rage.

— Pourquoi devrions-nous vous écouter ? Vous avez eu des siècles pour nous entendre, pour changer les choses, et vous ne l'avez jamais fait ! Maintenant que vous êtes à notre merci, vous venez mendier notre compréhension ? C'est trop tard !

Des acclamations suivirent ces mots, et un frisson parcourut la foule. Selena sentit la tension monter, prête à éclater à tout moment. Elle devait agir rapidement.

— Je ne vous demande pas de comprendre, dit-elle en se tournant vers l'homme, ses yeux cherchant les siens dans la foule. Je ne suis pas ici pour plaider notre cause. Je suis ici parce que vous avez gagné ce droit. Vous avez le pouvoir maintenant. Mais ce pouvoir peut construire ou détruire.

Elle regarda la foule, cherchant un signe, un indice de ce qu'ils allaient faire ensuite. La révolte était là, palpable, mais elle pouvait sentir aussi une autre énergie naître, celle de l'inquiétude. Pour la première fois, peut-être, ils réalisaient qu'ils avaient les clés de leur avenir.

Léa fit un pas en avant, s'approchant de Selena, son visage durci, mais non sans une certaine réflexion.

— Et qu'est-ce que vous comptez faire, vous, Immortels, pour réparer tout ça ? Nous laisser la place ? Disparaître dans l'ombre pendant que nous reconstruisons ce que vous avez détruit ?

Selena prit une grande inspiration, sachant que sa prochaine réponse pourrait bien décider du sort de la tour et de ceux qui s'y trouvaient encore.

— Oui, dit-elle simplement. S'il le faut.

Soren se raidit à côté d'elle, choqué par cette déclaration, mais Selena ne détourna pas les yeux de Léa.

— Vous méritez d'avoir votre propre destin, libre de l'ombre de ceux qui ont cherché à tout contrôler. Si notre chute permet cela, alors c'est un sacrifice que nous devons faire.

Léa resta silencieuse, pesant les mots de Selena. Les murmures dans la foule s'intensifièrent, mais une tension nouvelle émergeait, plus nuancée. L'idée de liberté, de pouvoir enfin forger leur propre avenir, s'infiltrait dans les esprits des insurgés.

— Très bien, finit par dire Léa, vous voulez nous prouver que vous êtes prêts à changer ? Alors, montrez-le. Quittez cette tour. Laissez-la à ceux qui en ont besoin. Et ne revenez jamais.

Selena hocha la tête.

— Nous partirons.

Léa inclina légèrement la tête, satisfaite pour l'instant, mais méfiante.

— Nous verrons bien si vos paroles sont vraies.

Selena se tourna vers Soren, qui fixait encore Léa, partagé entre l'incrédulité et l'appréhension. Elle lui fit signe de partir, et il la suivit sans un mot. Selena approcha la main d'un bracelet à son poignet, le serra et tandis qu'elle s'éloignait avec Soren, un feulement retentit et un déluge de balles s'abattit sur les Oubliés. La foule fut déchiquetée par les tirs des canons de la Tour. Léa et quelques autres rebelles eurent tout juste le temps de plonger pour s'abriter derrière des murs en ruine.

Le silence qui régnait dans la salle de contrôle de la tour Éternité contrastait avec le chaos qui grondait à l'extérieur. Des explosions secouaient les rues de la mégapole, les émeutes humaines devenant de plus en plus violentes. À l'intérieur de la tour, les Immortels se préparaient à leur propre exode.

Selena marchait rapidement dans les couloirs, son visage marqué par la détermination. À ses côtés, Soren semblait tout aussi grave. Ils avaient pris une décision : quitter la tour et sauver ce qui pouvait encore l'être de leur projet d'immortalité. Dans la salle sécurisée, un petit groupe de techniciens humains rassemblait ce qui restait du précieux savoir accumulé pendant des siècles. Les données sur le processus d'immortalité, les secrets technologiques qui avaient permis aux Immortels de transcender la mort, étaient soigneusement copiées sur des disques durs, tandis que d'autres équipes détruisaient méthodiquement les serveurs et autres équipements sensibles.

Selena pénétra dans la pièce, jetant un coup d'œil aux écrans clignotants et aux hommes qui s'agitaient devant leurs terminaux.

— Combien de temps encore ? demanda-t-elle d'une voix froide.

Un technicien, les yeux rivés sur son écran, répondit sans la regarder.

— Quinze minutes, tout au plus. Les fichiers les plus critiques sont presque sauvegardés, mais certains systèmes résistent encore à l'extraction.

Soren s'approcha du technicien et lui posa une main sur l'épaule.

— Nous n'avons pas quinze minutes, dit-il d'une voix grave. Les humains sont presque à nos portes. Si nous ne terminons pas rapidement, nous perdrons tout.

Selena hocha la tête, son esprit calculant rapidement la situation. Elle savait que chaque seconde comptait, mais elle devait prendre une autre décision difficile : que faire des techniciens humains ?

Ils étaient indispensables à l'extraction des données, mais une fois leur mission accomplie, ils deviendraient inutiles… et potentiellement dangereux. Pourtant, elle ne pouvait s'empêcher de se rappeler leur utilité.

***

Après sa rencontre avec Léa, et avant de se précipiter dans la salle de contrôle, Selena s'arrêta dans une petite salle à proximité de l'ascenseur. À l'intérieur, Markus, un des leaders de la résistance humaine. Il avait été capturé plus tôt dans la journée, mais au lieu d'être exécuté, Selena avait ordonné qu'il soit amené à elle.

Dans une pièce sombre, entourée de gardes immortels, Markus attendait, les poignets attachés à une chaise. Quand Selena était entrée, elle avait croisé son regard, empli de défi.

— Vous croyez vraiment que vous allez vous en sortir ? avait demandé Markus avec un sourire amer. Votre monde s'effondre. Votre rêve d'immortalité est terminé.

Selena s'assit en face de lui, l'observant avec une froide curiosité.

— Nous ne cherchons pas à nous en sortir, Markus, avait-elle répondu calmement. Nous cherchons à préserver l'avenir.

Markus avait éclaté de rire.

— L'avenir ? L'avenir de qui ? Vous avez détruit l'avenir de cette planète. Vous avez condamné des milliards de gens pour assouvir votre soif d'immortalité.

— Peut-être avait murmuré Selena, son regard se perdant un instant. Mais vous ne comprenez pas encore ce que nous avons accompli. Ce n'est pas l'immortalité pour le plaisir. C'était une nécessité pour l'avenir de l'humanité.

Markus avait secoué la tête, les poings serrés.

— L'humanité ? Quelle humanité ? Vous avez créé un fossé entre vous et nous, un fossé impossible à franchir. Vous avez tué des gens pour maintenir cette illusion de perfection.

Selena, consciente des sacrifices consentis au fil des ans, avait hésité un moment avant de reprendre.

— Vous avez peut-être raison, avait-elle admis, presque à contrecœur. Mais maintenant, c'est à moi de m'assurer que cette connaissance ne tombe pas entre de mauvaises mains.

— Alors quoi ? Vous fuyez ? Vous emportez vos secrets avec vous et laissez ce monde brûler ?

Selena s'était levée, son expression dure.

— Nous partons. Mais nous ne fuirons pas éternellement. Et si nous laissons ce monde derrière nous, c'est parce que ce monde est perdu.

En sortant, Selena s'adressa à un des gardes.

— Éliminez-le !

Au moment où les portes de l'ascenseur se refermaient, elle entendit la détonation et ne put empêcher ses lèvres d'afficher un sourire de satisfaction.

***

Dans la salle de contrôle, Selena observait les techniciens s'activer sous l'œil vigilant des Immortels.

— Les données essentielles sont-elles sécurisées ? demanda-t-elle.

Un autre technicien, plus expérimenté, répondit sans détour.

— Oui, Madame. Nous avons copié l'intégralité du processus de transformation et les schémas des dispositifs d'immortalité. Il ne nous reste plus qu'à détruire les serveurs.

Soren s'approcha de l'un des techniciens.

— Faites sauter tout ça. Rien ne doit rester. Nous ne pouvons pas risquer que ces données tombent entre leurs mains.

Le technicien hésita une seconde, avant d'appuyer sur une série de boutons. L'alarme résonna dans la salle, indiquant que les systèmes de destruction étaient en marche. Les écrans commencèrent à s'éteindre un à un, les fichiers disparaissant à jamais.

— Tout est en train de se détruire comme prévu, dit l'un des techniciens, un sourire nerveux sur le visage.

Selena se tourna vers Soren.

— Il est temps de partir.

Quelques minutes plus tard, un petit groupe d'Immortels, avec Selena et Soren en tête, montait vers un hangar caché sur le toit de la tour Éternité. Les derniers dispositifs immortels intacts, les caissons de stase, avaient été placés dans des caisses sécurisées, tandis que les techniciens qui les avaient aidés chargeaient précipitamment l'hélicoptère.

— Prenez tout ce que vous pouvez, ordonna Selena en montant à bord. Nous n'aurons pas de seconde chance. Prenez en priorité les caissons, les autres Immortels en auront besoin pour retrouver leurs mondes virtuels là où nous allons.

Soren, déjà installé dans le poste de pilotage, regarda une dernière fois la tour en flammes à travers l'écran du cockpit.

— Nous avons sacrifié tant de choses pour cette immortalité, murmura-t-il. Mais tout cela était-il vraiment nécessaire ?

Selena ne répondit pas. Pour la première fois, elle ressentit l'ampleur du prix qu'ils avaient tous payé.

— C'est trop tard pour ces questions, finit-elle par dire. Ce qui compte maintenant, c'est de survivre.

Alors que l'engin s'élevait dans les airs, quittant la mégapole en feu et les Oubliés qui se battaient en contrebas, Selena ne put s'empêcher de se demander si l'immortalité valait vraiment tous ces sacrifices.

La guerre entre les factions humaines et les Immortels étaient loin d'être terminée. Mais pour Selena, une nouvelle bataille commençait : celle de préserver l'héritage des Immortels et de reconstruire ailleurs, loin du chaos terrestre.

Elle regarda s'éloigner la tour Éternité, autrefois symbole de leur suprématie, devenue un monument silencieux de leur chute.

Alors qu'ils s'enfonçaient dans l'obscurité, Selena jeta un dernier regard en arrière, sentant le poids de ce qu'elle laissait derrière elle. Elle ne savait pas ce que l'avenir leur réservait, mais elle savait une chose : ils ne seraient plus jamais les dieux qu'ils avaient prétendu être.

Chapitre 6
La rencontre

Au loin, le vent froid balayait les ruines de la ville qu'ils apercevaient. Elie, Léa, Tomas et Mira avançaient prudemment sur ce terrain découvert. Leur destination était un campement caché dans les montagnes, un refuge dont leur avait parlé Markus. Elie se remémora la ville qu'il avait laissée derrière lui, un amas de débris et de flammes. Les Oubliés, les survivants qui avaient vécu sous l'oppression des Immortels, s'étaient soulevés dans une révolte sanglante, mais la victoire était loin d'être acquise.

Elie observait les visages de ses compagnons, fatigués, mais déterminés. Ils savaient que s'ils voulaient une chance de survie, ils devaient s'unir à d'autres forces. Markus avait parlé d'une faction rebelle qui s'était formée, un groupe ayant juré de détruire tout ce qui restait de la technologie immortelle.

— Ça fait des heures qu'on marche, grogna Tomas, jetant un coup d'œil vers Elie. Tu es sûr qu'ils sont dans les parages ?

— Ils sont là, quelque part, répondit Elie calmement. Si ce que m'a dit Markus est vrai, ils ne peuvent pas être loin.

Léa, marchant à côté de lui, hocha la tête.

— On n'a pas vraiment d'autre option. Qu'on le veuille ou non, il faut s'allier à eux. Si les Immortels continuent à exister, on ne sera jamais en paix.

Ils continuèrent à avancer en silence, le paysage autour d'eux devenant de plus en plus désertique. Au bout d'un moment, une forme sombre apparut à l'horizon : un avant-poste caché dans les collines.

Deux sentinelles armées les attendaient, leurs visages dissimulés sous des capuches, les observant approcher avec prudence.

— Qui va là ? lança l'une des sentinelles, sa voix rauque.

— Nous sommes des survivants, répondit Elie en s'avançant. On cherche à rejoindre la résistance.

Les deux gardes échangèrent un regard avant de leur faire signe d'approcher. Après une vérification rapide, ils furent conduits à l'intérieur du campement. À leur surprise, l'endroit était bien plus organisé qu'ils ne l'auraient cru. Des tentes de fortune étaient dressées, et des gens s'affairaient autour de foyers improvisés. Mais ce qui attira leur attention, c'était l'impressionnante quantité de matériel technologique empilé çà et là : des débris de drones, des terminaux, et même des fragments de serveurs immortels.

Un homme imposant, à la barbe grisonnante, les attendait au centre du campement. Ses yeux brillaient d'une intelligence aiguë. Il les scruta longuement avant de parler.

— Vous êtes Elie, n'est-ce pas ?

Elie Hocha la tête, légèrement surpris que l'homme connaisse son nom.

— On m'appelle Rafe et voici Clara, dit-il en désignant une jeune femme à ses côtés. On vous a vu vous battre dans la cité. Vous avez fait du bruit.

Il croisa les bras, son regard perçant ne quittant pas le groupe.

— Si vous êtes ici, c'est que vous savez ce que nous faisons. Nous sommes sur le point de frapper là où ça fait mal. Nous allons détruire tout ce qui reste de la technologie immortelle, une bonne fois pour toutes.

Léa hocha la tête avec ferveur.

— C'est exactement ce qu'on veut. Les Immortels doivent tomber. Leur technologie… c'est une abomination.

Mais à ces mots, Clara, qui était restée silencieuse jusque-là, s'avança brusquement.

— Attends une minute ! dit-elle d'une voix ferme, attirant tous les regards. Cette technologie n'est pas qu'une malédiction. Si on l'utilise correctement, elle pourrait nous sauver.

Rafe haussa un sourcil, visiblement intrigué par l'intervention d'un membre de son groupe.

— Sauver ? De quoi parles-tu ? Cette technologie a conduit à l'esclavage de l'humanité et à la ruine de la planète.

Clara secoua la tête, refusant de se laisser intimider.

— C'est vrai qu'elle a été mal utilisée, mais ce n'est pas la technologie en elle-même le problème, c'est la manière dont elle a été exploitée. Imaginez… Si nous pouvions l'utiliser pour sauver les vies qui restent. Les Immortels ont prouvé que l'humanité pouvait transcender ses limites. Il est peut-être encore temps de construire quelque chose de nouveau.

Un silence s'installa dans le campement. Léa regardait Clara, visiblement bouleversée par ses propos.

— Non, dit Léa avec force. Tout ce qui est lié à cette technologie doit disparaître. Elle nous a tous condamnés. Elle a détruit des vies, des familles, des amis. Rien de bon n'en sortira.

Elie, au milieu de la tension croissante entre les deux jeunes femmes, se tourna vers Rafe, cherchant à savoir ce que lui pensait.

— Et vous ? Que croyez-vous ? demanda-t-il prudemment.

Rafe soupira, levant les yeux vers le ciel avant de répondre.

— La seule chose que je crois, c'est que tant que cette technologie existera, les Immortels reviendront. Ils trouveront un moyen de nous asservir à nouveau.

Clara secoua la tête.

— Vous faites une erreur… murmura-t-elle. Si nous la détruisons, nous nous condamnons nous-mêmes à revivre les erreurs du passé. Il faut apprendre à la contrôler.

Léa, les yeux flamboyants de colère, se rapprocha de Clara.

— Apprendre à la contrôler ? répéta-t-elle. Tu crois vraiment qu'on a encore le temps d'apprendre à contrôler quelque chose alors que la planète s'effondre ? Il faut en finir.

Elie savait qu'il devait intervenir. La discorde était palpable et menaçait de fracturer le groupe. Il se redressa et prit une profonde inspiration.

— Clara a raison sur un point, dit-il calmement. Cette technologie a un potentiel, mais elle a été corrompue. Ce que nous devons faire, c'est trouver un moyen de la neutraliser temporairement, sans pour autant la détruire.

Rafe fronça les sourcils, clairement sceptique.

— Et comment comptes-tu faire ça ? Nous avons des explosifs, pas des ingénieurs en nanotechnologie.

Elie sourit faiblement.

— Il y a des informations sur le processus d'immortalité, quelque part. Si on parvient à les récupérer, on pourrait peut-être comprendre comment cette technologie fonctionne réellement… et l'utiliser à notre avantage, ou au moins, décider en toute connaissance de cause.

Le silence qui suivit fut lourd de réflexion. Rafe fixa Elie avec intensité, puis jeta un coup d'œil à ses hommes.

— Très bien, dit-il finalement. Je vous donne une chance. Nous allons vous aider à récupérer ces données. Mais si ça échoue… nous n'aurons plus d'autre choix que de tout détruire.

Le camp s'agita, les hommes de Rafe commençant à s'organiser pour la prochaine mission. Clara, un sourire furtif sur les lèvres, échangea un regard avec Elie.

— Tu as pris le bon chemin, murmura-t-elle.

Mais en son for intérieur, Eli savait que le chemin qu'ils empruntaient était plein de dangers, et que peu importe leur décision finale, le monde ne serait jamais plus le même.

Le campement s'agitait tandis que les préparatifs se mettaient en place. Les hommes de Rafe commençaient à armer des véhicules rouillés et à empaqueter du matériel pour l'expédition. Elie observait tout en silence, son esprit embrouillé par les incertitudes. Leur prochain objectif était à la fois dangereux et crucial : pénétrer dans une ancienne installation où les Immortels conservaient leurs secrets les mieux gardés, y compris les données sur le processus d'immortalité.

— Tu sembles pensif, fit remarquer Clara en s'approchant doucement.

Elie tourna la tête vers elle, la mâchoire serrée.

— Et toi, tu sembles confiante, répondit-il.

— Parce que je le suis. Elle haussa les épaules. Il faut que l'on aille au bout de cette quête. C'est peut-être la seule chance pour l'humanité de s'en sortir. Clara plongea son regard dans celui d'Elie, essayant de lire ses pensées. Tu penses que je me trompe ?

Il soupira, hésitant.

— Je ne sais pas, avoua-t-il. Tout ça me semble tellement complexe. Détruire cette technologie, c'est simple, c'est direct. Mais l'utiliser ? Nous ne sommes pas les Immortels, Clara.

Elle sourit doucement.

— Justement. Nous ne sommes pas eux. Nous avons la capacité de faire mieux. De réparer les erreurs qui ont été commises.

Léa, qui écoutait la conversation à quelques pas de là, s'approcha avec une expression farouche.

— Ce n'est pas en jouant avec leurs jouets que tu vas sauver qui que ce soit, Clara, lâcha-t-elle brusquement. Ce genre de pouvoir corrompt. Tu crois vraiment qu'on peut faire mieux avec une technologie qui a déjà tué tant de gens ?

Clara fronça les sourcils, visiblement frustrée par l'obstination de Léa.

— Ce n'est pas la technologie qui tue, c'est la manière dont elle est utilisée. Ce qu'on a ici, c'est un outil. Rien de plus. Elle marque encore une pause. Si on le maîtrise, on peut changer les choses.

Léa serra les poings.

— On n'a pas besoin de la maîtriser. Ce qu'on doit faire, c'est tout raser. Libérer l'humanité de ce joug. Si on laisse cette technologie exister, même sous notre contrôle, il y aura toujours quelqu'un pour en abuser.

Le ton commençait à monter entre les deux femmes, et Elie sentait la tension croître. Avant que la situation ne dégénère davantage, Tomas intervint.

— Arrêtez. Sa voix était ferme, mais calme. Ce n’est pas le moment de se battre entre nous. Nous avons un objectif, et pour l’instant, c’est d’aller récupérer ces données. On verra ce qu’on en fait ensuite.

Elie hocha la tête, reconnaissant.

— Tomas a raison. Le plus important maintenant, c’est de garder l’unité. Nous devons être prêts à tout.

Rafe fit alors son apparition, s’approchant du groupe avec l’air grave.

— Les véhicules sont prêts, annonça-t-il. On part dans une heure. J’espère que vous êtes conscients des risques que nous prenons. Cet endroit est peut-être encore sous la surveillance des derniers Immortels.

— On le sait, répondit Elie. Mais on n’a plus vraiment le choix. Si on veut comprendre ce qui se passe, on doit aller là-bas.

Rafe acquiesça d’un signe de tête, mais l’inquiétude dans son regard restait palpable.

Alors que tout le monde se dispersait pour se préparer, Elie resta un moment seul, perdu dans ses pensées. Il repensait aux derniers mois, à la révolte, aux batailles qu’ils avaient menées. Il pensait aussi à ce que Clara avait dit. Et si elle avait raison ? Et s’il existait un moyen d’utiliser cette technologie pour reconstruire le monde plutôt que de le détruire encore davantage ?

Mira s’approcha en silence, posant une main réconfortante sur son épaule.

— Quoi qu’on décide, dit-elle doucement, on le fera ensemble. On a survécu à tant de choses. Ce n’est pas ça qui nous arrêtera.

Elie sourit faiblement, reconnaissant de sa présence.

— Merci, Mira.

Les minutes passèrent rapidement, et bientôt, le convoi se mit en route. Trois véhicules cahotants traversaient le paysage désolé, s’éloignant du campement pour pénétrer dans des terres encore plus hostiles. Le trajet était silencieux, chaque membre du groupe plongé dans ses propres pensées.

Après plusieurs heures de route, ils arrivèrent enfin en vue de leur objectif : un ancien complexe technologique en ruines, dissimulé derrière des montagnes sombres. L'endroit semblait abandonné, mais tous savaient qu'il pouvait y avoir des dangers cachés.

Rafe arrêta le convoi, observant les lieux avec prudence.

— Voilà notre cible, murmura-t-il. Maintenant, soyez sur vos gardes. Si les Immortels ont laissé des pièges derrière eux, on va vite le savoir.

Elie descendit du véhicule, serrant son arme dans sa main. Il jeta un coup d'œil à Clara, qui semblait tout aussi tendue. Mais malgré la peur qui se lisait sur leurs visages, une détermination farouche les animait tous.

— On entre, on récupère les données, et on sort, dit Elie. Rien de plus. Soyez rapide, efficaces.

Le groupe acquiesça d'un signe de tête. Ils savaient tous que cette mission pouvait être la plus cruciale de leur vie.

Le groupe approcha prudemment de l'entrée principale du complexe. Les bâtiments en ruine semblaient presque s'effondrer sous le poids du temps, mais l'importante porte en métal, bien que rouillée, était toujours intacte. Rafe fit signe à Tomas de s'approcher.

— Tu peux l'ouvrir ? demanda-t-il, sa voix tendue.

Tomas hocha la tête, sortant son kit de piratage.

— Ça devrait être possible. Même après tant d'années, il y a toujours une petite chance que certains systèmes internes fonctionnent encore, expliqua-t-il en s'accroupissant devant le panneau de commande.

Elie, Clara et Léa observaient les alentours, s'attendant à tout moment à voir surgir des sentinelles automatisées ou des drones de surveillance. Mais le silence régnait, oppressant.

— Je n'aime pas ça, murmura Léa, scrutant les ombres qui s'étendaient autour d'eux. Trop calme.

Clara, debout à côté d'elle, restait concentrée sur la porte.

— Ça ne veut rien dire. Peut-être que tout est vraiment abandonné.

— Ou peut-être que c'est un piège, répondit Léa sèchement.

Tomas tapota sur son écran et un déclic métallique retentit. La porte s'ouvrit lentement sur un grincement lugubre, révélant un couloir sombre qui s'enfonçait dans les entrailles du complexe.

— Ça y est, dit-il, en se relevant. On y va.

Elie hocha la tête, indiquant à Rafe de prendre les devants avec son équipe. Ils pénétrèrent dans le couloir, avançant avec précaution, leurs lampes torches projetant des faisceaux de lumière vacillante sur les murs métalliques couverts de poussière. L'air était lourd, presque irrespirable, et chaque pas résonnait dans le silence oppressant.

— Où se trouvent ces données, exactement ? demanda Clara, ses yeux scrutant les environs avec méfiance.

— Normalement, dans une salle de contrôle plus loin, au cœur du complexe, répondit Tomas. Si ce qui était indiqué sur les plans trouvés dans des réserves de la tour Éternité est vrai, c'est là qu'ils stockaient toutes les informations sur le processus d'immortalité, y compris les recherches les plus récentes.

Le groupe avançait prudemment, chacun sur le qui-vive. Ils savaient qu'une mission de cette ampleur pouvait mal tourner à tout moment.

Soudain, un léger bourdonnement se fit entendre, suivi d'un cliquetis. Léa se figea, levant une main pour arrêter tout le monde.

— Vous entendez ça ? murmura-t-elle.

Ils tendirent l'oreille, mais le bruit avait déjà cessé.

— Probablement rien, murmura Rafe, serrant son arme. Continuons.

Mais quelques mètres plus loin, le bruit reprit, cette fois plus proche, plus insistant. Elie fit signe à son groupe de se disperser, se cachant derrière des obstacles rouillés.

Puis, sans prévenir, une lumière rouge s'alluma au bout du couloir. Une voix synthétique s'éleva, froide et déshumanisée.

— **Intrus détectés. Sécurité activée.**

Des tourelles descendirent lentement du plafond, leurs canons pointés droit sur eux. La panique envahit le groupe.

— À couvert ! hurla Elie en se jetant derrière un pilier.

Des tirs résonnèrent, et des éclats de métal volèrent dans toutes les directions. Rafe et son équipe ripostaient, mais leurs armes étaient dérisoires face à la puissance de feu des systèmes de défense.

— Tomas, coupe ces systèmes ! cria Clara en tirant désespérément vers l'une des tourelles.

Tomas s'agenouilla derrière une console abandonnée, tapotant frénétiquement sur un terminal à moitié fonctionnel.

— J'essaie ! Ça va me prendre quelques secondes !

— On n'a pas quelques secondes ! s'écria Léa, tirant plusieurs coups de feu qui ricochèrent sur l'armure des tourelles.

Elie sentait la pression monter. Les Immortels avaient peut-être déserté cet endroit, mais ils avaient laissé derrière eux des gardiens impitoyables. Il jeta un coup d'œil à Clara, qui était en train de recharger son arme, le visage tendu.

— Tomas, magne-toi ! lança-t-il en voyant une autre salve de tirs frapper juste à côté de lui.

Tomas, en sueur, continua à taper, ignorant la panique qui s'emparait de ses compagnons.

— J'ai presque fini ! grogna-t-il entre ses dents.

Puis, d'un coup, le bruit des tourelles cessa. La lumière rouge s'éteignit, et la voix synthétique se tut.

— C'est bon ! cria Tomas. Les systèmes de sécurité sont désactivés.

Un soupir collectif de soulagement se fit entendre, mais personne n'osa baisser sa garde tout de suite. Ils savaient que la véritable épreuve ne faisait que commencer.

— Allez, on continue, dit Elie en se redressant. Plus de temps à perdre.

Ils s'enfoncèrent encore plus profondément dans le complexe, atteignant enfin une large porte blindée. Au-delà se trouvait la salle de contrôle principale.

— C'est là, murmura Tomas, essoufflé. C'est ici que tout est stocké.

Elie se tourna vers Clara, qui le regardait avec une expression mêlée d'excitation et de crainte.

— On y est. Maintenant, on va découvrir la vérité sur cette technologie.

Ils ouvrirent la porte avec précaution, pénétrant dans une vaste salle remplie de consoles et de serveurs. Des écrans clignotaient encore, comme s'ils attendaient qu'on vienne enfin récupérer les secrets qu'ils renfermaient.

Clara s'avança, son regard fixé sur un terminal central.

— C'est ici que tout se joue, murmura-t-elle en s'asseyant devant l'écran, ses doigts volant sur le clavier.

Pendant ce temps, Elie observait la pièce, sentant une étrange sensation d'accomplissement mélangée à une angoisse grandissante. Clara téléchargeait déjà les données, et les chiffres défilaient sur l'écran à une vitesse vertigineuse.

— Tout y est, dit-elle finalement, sa voix tremblante. Les recherches complètes. Le processus. Tout ce qu'ils ont fait pour devenir immortels.

Elle se tourna vers Elie, son regard rempli de gravité.

— Qu'est-ce qu'on fait maintenant ?

Elie prit une profonde inspiration. Derrière lui, Léa et Tomas attendaient sa décision, leurs visages tendus. Les données qu'ils avaient entre leurs mains pouvaient changer le destin de l'humanité. Mais la question demeurait : de quelle manière ?

Il fixa Clara, puis Tomas, et enfin Léa, avant de répondre :

— Nous devons réfléchir à ce que cela signifie pour nous tous. Mais une chose est sûre, nous ne pouvons pas laisser ce savoir tomber entre de mauvaises mains.

Ils avaient récupéré ce pour quoi ils étaient venus. Mais la véritable décision, celle qui définirait leur avenir, restait à venir.

Elie se tenait droit, la tête pleine de questions, regardant les écrans vacillants du complexe. Clara l'observait avec insistance, attendant une réponse plus précise. Léa, quant à elle, bouillonnait d'impatience.

— On a les données, reprit Clara doucement, cherchant à calmer la tension. Si on les détruit, on efface tout. Mais si on les garde… peut-être qu'on peut s'en servir.

Léa fit un pas un avant, les poings serrés.

— Utiliser cette technologie ? s'indigna-t-elle. Après tout ce que ces monstres ont fait ? Ils ont laissé des milliards de personnes mourir pour préserver leur immortalité, Clara. Tu veux vraiment qu'on suive leur exemple ?

Clara secoua la tête, mais sa voix restait ferme.

— Ce n'est pas aussi simple. Cette technologie pourrait nous sauver ! Nous avons perdu tant de vies, tant de savoir-faire. Si nous apprenons à maîtriser ce qu'ils ont créé, peut-être que nous pourrons reconstruire ce monde au lieu de simplement le laisser s'effondrer.

— Revenir à ce que les Immortels ont fait serait une trahison pour tous ceux qui sont morts ! cria Léa. Nous ne sommes pas des dieux !

— Peut-être qu'on n'a pas le choix, dit Tomas, d'un ton plus posé, mais tout aussi grave. Si on détruit tout, on retourne à l'âge de pierre. Plus de technologie, plus de progrès. Juste la survie dans les ruines. Est-ce vraiment ce qu'on veut ?

Un lourd silence s'installa. Elie sentait le poids de la décision qui reposait sur ses épaules. Il jeta un coup d'œil à Rafe et aux autres membres du groupe qui attendaient en retrait, inquiets, mais silencieux.

— Et si on utilisait ces données pour reconstruire un monde meilleur ? Un monde où personne ne cherche à échapper à la mort, mais où la technologie est au service de l'humanité, pas de quelques privilégiés ? murmura Clara.

— Et si on échoue ? répliqua Léa. Et si on finit par devenir comme eux, à se croire aux dessus des autres, à abandonner les gens quand ça nous arrange ?

Elie prit une profonde inspiration et regarda Tomas, puis Clara, avant de fixer Léa. Il savait que la décision ne serait pas acceptée par tous, mais elle devait être prise. Ses doigts se crispèrent sur son arme tandis qu'il parlait.

— Léa a raison sur un point. On ne peut pas devenir comme eux. Ce serait la pire des trahisons, pour ceux qu'on a perdus, pour nous tous. Mais Clara n'a pas tort non plus… Ces données, elles sont trop importantes pour simplement être effacées.

Il fit une pause, son regard se durcissant.

— Nous allons prendre les données. Mais nous ne nous en servirons que pour reconstruire, pour soigner, jamais pour dominer ou prolonger la vie au détriment des autres. C'est notre engagement.

Clara hocha doucement la tête, satisfaite par ce compromis. Léa semblait encore sur la défensive, mais elle croisa les bras en signe de résignation.

— Très bien, dit-elle, son ton empli d'amertume. Mais jure-moi qu'on ne deviendra jamais comme eux.

Elie la fixa intensément avant de répondre.

— Je te le jure.

Le groupe se mit alors au travail, sécurisant les données et préparant leur départ du complexe. Ils avaient peu de temps avant que d'autres factions ne découvrent ce qu'ils avaient trouvé. Mais alors qu'ils emballaient les dernières pièces d'équipement, un bruit étrange résonna au loin.

— C'était quoi, ça ? demanda Tomas, se redressant brusquement.

Rafe tendit l'oreille, l'expression tendue.

— Des troupes, murmura-t-il, le regard fixé sur l'entrée du complexe. On n'est pas seuls ici.

Elie serra les dents, un frisson parcourant son échine. Le temps jouait contre eux. La guerre pour le contrôle de la technologie immortelle venait à peine de commencer.

— Fini les discussions, déclara-t-il. On sort d'ici. Maintenant.

Ils se rassemblèrent rapidement, prêts à affronter ce qui les attendait dehors. Le sort de l'humanité était encore incertain, mais une chose était claire : leur mission ne faisait que commencer.

Alors qu'ils s'engageaient à nouveau dans les couloirs sombres, Elie jeta un dernier coup d'œil aux consoles éteintes. La technologie qui avait failli détruire leur monde pouvait-elle vraiment les sauver ?

Une part de lui doutait, mais il savait que reculer n'était plus une option.

Derrière eux, les lumières du complexe s'éteignirent une à une, plongeant les lieux dans une obscurité totale. Le monde changeait, et avec lui, Elie et son groupe se dirigeaient vers un avenir aussi incertain qu'inévitable.

Alors qu'Elie et son groupe progressaient dans les couloirs sombres, une tension palpable régnait. Chaque bruit, chaque écho semblait amplifier leur sentiment d'urgence. Clara marchait à côté d'Elie, serrant son sac à dos rempli des précieuses données, son regard inquiet, mais déterminé.

— Si ce sont vraiment des troupes, chuchota-t-elle à Elie, on n'aura pas le temps de tout transférer. Il faut qu'on trouve un autre moyen de protéger ces informations.

Elie réfléchit rapidement, ses pensées tourbillonnant. Il regarda Tomas qui ouvrait la voie, toujours sur le qui-vive.

— Il y a une sortie de secours par le sous-sol, dit Tomas en retournant vers eux. Si on passe par là, on peut éviter de croiser qui que ce soit en surface. Mais ça va nous rallonger.

Léa, impatiente, secoua la tête.

— On n'a pas le temps pour ça. Si on traîne, on se fera encercler.

Elie se tourna vers Rafe, qui avait l'expérience des tactiques de combat.

— Tu penses qu'on peut tenir tête à ces troupes ?

Rafe haussa les épaules, scrutant l'obscurité.

— Difficile à dire. Ça dépend du nombre. S'ils sont bien équipés, on a peu de chances. Mais si c'est une petite patrouille, on pourrait les contourner.

Elie se pinça l'arête du nez, sentant la pression de la décision peser sur lui. Léa avait raison sur une chose : le temps jouait contre eux. Mais Clara n'avait pas tort non plus. Si les données étaient perdues, toute leur mission aurait été vaine.

— On divise l'équipe, finit par dire Elie. Clara et moi, on prend les données par le sous-sol. Rafe, Tomas et Léa, vous allez sécuriser l'accès principal. Si ça chauffe trop, vous vous repliez et nous rejoignez plus bas.

Léa fronça les sourcils.

— Diviser le groupe, c'est trop risqué, Elie.

— On n'a pas le choix, répondit-il fermement. Ces données sont trop importantes. Si quelque chose tourne mal là-haut, il faut qu'on ait au moins une chance de les protéger.

Léa serra les dents, mais finit par hocher la tête. Tomas semblait également d'accord, bien que silencieux.

— D'accord, on fait comme ça, acquiesça Rafe. Soyez prudents.

Elie hocha la tête, regardant chacun des membres de son groupe. Leurs visages étaient empreints d'une gravité nouvelle. Ils savaient tous que la moindre erreur pourrait être fatale. Une dernière fois, il serra la main de Léa, un geste rapide, mais plein de promesses.

— On se revoit dehors, dit-il.

Léa ne répondit pas, se contentant de lui lancer un regard plein de défi et de détermination. Puis, en silence, le groupe se sépara, Rafe, Tomas et Léa prenant la direction de l'accès principal, tandis que Elie et Clara s'enfonçaient dans les profondeurs du complexe.

Les couloirs souterrains étaient sombres et humides, à peine éclairés par quelques lumières vacillantes. Clara jetait des coups d'œil nerveux derrière eux, ses sens en alerte.

— Tu crois qu'on arrivera à sortir d'ici avec tout ça ? demanda-t-elle à voix basse.

Elie, concentré sur la carte mentale qu'il avait du complexe, hésita avant de répondre.

— Je ne sais pas. Mais on doit essayer. On n'a pas d'autres choix.

Clara serra les dents, sentant le poids de leur mission.

Ils descendirent encore plus bas, atteignant enfin le dernier sous-sol. C'était un dédale de tunnels de service, dont beaucoup semblaient désaffectés depuis des années. L'air y était lourd, presque étouffant. Mais c'était leur seule issue.

Soudain, un craquement retentit au loin, les faisant sursauter tous les deux. Elie leva la main, signalant à Clara de s'arrêter.

— Qu'est-ce que c'était ? chuchota-t-elle, ses yeux cherchant à percer l'obscurité.

Elie plissa les yeux. Il tendit l'oreille, essayant de capter le moindre signe d'une présence ennemie. Pendant plusieurs secondes, il n'entendit que le bruit sourd de leur respiration. Puis, un nouveau bruit, plus proche cette fois. Des pas.

— On n'est pas seuls, murmura Elie, son cœur battant plus vite.

Clara saisit son arme, l'adrénaline montant en elle. Elie la regarda, ses yeux trahissant une pointe de peur, mais il savait qu'ils devaient continuer.

Ils avançaient maintenant à pas de loup, chaque mouvement mesuré, chaque souffle contrôlé. Les bruits de pas se rapprochaient encore, échos menaçants dans l'obscurité. Puis, soudain, une silhouette apparut à l'angle d'un couloir, éclairée par la lueur d'une lampe torche.

Elie réagit instinctivement, plaquant Clara contre le mur, à l'abri des regards, il leur fallait une solution, et vite.

Elie et Clara restèrent immobiles, le dos collé au mur, retenant leur souffle tandis que la silhouette avançait lentement. Chaque pas résonnait dans le couloir étroit, amplifiant leur angoisse. Le faisceau de la lampe se déplaçait, balayant les alentours. Elie serra le poing, cherchant un plan dans l'urgence.

La silhouette s'arrêta net, à quelques mètres d'eux. Clara, ses mains tremblantes, chercha un appui sur son arme, mais Elie la retint doucement, la suppliant du regard de ne pas bouger.

— Ça doit être par là… murmura une voix étouffée. Un deuxième homme apparut, rejoignant le premier. Leur apparence laissait peu de doute : ils portaient les brassards noirs des forces immortelles, agents d'élite envoyés pour contrôler les émeutes et traquer les insurgés.

Clara échangea un regard rapide avec Elie. Il secoua la tête, lui signifiant qu'il fallait attendre. Les deux hommes semblaient chercher quelque chose, discutant à voix basse.

— Ils ont dû descendre ici. Le signal venait de cette zone, dit l'un d'eux.

— Peut-être qu'ils ont déjà pris la fuite, répondit l'autre en scrutant le sol. Mais on ne peut pas prendre de risques. S'ils ont réussi à pirater les systèmes, ils seront une menace pour les Immortels.

Les deux hommes continuèrent à avancer lentement, leur attention fixée sur les environs immédiats, sans encore remarquer Elie et Clara. Le danger était palpable, mais la distance entre eux et la sortie n'était pas infranchissable. Elie réfléchit à toute vitesse.

— Je vais créer une diversion, chuchota-t-il à Clara, le plus bas possible pour ne pas se faire entendre. Toi, tu continues.

Clara le regarda avec des yeux agrandis de surprise, secouant la tête avec force.

— Pas question. Si tu fais ça, tu te feras capturer, voire pire ! On reste ensemble, Elie.

Elie posa une main réconfortante sur son épaule, mais son regard était résolu.

— On n'a pas le choix. Si tu n'arrives pas à sortir ces données d'ici, alors tout ça aura été pour rien. Nous devons réussir.

Clara se mordit les lèvres, luttant contre son instinct. Elle savait qu'il avait raison, mais l'idée de le laisser derrière elle déchirait son cœur. Finalement, elle hocha la tête, ses yeux remplis d'une détermination nouvelle.

— D'accord. Mais promets-moi de t'en sortir.

Elie esquissa un sourire, bien que léger.

— Je te retrouverai dehors, je te le promets.

Avec une lenteur calculée, il posa une petite pierre devant son pied et l'envoya dans un angle sombre du couloir opposé. La pierre roula et percuta un tuyau métallique, provocant un bruit sourd qui résonna dans les tunnels.

Les deux agents des Immortels pivotèrent instantanément, armes en main, se précipitant vers le bruit.

— Là-bas ! cria l'un d'eux.

Profitant de la confusion, Clara s'élança, glissant silencieusement vers la sortie comme une ombre, pendant qu'Elie restait caché derrière une caisse, retenant son souffle. Il la regarda s'éloigner, son cœur battant à tout rompre. Il espérait sincèrement que cette diversion suffirait.

Les deux agents fouillaient le couloir opposé, frustrés de ne rien trouver. Elie attendit encore quelques instants, suffisamment longtemps pour s'assurer que Clara serait hors de portée, puis recula lentement dans les ombres.

Il savait qu'il devait les semer et rejoindre Clara à la surface. Mais chaque mouvement le rapprochait du danger. Finalement, il trouva un chemin à travers un vieux conduit d'aération rouillé. Il y pénétra, se glissant à travers avec peine, son corps tendu à l'extrême. Les agents immortels étaient désormais loin derrière, mais il savait qu'il ne pourrait se permettre aucune erreur supplémentaire.

Après plusieurs minutes d'angoisse, Elie finit par émerger dans une petite salle de maintenance. Il essuya la sueur qui perlait sur son front, prenant un instant pour se remettre de l'intense adrénaline qui l'avait traversé.

Mais à peine eut-il le temps de se relever qu'un bruit de pas retentit derrière lui. Il pivota rapidement, les sens en alerte.

— Elie ?

C'était Clara. Elle était parvenue à sortir et l'avait attendu là. Elle lui lança un regard plein de soulagement.

— Je t'avais dit qu'on resterait ensemble.

Elie laissa échapper un rire nerveux, réalisant qu'il était passé si près du pire.

— Oui… tu avais raison.

Clara sourit légèrement avant de se tourner vers la porte qui menait à la surface.

— On y va. Ils vont finir par découvrir qu'on n'est plus dans les tunnels.

Le duo s'élança à travers le complexe, leurs pensées focalisées sur leur mission. Ils savaient qu'il y avait encore un long chemin à parcourir et que d'autres dangers les attendaient à la surface, mais pour l'instant, ils étaient ensemble. Et c'était tout ce qui comptait.

Alors qu'ils sortaient enfin des tunnels, Elie et Clara débouchèrent dans un endroit désert, l'air lourd et chargé de l'odeur de poussière et de débris. Le ciel était d'un gris oppressant, les nuages s'accumulant, prêts à déverser une pluie acide, une réalité courante dans ce monde ravagé par les conséquences de siècles d'abus technologiques. Tout était calme, un calme trompeur qui masquait les tensions et le chaos qui secouait les dernières villes.

Elie jeta un regard rapide autour de lui, s'assurant que personne ne les suivait. Clara, à ses côtés, serrait contre elle un petit terminal contenant les précieuses données récupérées lors de leur incursion dans le centre de recherche des Immortels. Ces informations étaient leur seule arme contre la domination de l'élite immortelle.

— On doit trouver le reste du groupe, murmura Elie. Ils doivent être quelque part dans la zone.

Clara hocha la tête, le regard déterminé, mais inquiet.

— Si les autres factions rebelles sont aussi proches que nous le pensons, il ne nous ne reste plus beaucoup de temps avant qu'ils apprennent ce que nous avons récupéré. Ils risquent de nous attaquer.

Ils avancèrent prudemment au milieu des débris, toujours aux aguets. Soudain, ils entendirent un bruit familier : des voix, des murmures organisés, entrecoupés de mots d'ordre. Elie se rapprocha de la source du bruit, suivie de près par Clara, jusqu'à ce qu'ils arrivent à un point de rendez-vous dissimulé sous une ancienne passerelle effondrée.

Là, au milieu d'un groupe d'hommes armés, ils retrouvèrent Léa, Tomas et Mira. Tous semblaient épuisés, mais résolus.

— Vous voilà ! s'exclama Léa, ses yeux se posant tour à tour sur Elie et Clara. Vous avez réussi ?

Clara acquiesça et tendit le terminal.

— Les données sont là. Tout ce que nous avons pu extraire sur le processus d'immortalité. Si ces informations tombent entre de mauvaises mains, cela pourrait tout changer.

Léa prit l'appareil entre ses mains avec précaution, comme si elle tenait une arme à double tranchant. Son visage était grave.

— Alors, il ne nous reste plus qu'à décider ce que nous en ferons, murmura-t-elle. Certains voudront l'utiliser pour renverser les Immortels, mais d'autres, comme Clara, pensent que cela pourrait sauver l'humanité.

Tomas, qui observait la scène en silence jusqu'alors, se redressa.

— Je dis qu'on doit la détruire. L'immortalité ne doit pas exister. Regardez où cela nous a menés. Nous sommes ici à cause de cette technologie.

— C'est plus compliqué que ça, répliqua Clara, d'une voix ferme. Si nous utilisons cette technologie avec sagesse, nous pourrions sauver des vies. Nous pourrions reconstruire un monde meilleur.

Le groupe s'agita, des murmures d'incertitude se propageant parmi eux. Mira, quant à elle, regardait silencieusement Elie, cherchant à comprendre où il se situait dans ce débat crucial.

— Qu'est-ce que tu en penses ? Elie, demanda-t-elle finalement.

Elie scruta les visages tendus autour de lui, conscient du fardeau de la décision qui pesait sur lui. Il savait que, quelle que soit sa réponse, elle entraînerait des conséquences profondes, non seulement pour eux, mais pour l'avenir de ce qui restait de l'humanité.

— Je pense… Il marqua une pause, ses pensées tourbillonnant. Que la véritable question est de savoir si nous sommes prêts à ne pas répéter les erreurs du passé. Cette technologie nous a été fatale parce qu'elle a été utilisée pour le pouvoir, pour la domination. Si nous ne changeons pas de mentalité, si nous ne choisissons pas de la partager, de l'utiliser pour le bien commun… alors oui, elle doit disparaître.

Le silence tomba lourdement sur le groupe. Chacun pesait les mots d'Elie.

— Mais si nous pouvons nous unir et faire en sorte que cette technologie serve à quelque chose de bon, pour tout le monde, pas seulement pour quelques privilégiés, alors peut-être que nous avons une chance de réparer ce monde.

Léa regarda tour à tour ses compagnons, puis hocha lentement la tête.

— Il va falloir en discuter avec les autres au campement, et même avec d'autres groupes. Nous ne pouvons pas prendre cette décision seuls.

Tomas serra les dents, mais ne dit rien. Le groupe savait que cette conversation n'était que le début d'un débat beaucoup plus vaste. La tension montait, les factions rebelles étant de plus en plus divisées entre ceux qui voulaient tout détruire et ceux qui cherchaient à sauver quelque chose des ruines de ce monde.

— Dans tous les cas, déclara Mira, sa voix coupa le silence, nous devons partir. Les Immortels vont envoyer des renforts. Nous devons être loin d'ici avant qu'ils ne retrouvent notre trace.

Elie acquiesça. Il savait que la révolte n'était pas finie, ils avaient encore du chemin à parcourir avant de comprendre pleinement la portée de leur mission.

Ils se préparèrent à partir, rassemblant leurs affaires et vérifiant leurs armes, tandis qu'un sentiment d'urgence les enveloppait.

Chapitre 7
Le lieu sacré

Elie et son groupe marchaient en silence, le poids des informations qu'ils transportaient plus lourd que tout ce qu'ils auraient pu imaginer. Le crépuscule tombait, enveloppant les ruines d'une lumière orange inquiétante. Derrière eux, le centre de recherche abandonné se fondait peu à peu dans l'obscurité, comme un souvenir douloureux que personne ne voulait affronter.

Clara, tenant le terminal rempli des données dans ses mains, brisa le silence.

— Tu crois qu'ils savaient tout ça depuis le début ? demanda-t-elle, la voix tremblante.

Elie hocha lentement la tête.

— Ils devaient avoir une idée des risques… mais comme tu as pu le voir en regardant certains fichiers, je ne pense pas qu'ils s'attendaient à ce que ça devienne un tel cauchemar.

Léa, qui marchait en tête du groupe, se retourna, la mâchoire serrée.

— Ça ne change rien. Qu'ils aient su ou non, ils ont choisi d'ignorer les conséquences. Ils nous ont condamnés, tous.

Elie n'avait pas de réponse. Ils approchaient du campement, les lumières faiblardes des torches indiquant l'emplacement de leur refuge temporaire. À l'intérieur, les rebelles les attendaient, impatients de connaître le fruit de leur expédition.

Lorsqu'ils franchirent les portes, plusieurs hommes et femmes se précipitèrent vers Rafe, leur chef.

— Alors ? Qu'est-ce que vous avez trouvé ? demanda une voix tendue.

Elie échangea un regard avec Clara, puis hocha la tête vers Léa.

— Montre-leur, dit-il simplement.

Clara posa le terminal de données sur la table centrale. En quelques instants, des images et des vidéos s'affichèrent à l'écran. Les rebelles présents se pressèrent autour d'elle pour mieux voir. Les premières images étaient celles d'hommes et de femmes en tenue médicale, menant des expériences, parlant avec enthousiasme des promesses de l'immortalité.

Puis les images changèrent. Elles montraient des Immortels, des siècles après leur transformation. Leur peau, autrefois éclatante, avait perdu tout éclat. Leurs yeux, vides, semblaient fixés sur des mondes invisibles. Certains hurlaient dans des pièces d'observation, frappant les murs, incapables de distinguer réalité et illusion.

— C'est… c'est quoi ça ? demanda Tomas, abasourdi je ne l'avais pas encore vu !

— La vérité, répondit Elie d'une voix sombre. L'immortalité n'était pas un cadeau, c'était une malédiction. Ces gens… ces Immortels… ils ont perdu tout sens de la réalité avec le temps. Pour la grande majorité, leur esprit ne supporte pas de vivre aussi longtemps. Leur déconnexion avec le monde réel est inévitable.

Clara, les yeux fixés sur l'écran, murmura, comme pour elle-même :

— Ils sont piégés dans leur propre existence.

Les vidéos continuèrent à défiler, montrant des expériences de plus en plus horribles. Des Immortels placés en observation étaient devenus violents, paranoïaques. D'autres étaient catatoniques, incapables de reconnaître même leur propre reflet.

— Ils ont tout sacrifié pour ça… et voilà ce qu'ils sont devenus, dit Léa, le regard dur. C'est ce que nous devons détruire.

Un silence pesant s'installa dans la tente. Les visages autour de la table étaient figés, choqués par la brutalité des images. Puis Clara prit la parole.

— Peut-être… peut-être que ce n'est pas la technologie en elle-même qui est le problème. Peut-être que c'est juste la manière dont elle a été utilisée.

Léa la regarda avec un mélange de colère et d'incrédulité.

— Comment peux-tu dire ça après ce qu'on vient de voir ? Ces gens sont condamnés, Clara ! Ils ne sont plus humains ! Tu veux vraiment risquer ça pour nous aussi ?

Clara croisa les bras, tentant de garder son calme.

— Ce que je veux dire, c'est qu'on pourrait l'utiliser différemment. Peut-être qu'on peut corriger les erreurs qu'ils ont commises, améliorer la technologie. Il y a encore tant de choses qu'on ignore.

Tomas intervint, son ton tranchant.

— Tu penses sérieusement qu'on peut sauver cette technologie après ce qu'on vient de découvrir ? C'est une abomination, Clara. Il n'y a rien à améliorer. Ça doit être détruit, une bonne fois pour toutes.

Clara secoua la tête.

— Si on la détruit, on détruit aussi toute chance de survie pour l'humanité. Nous sommes en train de nous éteindre, Tomas ! La famine, les guerres, la maladie… Nous avons besoin de quelque chose de plus grand pour nous sortir de là.

Léa s'avança vers Clara, le visage rougi par la colère.

— Ce que tu proposes, c'est de jouer avec la vie elle-même ! Ça a déjà détruit des millions de personnes. Tu veux vraiment risquer que ça se reproduise ?

Elie prit une profonde inspiration, tentant de garder la situation sous contrôle.

— Assez ! ordonna-t-il fermement. Nous devons réfléchir avant de prendre une décision. Clara a un point : peut-être que la technologie peut être améliorée. Mais ce qu'on a vu prouve que, dans son état actuel, elle peut finir par être dangereuse.

Clara le regarda, l'espoir dans les yeux.

— Alors tu n'es pas contre l'idée de la garder ?

Elie soupira.

— Je ne suis pas sûr. Nous devons évaluer tous les risques. Nous devons en parler avec tous les rebelles avant de prendre une décision aussi importante.

Léa hocha la tête, bien qu'à contrecœur.

— Très bien. Mais ne perdons pas de vue le fait que cette technologie est une arme. Une arme qui a déjà causé des dégâts irréparables.

Tomas se tourna vers Elie.

— Qu'est-ce qu'on fait maintenant ?

Elie regarda à nouveau les images sur le terminal, son expression se durcissant.

— Nous devons nous préparer à agir. Si cette technologie reste entre de mauvaises mains, elle continuera à nous détruire.

Il leva les yeux vers ses compagnons, déterminé.

— Mais nous devons aussi être intelligents. Nous ne pouvons pas simplement foncer tête baissée. Nous devons comprendre ce qu'on a réellement entre les mains. Une fois que nous aurons toutes les informations, alors nous prendrons une décision définitive.

Les rebelles acquiescèrent lentement, conscients que le chemin à suivre serait pavé de dilemmes moraux complexes. La guerre contre les Immortels n'était pas seulement une question de survie physique ; elle serait aussi une bataille pour définir ce que l'humanité deviendrait.

Le silence qui suivit était lourd de réflexion. Elie savait que ce débat n'allait pas se résoudre facilement. Chacun des membres du groupe avait ses propres convictions, ses propres raisons de vouloir préserver ou détruire cette technologie. Pourtant, le temps pressait. Dehors, la révolte continuait de gronder, et les Immortels, même affaiblis, restaient une menace. L'humanité risquait de se déchirer davantage si cette technologie tombait entre de mauvaises mains.

Tomas, toujours prêt à prendre des décisions tranchées, brisa à nouveau le silence.

— On ne peut pas rester ici éternellement à discuter. Les Immortels savent que quelque chose se trame, et ils vont bientôt s'en rendre compte. Ils nous trouveront, et ils ne seront pas cléments cette fois.

Léa hocha la tête, sa colère maintenant remplacée par un calme glacial.

— Alors, qu'est-ce qu'on fait, Elie ? demanda-t-elle, son regard perçant. Tu as dit qu'on devait attendre avant de décider. Très bien. Mais attends trop longtemps, et on risque de ne plus avoir de choix du tout.

Elie se leva, observant un à un ses compagnons. Il prit une profonde inspiration avant de répondre.

— Nous devons d'abord sécuriser ces données. Tout ce que nous avons trouvé pourrait être vital, pour nous ou pour eux. Je veux que Clara et Mira s'occupent de décrypter ce qu'on n'a pas encore pu lire. Une fois qu'on saura exactement à quoi on a affaire, on pourra agir.

Clara, soulagée que son point de vue soit au moins partiellement entendu, se précipita vers le matériel de décryptage, suivie par Mira. Tomas, cependant, serra les poings.

— Et si les Immortels débarquent avant ça ? On ne peut pas se permettre de les laisser s'approcher trop près.

Elie hocha la tête, conscient du danger.

— C'est pour ça que toi, Léa et Rafe allez renforcer les défenses du camp. Nous devons tenir le plus longtemps possible. Si tout va bien, on aura bientôt les informations dont on a besoin pour prendre une décision éclairée.

Léa croisa les bras, méfiante.

— Et si les données révèlent encore pire que ce qu'on a vu jusqu'ici ? Que fait-on si la technologie est irrécupérable ?

Elie la fixa un moment, réfléchissant à cette éventualité.

— Alors, nous la détruirons. Nous n'avons pas traversé tout ça pour remplacer un cauchemar par un autre.

Tomas approuva d'un signe de tête, même s'il restait sur ses gardes.

— Très bien. On se prépare à se défendre, mais n'oublie pas, Elie… si on attend trop, cette technologie pourrait bien nous échapper.

Elie acquiesça, sachant pertinemment que la situation était fragile. Il se tourna une dernière fois vers les écrans, où les visages des Immortels tourmentés continuaient de défiler.

— Quoi qu'il arrive, murmura-t-il, nous ne laisserons pas cette horreur se répéter.

Le campement plongeait dans la nuit. Les quelques torches projetant des ombres dansantes sur les murs en ruine. Clara et Mira travaillaient d'arrache-pied sur les données, mais chaque nouvelle révélation semblait rendre la situation plus sinistre encore.

— Regarde ça, dit Clara en montrant un fichier à Mira. Ces Immortels, certains d'entre eux ont commencé à perdre leurs souvenirs à mesure que les siècles passaient. Des pans entiers de leur identité se sont effacés, les rendant instables…

— Et ce n'est pas tout, ajouta Mira, scrutant une autre ligne de code. Ils ont tenté de réparer ça en créant des répliques numériques de leurs souvenirs, mais c'était comme mettre un pansement sur une plaie béante.

Clara ferma les yeux, absorbant l'ampleur de ce qu'elles découvraient. Ceux que les gens prenaient pour des dieux étaient en réalité des êtres brisés, incapables de supporter leur propre immortalité.

— Et ça ? dit-elle en se tournant vers un autre fichier. Les expériences sur des sujets humains. Ils savaient que leur solution n'était pas viable, alors ils ont cherché des moyens de ralentir la dégénérescence…

Mira haussa les sourcils en lisant les détails.

— Mais chaque essai a échoué. Tous ceux qui ont essayé d'inverser ou de ralentir les effets… Elle marque une pause, jetant un coup d'œil vers Clara. Ils sont tous morts.

Clara soupira profondément, ébranlée.

— Alors il n'y a pas d'espoir ?

Mira hocha la tête, résignée.

— Pas avec cette technologie.

À cet instant, le rideau de la tente s'ouvrit brusquement. Elie entra, le visage tendu.

— Alors ? demanda-t-il.

Clara se tourna vers lui, les épaules affaissées.

— Ce que nous avons découvert… c'est encore pire que ce que nous imaginions. Ils savaient que l'immortalité ne fonctionnait pas à long terme. Tous les Immortels sont condamnés à une forme ou à une autre de dégénérescence mentale. Certains d'entre eux en sont déjà au stade final…

Elie baissa les yeux, prenant en compte ces nouvelles.

— Donc nous devons tout détruire. Ses mots n'étaient pas une question, mais une affirmation.

Clara acquiesça, bien que son cœur soit encore divisé.

— Oui… il n'y a plus rien à sauver.

Elie jeta un regard à Mira, cherchant une confirmation.

— Elle a raison, dit Mira, le ton grave. Si nous laissons cette technologie survivre en l'état, elle ne fera qu'apporter plus de souffrance.

Elie se redressa, son regard déterminé.

— Alors, c'est décidé. Nous détruirons tout.

Mais avant qu'ils ne puissent se réjouir de cette décision, un cri retentit à l'extérieur, suivi de bruits de lutte. Elie attrapa immédiatement son arme.

— Ils sont là, murmura-t-il en serrant la poignée de son fusil.

La guerre venait à eux, et avec elle, la décision finale concernant l'avenir de l'humanité.

Le son des cris à l'extérieur déchira l'air, suivi de bruits de course précipitée. Le campement, plongé dans la semi-obscurité, semblait s'éveiller d'un seul coup à une réalité brutale. Elie se précipita hors de la tente, Mira et Clara sur ses talons. La scène qui les attendait était chaotique. Tomas et Léa, armes au poing, tentaient de repousser un petit groupe d'assaillants. Des silhouettes sombres se mouvaient entre les ruines, utilisant les décombres comme couverture.

— Ils nous ont trouvés ! hurla Tomas en tirant sur l'un des attaquants. Je t'avais dit qu'on n'avait pas de temps à perdre !

Elie se positionna derrière une vieille barrière métallique, essayant de comprendre d'où venaient les agresseurs. Mais les chemins tortueux du camp les enveloppaient de mystère.

— Combien sont-ils ? cria Elie, ses yeux fouillant les ombres.

Léa, toujours aux aguets, répondit sans hésitation.

— Pas assez pour une attaque frontale. Ce sont probablement des éclaireurs. Ils testent nos défenses avant d'envoyer du renfort.

— On doit agir vite, ajouta Mira, le visage tendu. Si ces éclaireurs appellent des renforts, on sera submergés.

Clara, le souffle court, se redressa à côté d'Elie. Elle tenait une petite tablette sur laquelle elle avait stocké les données récupérées du centre de recherche.

— On ne peut pas risquer de tout perdre maintenant. Il faut les stopper avant qu'ils n'envoient un signal.

Elie hocha la tête. Il savait qu'ils étaient pris au piège. D'un côté, ils avaient la responsabilité de détruire la technologie qui avait causé tant de malheur, mais de l'autre, ils devaient survivre à cette attaque pour accomplir leur mission. Une solution commençait à se former dans son esprit.

— Mira, Clara, partez vers l'est avec les données, ordonna-t-il d'une voix ferme. Prenez tout ce qu'on a trouvé et mettez-vous à l'abri. Léa et moi, on tiendra le campement le temps que vous puissiez partir.

Clara ouvrit la bouche pour protester, mais Mira la coupa rapidement.

— Il a raison, Clara. On ne peut pas tous rester ici. Nous avons les informations, c'est notre priorité maintenant.

Clara, malgré ses réserves, savait que Mira avait raison. Sans les données, tout ce qu'ils avaient traversé n'aurait servi à rien. Elle hocha la tête avec réticence.

— Fais attention, Elie, murmura-t-elle en le regardant droit dans les yeux.

Elie hocha la tête, serrant une dernière fois la main de Clara avant qu'elle et Mira ne se glissent dans l'ombre, disparaissant à travers les débris. Le groupe réduit désormais à Tomas, Léa et Elie, se prépara à défendre sa position.

— Où est Rafe ? demanda Elie dans un souffle.

— Ils sont trop près maintenant, souffla Tomas, le regard fixant les ruines. Ils ne vont pas tarder à attaquer en force.

— Tomas, où est Rafe ? répéta Elie en lui attrapant le bras.

Tomas secoua la tête sans rien dire. Léa ajusta son arme, le regard déterminé.

— On les attend de pied ferme.

Mais avant que la tension n'explose en un nouvel affrontement, une silhouette apparut à l'extrémité du passage. Elie fronça les sourcils, essayant de discerner les détails. Ce n'était pas un garde Immortel ni un soldat humain ordinaire. La silhouette leva une main en signe de paix.

— Attendez ! appela une voix rauque, familière. Je veux parler.

Léa pointa son arme en direction de l'homme qui s'avançait lentement. Lorsqu'il entra dans le cercle de lumière vacillant, son visage devint visible. C'était Soren, un des conseillers de la tour Éternité. Elie sentit un frisson de méfiance monter en lui.

— Que fais-tu ici ? demanda Elie, méfiant.

Soren leva les mains, en signe de soumission.

— Je ne suis pas venu pour le battre. Écoutez-moi. Selena… elle m'a envoyé. Nous savons que vous avez récupéré des données du centre de recherche. Je suis ici pour vous dire que ce que vous avez découvert, c'est seulement une partie de la vérité.

Elie, sans baisser son arme, jeta un regard à Léa. Celle-ci haussa les épaules, attendant la suite.

— Continue, ordonna Elie, tout en gardant une main sur son fusil.

Soren prit une profonde inspiration.

— Les Immortels sont effectivement en déclin, mais ce processus est réversible. Nous avons découvert une technologie complémentaire.

Elle pourrait permettre de corriger les erreurs des premiers essais, et éviter la dégénérescence.

Léa éclata de rire, un rire amer.

— Ah ! Une solution miracle, c'est ça ? Après tout ce temps, vous avez enfin la réponse ?

— Non, pas une solution miracle, répliqua Soren, son regard intense. Mais une chance, mais une petite chance de réparer ce qui a été fait. Vous voulez détruire la technologie de l'immortalité, je le comprends. Mais si vous le faites, tout espoir disparaîtra avec elle.

Elie le fixa longuement, pesant chaque mot.

— Et pourquoi devrions-nous te croire ?

Soren fit un pas en avant, les mains toujours levées.

— Parce que je n'ai rien à perdre. Je sais ce qui va se passer si cette technologie tombe. La guerre qui gronde dehors… ce sera pire. Et vous le savez aussi. Si cette technologie disparaît, ceux qui luttent contre les Immortels n'auront plus rien à combattre, plus rien à espérer. Ce sera le chaos total.

Un silence lourd s'installa, les mots de Soren résonnaient dans l'esprit d'Elie. Les cris de la bataille, autour d'eux, semblaient soudain lointains, comme s'ils se battaient contre le temps lui-même.

Elie serra les mâchoires, pesant soigneusement les mots de Soren. À ses côtés, Léa garda son arme pointée sur le conseiller, mais elle observait attentivement Elie, prête à suivre sa décision.

— Tu parles de sauver l'humanité, répliqua Elie d'une voix froide, mais tu oublies que cette même technologie a condamné des millions de gens à la misère. Les Immortels ne vivent que pour eux-mêmes. Comment peux-tu nous demander de leur laisser une chance ?

Soren baissa les yeux un instant, visiblement accablé.

— Je sais… je sais ce que tu ressens, Elie, répondit-il d'une voix tremblante. Je suis né dans ce monde, tout comme vous. J'ai vu mes proches mourir tandis que les Immortels faisaient de moi un des leurs, je suis resté impassible. Mais je ne parle pas de les sauver eux. Je parle de nous donner une chance, à nous. Cette technologie peut encore être utilisée pour le bien. Si on la détruit… c'est l'espoir même de la survie qui s'effondre.

Léa grogna, impatiente.

— Encore ces promesses creuses… chaque fois que les puissants ont promis de sauver le monde, ça n'a fait que le précipiter dans plus de chaos. Et toi, Soren, tu penses qu'ils partageraient ce pouvoir avec nous ?

Soren se tourna vers elle, ses yeux remplis de fatigue.

— Je ne pense pas. Je sais. Parce que Selena a changé. Elle n'est plus comme eux. Elle veut que cette technologie serve l'humanité entière. C'est pour ça qu'elle m'a envoyé ici, pour négocier.

Elie leva un sourcil. Le nom de Selena avait toujours été lié aux Immortels, à leur domination froide et calculatrice. Mais pouvait-il vraiment croire qu'elle, la dirigeante de la Tour Éternité, puisse vouloir autre chose ?

— Pourquoi Selena ? Pourquoi maintenant ? demanda Elie, en croisant les bras. Ce ne sont pas les premiers signes de révolte, mais c'est la première fois qu'elle tend la main.

Soren s'avança de quelques pas, s'approchant doucement d'Elie.

— Parce qu'elle sait que leur règne touche à sa fin. Elle a vu ce que vous avez vu dans ces archives : la dégénérescence, l'oubli progressif, le chaos mental qui les attend. C'est une question de temps avant que tout s'effondre. Elle est prête à changer les règles du jeu. Mais elle a besoin de votre aide pour trouver un équilibre.

Léa leva une main, interjetant avec frustration.

— Donc, elle veut un compromis ? Nous acceptons de ne pas détruire la technologie, et en échange, quoi ? Elle partage le pouvoir ? Elle rend l'immortalité accessible à tout le monde ? Je n'y crois pas une seconde.

Elie hésita, ses pensées tourbillonnant. Tout ce qu'ils avaient découvert jusque-là montrait que la technologie de l'immortalité n'était pas seulement imparfaite, mais profondément dangereuse. Elle condamnait ceux qui s'y abandonnaient à une lente perte d'eux-mêmes, une déconnexion progressive de la réalité. Et pourtant, cette même technologie représentait la clé d'une possible survie pour l'espèce humaine. Le dilemme était cruel.

— Si tu mens, commença Elie en regardant Soren dans les yeux, je te tue. Mais si ce que tu dis est vrai… peut-être qu'on a encore une chance de renverser tout ça.

Soren hocha la tête, son visage tendu, mais déterminé.

— Je ne vous mens pas. Nous pouvons créer un nouveau monde. Ensemble. Mais nous devons décider maintenant, avant que la guerre n'atteigne un point de non-retour.

Elie échangea un regard avec Léa. Elle était clairement contre cette idée, mais il savait que les options s'amenuisaient chaque seconde. Après un instant d'hésitation, il hocha lentement la tête.

— Très bien. Tu nous amènes à Selena. Mais garde en tête, Soren, si c'est un piège… tu ne sortiras pas vivant de cette rencontre.

Soren acquiesça, reconnaissant le poids de la promesse. Il fit signe à Elie et Léa de le suivre, s'éloignant du campement, tandis que le bruit de la bataille s'éloignait derrière eux.

Le groupe s'éloigna en silence du campement, avançant à travers les décombres sous un ciel lourd de nuages. Ils progressaient vers le nouveau repaire des Immortels, où les attendait Selena, selon Soren.

Leur voyage allait bientôt les mener à un point de rupture, un moment décisif où l'avenir de l'humanité serait redéfini. Mais à quel prix ?

***

Alors que le Groupe avec Elie allait en direction du lieu de rendez-vous avec Selena, une tension palpable flottait dans l'air. Chaque pas les rapprochait du cœur de ce qui restait du pouvoir immortel, mais aussi de nouvelles incertitudes. Derrière eux, le campement laissait la place à une zone dévastée, les flammes léchaient encore les vestiges de ce qui avait été leur dernier refuge temporaire.

Clara et Mira, qui étaient parties du camp avec les données, se déplaçaient en silence à travers les rochers et les ruines. L'attaque-surprise qui avait dévasté le camp quelques heures plus tôt les avait laissées en état de choc, mais elles savaient qu'elles n'avaient pas le luxe de se lamenter. Leur survie immédiate était un jeu.

— Ils ne s'arrêteront pas, tu le sais ? murmura Clara en jetant un coup d'œil nerveux en direction du groupe, sa respiration saccadée.

Mira, plus calme, hocha la tête sans ralentir son rythme.

— On ne peut pas les combattre directement. Pas encore. Il faut qu'on trouve un endroit sûr pour se regrouper. Tant que nous sommes ici à les suivre, nous sommes vulnérables.

Clara regarda Mira, ses yeux pleins de doute.

— Et où irions-nous ? Tout est détruit ou sous leur contrôle. De plus, les autres factions rebelles n'ont rien de plus à offrir que la mort s'ils apprennent que nous avons les données.

Mira s'arrêta, son visage durci.

— Et que suggères-tu ? Qu'on se rende ? Qu'on se cache jusqu'à ce que tout le monde meure autour de nous ?

Clara baissa les yeux, puis murmura, presque pour elle-même :

— Peut-être qu'ils ont raison. Peut-être que tout ce qu'on peut faire, c'est détruire cette technologie. Tout ce qui est arrivé depuis qu'ils ont créé cette immortalité n'a fait qu'aggraver la situation.

Mira fronça les sourcils et secoua la tête.

— Clara, tu es trop intelligente pour penser que détruire tout est une solution. La technologie n'est pas le problème. Ce sont les gens qui en abusent. Si on la maîtrise, on peut la changer, la transformer en quelque chose qui aide réellement.

Clara soupira, sa colère refoulée revenant à la surface.

— Mais combien de vies doivent encore être sacrifiées avant qu'on trouve cette « bonne façon » de l'utiliser ? Nous avons perdu tant de gens, et tout ça pour quoi ? Pour cette même promesse qu'ils nous faisaient quand ils ont lancé ces projets d'immortalité ?

Mira prit un moment avant de répondre, regardant l'horizon dévasté.

— J'ai vu ce que cette technologie peut faire. Je sais que c'est dangereux. Mais je crois toujours qu'il y a un moyen de la récupérer.

Si on la détruit maintenant, on enterre l'espoir de quelque chose de meilleur. Si on s'enfuit, on garde cette chance de reconstruire.

Clara secoua la tête, une lueur de désespoir dans les yeux.

— Alors tu veux fuir. Encore fuir.

— Je veux vivre pour me battre un autre jour, Clara, répondit Mira doucement. Parfois, survivre est la première étape de la résistance.

Clara resta silencieuse un instant, puis son expression se durcit. Elle savait que Mira avait peut-être raison, mais son cœur se brisait à chaque instant passé loin de leur groupe, loin des autres qui, comme elle, voulaient croire que la révolte était encore possible.

— Et Elie ? Léa ? finit-elle par demander. Nous les abandonnons ?

Mira soupira, le poids de la décision pesant sur ses épaules.

— Elie sait ce qu'il fait. Il est plus rusé qu'on ne le croit. Mais nous… nous ne pouvons plus rester ici. Pas si nous voulons avoir encore une chance d'arrêter tout ça à notre manière.

Le silence s'installa entre elles, perturbé seulement par le crépitement lointain des incendies et le murmure du vent à travers les débris. Clara se tourna finalement vers Mira, son visage empreint d'une détermination nouvelle.

— Très bien. Nous partons. Mais je veux des réponses. Je veux comprendre pourquoi tout cela s'est effondré, pourquoi cette technologie a échoué. Et si je découvre que tout cela est irrécupérable, je ferai tout pour l'anéantir.

Mira hocha lentement la tête.

— D'accord, Clara. Nous chercherons ces réponses ensemble. Mais d'abord, nous devons rester en vie.

Sans un mot de plus, les deux femmes reprirent leur route, s'éloignant des ruines fumantes de leur ancien campement. Leur chemin était encore long, et leur survie incertaine, mais elles portaient en elles la lueur de ce qui pourrait être un nouveau commencement… ou la fin définitive.

Pendant ce temps, Elie et les autres se dirigeaient vers ce lieu mystérieux, espérant inconsciemment que leurs deux amies restent en vie, poursuivant ainsi leur propre lutte pour comprendre et, peut-être, changer le cours de l'histoire à venir.

Clara et Mira avancèrent dans l'obscurité de la nuit, chaque pas les éloignant du campement qu'elles avaient abandonné dans le chaos. Le ciel nocturne était voilé par les cendres et la fumée des incendies, un rappel constant de l'instabilité du monde qu'elles avaient connu. Leur marche silencieuse était ponctuée par les bruits lointains de combats sporadiques, là où d'autres humains luttaient encore contre les vestiges de l'élite immortelle.

Après plusieurs heures de marche, les deux femmes s'arrêtèrent enfin près d'une ancienne station de métro désaffectée, à demi ensevelie sous les décombres d'un bâtiment effondré. C'était un refuge temporaire, un endroit où elles pourraient enfin reprendre leur souffle et discuter de ce qui les attendait.

Clara s'assit sur un morceau de béton, ses mains tremblant légèrement après l'intensité des évènements récents. Elle fixait le sol, songeuse, les mots de Mira résonnant encore dans sa tête.

— Alors, maintenant quoi ? demanda-t-elle, sa voix rauque. Qu'est-ce qu'on fait ? On continue simplement à fuir, à se cacher ?

Mira, adossée à un pilier, croisa les bras et soupira.

— Non. Pas simplement fuir. Je pense que nous devons trouver les réponses à nos questions. Là où tout a commencé.

Clara leva un sourcil, intriguée.

— Où tout a commencé ? Tu veux dire… le lieu d'origine ? Là où ils ont conçu cette technologie d'immortalité ?

Mira hocha la tête.

— Oui. Dans certains enregistrements de discussions, les techniciens de la tour ont parlé de données anciennes, de recherches enfouies dans des centres que même les Immortels ont oubliés. Si nous pouvons mettre la main sur ces archives, nous pourrions comprendre comment cette technologie a été corrompue, et peut-être… Elle s'interrompit, son regard se durcissant. Peut-être, trouver une solution, ou la détruire pour de bon.

Clara resta silencieuse un moment. Le poids de cette décision commençait à la ronger. Des doutes envahissaient son esprit, bien qu'elle sache que Mira avait raison. Trouver ces données était probablement leur seule option.

— Comment peux-tu être si sûre que cela vaut la peine ? demanda-t-elle finalement. Tout ce que j'ai vu de cette technologie, c'est la souffrance. Elle a détruit plus de vies qu'elle n'en a sauvées.

Mira, qui semblait toujours si calme et assurée, baissa pour la première fois la tête, son visage se ferma brièvement sous une ombre de tristesse.

— Parce que je dois y croire, Clara. Je n'ai pas le choix. J'ai vu des choses que peu de gens peuvent comprendre. Cette technologie, dans les bonnes mains, pourrait changer le destin de l'humanité. Mais je comprends aussi que c'est dangereux. C'est pour ça que nous devons la maîtriser ou l'anéantir. Pas seulement pour nous, mais pour ceux qui viendront après.

Clara serra les poings, la frustration et l'incertitude bouillonnant en elle.

— Et si nous découvrons que tout est irrécupérable ? murmura-t-elle. Que cette technologie n'est qu'une erreur tragique, un poison qui a infecté l'humanité ? Que ferons-nous alors ?

Mira leva les yeux, son regard empreint d'une résolution sans faille.

— Alors, nous la détruirons. Complètement. Et nous nous assurerons que personne ne puisse jamais la reproduire.

Un long silence suivit cette déclaration. Clara savait que Mira ne plaisantait pas. Elle était prête à tout pour parvenir à ses fins, même si cela signifiait tout sacrifier dans le processus.

— Très bien, finit par dire Clara. Mais où se trouve cet endroit ? Ce centre où tout a commencé ?

Mira sortit un vieux terminal portable de son sac, le dispositif affichant une carte pixelisée et obsolète. Elle la pointa d'un doigt.

— Ici. Dans les terres du Nord. Avant la chute des grandes cités, il y avait un centre de recherche secret, perdu au milieu des montagnes.

C'est là qu'ils ont fait les premiers tests, avant que la technologie ne soit rendue publique. Très peu de gens savent que cet endroit existe encore.

Clara se pencha pour regarder la carte, se demandant combien de temps il leur faudrait pour atteindre un lieu aussi reculé.

— Nous allons y arriver seules ? demanda-t-elle. Et si les Immortels ont gardé des archives secrètes là-bas, qu'est-ce qui nous attend vraiment ?

Mira esquissa un sourire en coin, mais il était teinté d'une certaine gravité.

— Je n'ai jamais dit que ce serait facile. Mais je crois que c'est là que nous trouverons les réponses. Si nous ne le faisons pas, personne ne le fera.

Clara hocha la tête, se levant lentement.

— Alors, allons-y. Elle s'arrêta, une idée traversant son esprit. Et Elie ? Léa ? On ne va pas les prévenir ?

Mira détourna le regard, un soupir sur ses lèvres.

— Si nous leur disons, ils essaieront de nous retenir. Ils pensent que la bataille est ici, avec les Immortels et les factions rebelles. Mais la vraie guerre, celle qui décidera du futur, se joue ailleurs.

Clara acquiesça, son cœur lourd à l'idée de laisser leurs compagnons derrière. Mais elle comprenait que Mira avait raison. Leur mission était différente, plus silencieuse, mais tout aussi cruciale.

Sans un mot de plus, elles remirent leur sac à dos en place et se dirigèrent vers le Nord, prêtes à affronter les mystères et les horreurs qui les attendaient au cœur de l'origine de l'immortalité.

Clara et Mira marchaient depuis des jours, progressant à travers un paysage désolé, déformé par des années de guerre, de négligence et de désastres écologiques. Les villes en ruine qu'elles traversaient n'étaient plus que des souvenirs d'un monde autrefois prospère. Les bâtiments s'étaient effondrés, rongés par le temps, et la nature elle-même semblait hésiter à reprendre ses droits sur ces terres désolées.

Les premières nuits, elles campèrent dans les décombres de vieilles maisons, allumant des feux discrets pour ne pas attirer l'attention de pillards ou d'anciens résistants devenus mercenaires. Chaque soir, le froid s'intensifiait, signe qu'elles se rapprochaient des montagnes du nord, où se trouvait leur destination : le centre de recherche oublié, un lieu indiqué sur le plan comme « Le Lieu Sacré ».

Clara, silencieuse, jetait souvent des coups d'œil vers Mira, qui avançait d'un pas déterminé. Elle admirait la force et la résilience de cette femme, mais le doute l'envahissait encore. Seul le bruit de leurs bottes sur la terre sèche accompagnait leurs pensées.

Un matin, alors qu'elles traversaient une vallée glaciale, Clara brisa enfin le silence.

— Tu es sûre qu'on va dans la bonne direction ? demanda-t-elle, essayant de masquer sa fatigue derrière un ton pragmatique.

Mira hocha la tête sans même la regarder, fixant l'horizon.

— Oui, nous sommes proches. J'ai une carte mentale de cette région. L'ancien centre est quelque part dans les montagnes, à l'abri des regards. Les chercheurs ont fait en sorte que ce lieu reste inconnu même des Immortels.

Clara regarda le ciel, nuageux et menaçant. Le froid mordait plus intensément, et elle resserra son manteau autour d'elle.

— Comment tu sais tout ça ? demanda-t-elle finalement. Pourquoi cet endroit est-il si spécial ?

Mira ralentit un instant, son regard se faisant plus lointain.

— Mon père travaillait pour eux, pour les Immortels. Il faisait partie des premiers scientifiques à avoir testé cette technologie, bien avant qu'elle ne soit mise en place dans la tour Éternité. Elle marqua une pause, comme si elle pesait chacun de ses mots. Il me parlait souvent du « Lieu Sacré », un endroit où ils pensaient pouvoir dépasser les limites de l'humanité. Mais avec le temps, il a réalisé que cette technologie n'était pas aussi parfaite qu'ils le prétendaient.

Clara fronça les sourcils, intriguée.

— Qu'est-il arrivé à ton père ?

Mira soupira, le regard perdu dans ses souvenirs.

— Il est mort. Ou plutôt, il a choisi de mourir. Elle tourna enfin son regard vers Clara, ses yeux reflétant une douleur ancienne. Il savait que cette immortalité artificielle avait un prix. Il n'a pas voulu continuer à vivre cette immortalité. Il m'a conçu avec une humaine et il y a quelques années, il m'a abandonné.

Le silence qui suivit pesa lourd. Clara comprit alors pourquoi Mira était si déterminée à atteindre cet endroit. Pour elle, c'était plus qu'une mission : c'était une quête personnelle, un besoin de comprendre les erreurs de son père, et peut-être de les réparer.

Les jours suivants, le terrain devint plus difficile. Les chemins sinueux et rocailleux des montagnes du Nord ralentissaient leur progression. Elles devaient gravir des pentes escarpées, contourner des ravins et affronter des vents glacés qui balayaient sans pitié les hauteurs.

Enfin, après plusieurs jours de marche éprouvante, elles atteignirent une crête qui offrait une vue panoramique sur une vaste vallée isolée. Là, au centre, une structure massive, en grande partie dissimulée sous la montagne, se dressait comme une forteresse oubliée du monde.

— C'est là, murmura Mira, les yeux fixés sur le bâtiment.

Clara plissa les yeux, tentant de discerner les détails à travers le brouillard qui s'élevait de la vallée. Le centre de recherche était en ruines, mais sa forme imposante laissait deviner qu'il avait autrefois été un lieu de grande importance.

— Ça ressemble plus à une tombe qu'à un sanctuaire, dit Clara, une pointe d'inquiétude dans la voix.

Mira ne répondit pas, se contentant de commencer la descente vers le bâtiment. Clara la suivit, son cœur battant plus vite à mesure qu'elles approchaient de ce lieu où tout avait commencé.

En bas, après avoir traversé des tunnels abandonnés et des couloirs sombres, elles pénétrèrent enfin dans la salle principale du centre. D'immenses consoles de contrôle étaient encore en place, bien que recouvertes de poussière et partiellement détruites. Des écrans fissurés pendaient du plafond, leurs câbles arrachés serpentant sur le sol. Au fond de la pièce, un vieux terminal clignotait encore faiblement, ses dernières ressources énergétiques alimentant ce qui restait des archives.

— C'est ici, dit Mira en se dirigeant vers le terminal. C'est ici qu'ils ont conçu l'immortalité.

Clara s'approcha à son tour, son souffle court. Elle regarda Mira se pencher sur le terminal, ses doigts dansant sur le clavier poussiéreux. Une série de fichiers s'affichèrent à l'écran, et Clara vit que les noms de certains fichiers portaient des titres troublants : « effets secondaires à long terme », « dérèglements psychiques », « altération de la perception ».

— C'est ça, murmura Mira, son visage se tendant alors qu'elle parcourait les données. Les Immortels ne sont pas simplement éternels… ils sont condamnés.

Clara se pencha, lisant rapidement les premières lignes des rapports. L'immortalité, loin d'être la bénédiction tant promise, entraînait des conséquences désastreuses. Avec le temps, les sujets immortels perdaient peu à peu contact avec la réalité. Leurs esprits se fragilisaient, et ils finissaient par sombrer dans une sorte de folie douce, incapables de discerner le réel du virtuel.

— Alors, ils savaient, dit Clara, abasourdie. Ils savaient que cette technologie les détruirait à long terme.

Mira hocha la tête, ses yeux brillants de colère.

— Oui, et ils l'ont caché. Ils ont préféré vivre dans cette illusion éternelle, plutôt que d'admettre que leur rêve utopique était une erreur.

Le silence retomba, lourd de sens. Les deux femmes se tenaient là, au milieu des ruines, contemplant les vestiges d'une ambition démesurée. Elles venaient de découvrir la vérité. La question était désormais : que faire de cette vérité ?

— On ne peut pas laisser cette technologie tomber entre de mauvaises mains, dit Mira finalement, son regard déterminé. Si d'autres humains découvrent ces secrets, ils pourraient tenter de recréer cette folie. Nous devons tout détruire.

Clara hésita, ses pensées en conflit. Elle avait vu les horreurs que cette technologie pouvait causer, mais elle se demandait si, entre de bonnes mains, elle ne pouvait pas être réhabilitée.

— Et si… commença-t-elle, hésitante. Et si nous pouvions la réparer ? Utiliser ces données pour comprendre comment corriger les erreurs du passé ? Peut-être que tout n'est pas perdu. Peut-être qu'il y a un moyen de sauver ce qui reste.

Mira se tourna vers elle, son expression fermée.

— C'est trop risqué. Cette technologie est maudite. Nous ne devons pas jouer avec des forces que nous ne comprenons pas pleinement.

Clara croisa les bras, le visage tendu.

— Je ne dis pas que c'est sans danger. Mais je crois que nous avons une responsabilité. Si nous pouvons sauver l'humanité avec cette technologie, ne devons-nous pas au moins essayer ?

Le débat faisait rage dans l'esprit des deux femmes. Elles avaient découvert l'un des secrets les plus sombres de l'histoire, et maintenant, elles devaient décider quoi en faire.

Finalement, Mira se détourna, son visage fermé.

— Si tu veux tenter de la réparer, c'est ton choix. Mais moi, je ne prendrai pas ce risque. Je vais détruire ce qui reste de ces archives.

Clara resta immobile, le cœur lourd, alors que Mira commençait à s'activer pour saboter le terminal. Leurs chemins semblaient se séparer, et pourtant, elles savaient toutes deux que le sort de l'humanité dépendait de cette décision finale.

Alors que Mira s'apprêtait à enclencher la destruction des données, pour en finir avec le souvenir de son père, Clara était seule face à ses doutes et à son choix difficile : préserver une technologie qui pourrait encore sauver des vies, ou la détruire pour protéger l'humanité d'elle-même. Le dilemme restait entier, laisser faire Mira ou la stopper ?

Chapitre 8
Choix

Elie, Tomas et Léa étaient en route, silencieux, chacun perdu dans ses pensées. Leur mission semblait simple : retrouver Selena, établir un dialogue, peut-être même négocier une trêve. Mais l'atmosphère pesante qui régnait ne faisait qu'accentuer les doutes. À leur tête, Soren marchait à grands pas, guidant le groupe à travers les ruines d'une ancienne métropole dévastée. Son visage restait impassible, mais Elie sentait quelque chose d'étrange dans son comportement. Soren semblait trop sûr de lui, trop à l'aise.

Tomas s'approcha d'Elie, son regard inquiet fixé sur l'horizon.

— Tu ne trouves pas qu'il agit bizarrement, Soren ? murmura-t-il.

Elie hocha la tête, le regard perçant.

— J'ai remarqué aussi. Mais on continue. Restons sur nos gardes.

Le chemin devenait de plus en plus accidenté. Des bâtiments effondrés et des routes fissurées entouraient le groupe, offrant de multiples cachettes. Elie sentit une tension croissante dans l'air. Il s'arrêta soudain, scrutant les environs.

— Soren… où nous emmènes-tu exactement ? demanda-t-il d'une voix méfiante.

Soren se retourna, un sourire glacial étirant ses lèvres.

— Ne t'inquiète pas, Elie. Nous approchons. Selena est tout près.

C'est à ce moment que tout bascula. Un tir retentit, brisant le silence oppressant. Tomas s'effondra au sol, une tache rouge s'élargissant rapidement sur sa poitrine. Le chaos éclata immédiatement. Des tirs provenaient de toutes les directions, une embuscade parfaitement orchestrée. Léa plongea derrière une ruine, tirant avec précision sur les assaillants.

— C'est une trahison, cria-t-elle en rechargeant son arme. Soren nous a piégés !

Elie, pris de rage, chercha des yeux le traître. Soren, maintenant à découvert, avait dégainé son propre pistolet et tirait sans hésitation sur ses anciens alliés. Elie riposta, blessant Soren à l'épaule, mais celui-ci réussit à s'échapper dans les décombres.

— Tomas ! s'écria Elie en rampant vers son ami, mais c'était déjà trop tard.

Le regard de Tomas était vide, son corps sans vie. Un cri de douleur et de rage monta en Elie, mais il n'avait pas le temps de pleurer. Il devait se concentrer sur l'ennemi.

— Je vais le trouver, murmura-t-il à Léa, la mâchoire serrée.

Léa acquiesça, son regard déterminé.

— On va le faire payer.

Ils se mirent à la poursuite de Soren, traquant ses traces dans les décombres. La fusillade continuait sporadiquement, mais leurs ennemis étaient en déroute. Le traître, quant à lui, ne pourrait pas aller bien loin avec sa blessure à l'épaule.

Après plusieurs minutes de chasse à travers les ruines, ils finirent par le localiser, se traînant péniblement derrière une barricade effondrée. Elie s'approcha lentement, son visage déformé par la colère. Léa, arme à la main, couvrait ses arrières.

— Soren ! cria Elie, sa voix résonnant dans le silence retrouvé. Tu ne vas pas t'en sortir aussi facilement !

Soren se retourna, le visage tordu par la douleur, mais un sourire sadique flottait toujours sur ses lèvres ensanglantées.

— Vous êtes trop faibles, Elie, lâcha-t-il dans un râle. Vous n'avez aucune idée de ce qui se prépare.

Eli s'avança, son arme pointée sur le traître.

— Pourquoi ? demanda-t-il, la rage perçant dans sa voix. Pourquoi nous avoir trahis ?

Soren éclata d'un rire rauque, crachant du sang.

— Je n'ai jamais cru à votre petite rébellion, Elie. Il sourit, se tordant de douleur. Mira… Mira savait depuis le début. Elle a tout planifié. Pendant que vous traîniez ici, elle est en train de finaliser son propre plan. Elle récupère les données originales de l'immortalité. Et quand elle aura terminé, elle deviendra plus puissante que quiconque.

Elie sentit une sueur froide couler dans son dos. Mira ? Elle avait toujours été fidèle à leur cause, du moins, c'est ce qu'il croyait.

— Qu'est-ce que tu racontes ? demanda Léa, avançant à son tour, son arme toujours braquée sur Soren. Mira n'a jamais été impliquée dans ce genre de complot.

Soren ricana.

— Vous êtes tellement naïfs. Elle a toujours été plus ambitieuse que vous ne pouviez l'imaginer. Elle se sert de vous, comme elle se sert de tous les autres. Quand elle sera immortelle, elle vous écrasera tous.

Le silence pesait entre eux. Elie se pencha légèrement, son visage si près de celui de Soren qu'il pouvait sentir son souffle laborieux.

— Où est-elle ? demanda-t-il d'une voix glaciale.

Soren toussa, ses yeux brillant de malice.

— Elle est déjà en route… vers le Nord, là où tout a commencé.

Léa, derrière, fouilla les poches de Soren et en sortit un petit appareil qui émettait un signal faible. Un signal de localisation.

— Ça doit être là où elle est, dit-elle, montrant l'appareil à Elie.

Le regard d'Elie se durcit. Il savait qu'ils devaient la stopper avant qu'il ne soit trop tard. Soren, voyant la fin approcher, tenta un dernier sourire, mais sa respiration se fit plus saccadée.

— Vous ne pouvez pas l'arrêter… Elle est déjà plus proche que vous ne le pensez.

Elie, sans une autre parole, leva son arme et tira. Soren s'effondra, le sourire effacé de son visage pour toujours.

— On part maintenant, dit Elie, se tournant vers Léa. On doit l'arrêter avant qu'elle n'ait accès à ses données.

Léa hocha la tête, serrant l'appareil dans sa main.

— Si elle les obtient, c'est fini pour nous tous.

Sans un mot de plus, ils quittèrent le champ de bataille, laissant derrière eux les ruines d'une trahison. Avant de partir, ils se souhaitèrent bonne chance avec les rescapés de l'attaque qui repartaient vers leur ancien campement.

Pour Elie et Léa, ils devaient faire confiance à ce signal faible pour guider leurs pas vers ce qui pourrait être leur dernier combat.

Le crépuscule baissait lentement sur les ruines dévastées, enveloppant la terre d'une teinte rougeâtre. Elie et Léa avançaient sans un mot, les pas lourds, le poids de leur mission pesant sur leurs épaules. Le signal faible provenant de l'appareil qu'ils avaient trouvé sur Soren était leur seul guide. Ils devaient atteindre Mira avant qu'elle n'obtienne les données originelles. S'ils échouaient, tout ce qu'ils avaient combattu serait en vain.

— Tu crois qu'on va réussir ? demanda Léa, brisant le silence, ses yeux scrutant l'horizon.

Elie resta un moment silencieux, ses pensées confuses. Tout s'était écroulé si vite : Tomas, Soren, et maintenant Mira. Leur propre camp était en miettes, et pourtant, ils n'avaient pas d'autre choix que d'avancer.

— Je ne sais pas, finit-il par répondre, sa voix basse. Mais on ne peut pas la laisser réussir. Si Mira obtient cette technologie… Il s'interrompit, secouant la tête. Non, on doit l'arrêter.

Ils marchèrent encore quelques heures avant d'arriver à un ancien poste de ravitaillement à moitié détruit. Le lieu semblait abandonné, mais des traces fraîches dans la poussière indiquaient que quelqu'un était récemment passé par là. Elie leva la main, indiquant à Léa de rester prudente.

— Fais attention, murmura-t-il.

Ils s'approchèrent doucement, leurs armes prêtes. À l'intérieur, le bâtiment semblait désert, mais un bruit sourd résonnait dans le fond. Elie s'avança prudemment et découvrit une porte métallique légèrement entrouverte, laissant filtrer une faible lumière.

***

Clara parcourait les données sur l'écran de la tablette, ses mains tremblantes d'angoisse. Des chiffres et des schémas défilaient sous ses yeux. L'ampleur de ce qu'elle venait de découvrir l'écrasait presque. Elle savait que Mira voudrait récupérer ces données, Clara avait compris que Mira les considérait comme son héritage, et elle n'avait pas beaucoup de temps pour agir. Mais une question la hantait : que faire de ces informations ? Les détruire ou les préserver ?

La porte du laboratoire s'ouvrit, laissant entrer Mira revenant du local technique pour essayer de booster l'apport d'énergie. Son visage était marqué par la détermination en voyant Clara avec la tablette entre ses mains.

— Tu as vu les données, Clara, n'est-ce pas ? dit-elle d'une voix calme, presque trop calme. Elle s'avança lentement, ses bottes résonnant sur le sol de métal. Tu comprends maintenant pourquoi elles sont importantes.

Clara se leva précipitamment, tenant fermement la tablette contre elle.

— Oui, je les ai vues, répondit-elle, sa voix légèrement tremblante. Mais tu ne comprends pas… ces données… Elles ne doivent jamais être utilisées. L'immortalité a un prix que personne ne devrait payer.

Mira la fixa, et un sourire ironique se dessina sur ses lèvres.

— Un prix ? Clara, tu es tellement naïve. L'immortalité n'est pas un fardeau. C'est une bénédiction, un don.

Clara secoua la tête.

— Un don ? As-tu seulement vu ce que cette technologie a fait aux Immortels ? Ils sont devenus fous, déconnectés de la réalité, ils ne sont plus humains, Mira !

Mira s'arrêta, ses yeux brillant d'une intensité glaciale.

— Ils sont devenus ce qu'ils devaient être. Des Dieux. Mais moi… je serai différente. Elle avança encore d'un pas, son visage désormais empreint de gravité. Tu ne sais pas tout, Clara. Tu dois tout comprendre, mais tu es dans l'ignorance.

Clara fronça les sourcils, confuse.

— Qu'est-ce que tu racontes ?

Mira inspira profondément, son ton devenant presque doux, mais teinté de mépris.

— Je porte les gènes de l'immortalité. Elle marque une pause pour savourer l'impact de ses paroles. Mon père était l'un des créateurs du programme original. Il a modifié mon ADN avant même ma naissance. Ces données, dit-elle en pointant la tablette que Clara tenait fermement, sont la clé qui activera ce qui sommeille en moi depuis toujours.

Clara resta un instant bouche bée. Le choc de cette révélation la frappait de plein fouet. Mira, cette jeune femme avec qui elle avait décidé d'aller à la recherche des données de la technologie des Immortels, portait en elle les graines d'un destin auquel Clara n'aurait jamais pu s'imaginer confrontée.

— Non… murmura Clara, reculant d'un pas. C'est de la folie, Mira.

— Folie ? siffla Mira en avançant à son tour. C'est toi qui es folle si tu penses que je vais laisser passer ma chance. C'est mon héritage, Clara. Mon droit. Et je ne te laisserai pas m'en empêcher.

La tension monta d'un cran. Clara jeta un coup d'œil à la sortie du laboratoire. Elle savait qu'elle n'avait pas beaucoup d'options, mais elle devait essayer de s'enfuir.

— Je ne te laisserai pas détruire ce qu'il reste de notre monde, dit-elle avec détermination avant de se précipiter vers la porte, la tablette serrée contre elle.

— Clara ! cria Mira, furieuse, en la poursuivant.

Clara courait à travers les couloirs froids et sombres du complexe. Elle sentait son cœur battre à tout rompre dans sa poitrine, et l'adrénaline la propulsait en avant. Derrière elle, les pas de Mira résonnaient de plus en plus près. Le complexe était un labyrinthe, mais Clara arrivait à garder une légère avance. Elle devait trouver une cachette, un moyen de s'en sortir.

— Tu ne peux pas fuir Clara ! hurla Mira, la rage dans la voix. Je te retrouverai. Et tu regretteras d'avoir essayé de me trahir !

Clara sentit la panique monter. Ses jambes commençaient à faiblir, mais elle refusait d'abandonner. Elle tourna brusquement dans un couloir, espérant échapper à Mira. Mais elle trébucha, tomba lourdement au sol. La tablette glissa de ses mains, s'écrasant à quelques mètres d'elle.

Avant qu'elle n'ait pu se relever, Mira était déjà là. Elle l'attrapa par les cheveux et la tira violemment en arrière, la forçant à se redresser.

— C'est fini, Clara.

Mira la jeta contre le mur, le choc arrachant un cri de douleur à Clara. La jeune femme tenta de se défendre, mais Mira était implacable. Elle asséna un coup brutal au visage de Clara, puis un autre. Le sang coulait maintenant de la bouche de Clara, qui tentait de reprendre son souffle.

— Tu ne comprends pas ce que tu fais… gémit Clara, ses forces l'abandonnant peu à peu.

— Oh, je comprends très bien, murmura Mira en s'agenouillant devant elle, sortant un couteau de sa ceinture. Je dois juste te faire comprendre que tu n'as jamais eu le choix.

Elle planta lentement le couteau dans la jambe de Clara, un sourire sadique sur le visage.

Clara hurla de douleur, tentant vainement de repousser Mira. Chaque coup de couteau était plus violent et plus cruel que le précédent, destiné à faire souffrir sans tuer. Mira savourait chaque instant de ce moment.

— C'est ironique, n'est-ce pas ? dit Mira en traçant une nouvelle coupure sur le bras de Clara. Toi, qui pensais sauver l'humanité, et moi, qui vais devenir ce qu'elle attend depuis des siècles.

Clara, à bout de forces, laissa échapper un dernier souffle tremblant.

— Tu… es déjà perdue…

Mira haussa les épaules, impassible.

— Peut-être. Mais je survivrai.

D'un geste rapide et précis, elle enfonça la lame profondément dans le cœur de Clara. Le corps de celle-ci se raidit une dernière fois, puis s'affaissa.

Mira se relava, essuyant calmement son couteau sur ses vêtements. Elle se pencha pour récupérer la tablette, qu'elle glissa dans son sac avec précaution. Elle savait exactement où elle devait aller désormais. L'avant-poste, là où tout commencerait pour elle.

Sans un dernier regard pour le corps inerte de Clara, Mira se dirigea vers la sortie du complexe. Le vent glacial du Nord soufflait déjà à l'extérieur, tandis qu'elle s'éloignait, seule, avec son futur immortel entre ses mains.

***

— Elle est là, murmura Léa.

Elie hocha la tête et, d'un geste, ils poussèrent la porte avec précaution. À l'intérieur, une pièce à moitié effondrée servait de refuge de fortune. Mira était là, agenouillée devant un terminal, ses doigts tapant frénétiquement sur un clavier. Elle ne sembla pas les entendre entrer.

— Mira ! s'écria Elie, pointant son arme vers elle.

Mira se redressa lentement, se tournant vers eux. Son visage était fatigué, mais une étrange lueur d'excitation brillait dans ses yeux.

— Vous êtes arrivés trop tard, dit-elle calmement. Tout est déjà en marche.

— Qu'est-ce que tu fais ? demanda Léa, en colère. Tu nous as trahis ! Pourquoi ?

Mira soupira, se levant pour leur faire face.

— Vous ne comprenez pas, dit-elle, sa voix basse, mais déterminée. Cette technologie… elle ne doit pas être détruite. Elle est la seule chose qui peut nous sauver.

— Sauver ? Elie éclata de rire, amer. Tout ce qu'elle a fait, c'est détruire ce qui restait de l'humanité. Regarde autour de toi ! Regarde ce monde !

Mira le fixa, impassible.

— Ce monde est condamné, Elie. Mais avec cette technologie, nous pourrions reconstruire. Nous pourrions devenir plus que des humains. Ne vois-tu pas que c'est la seule voie ? L'immortalité nous donne une chance de recommencer.

Léa secoua la tête avec dégoût.

— Les Immortels ont tout détruit, Mira. Leur perte de contact avec la réalité, leurs esprits qui dégénèrent lentement… C'est ça que tu veux pour nous ?

Mira sourit tristement.

— Vous ne comprenez toujours pas. Nous avons appris des erreurs des premiers Immortels. Nous pouvons éviter ces effets secondaires. J'ai trouvé une solution. Je peux créer un nouvel ordre.

— Un nouvel ordre ? rétorqua Elie avec colère. Tu parles comme Selena. Un monde sous le contrôle d'une élite immortelle, et le reste condamné à l'oubli. Non, Mira, je ne te laisserai pas faire.

Mira recula légèrement, une main posée sur le terminal.

— Si vous ne pouvez pas voir la vérité, alors vous m'obligez à agir. Je n'ai pas le choix.

Elle appuya sur une série de touches, et un vrombissement sourd émana du terminal. L'écran s'illumina brièvement, et soudain, une voix mécanique résonna dans la pièce :

— **Transfert des données en cours.**

Elie et Léa échangèrent un regard. Ils savaient ce que cela signifiait.

— Non ! cria Elie, se précipitant vers Mira.

Mais Mira esquiva habilement, tirant un petit pistolet caché dans sa manche ; elle visa Léa, mais Elie, dans un mouvement rapide, parvint à la désarmer. Ils se battirent, le combat étant acharné, chacun luttant pour avoir le dessus. Mais Mira, bien que plus petite, était redoutablement rapide. Elle réussit à prendre le dessus brièvement et tenta de s'enfuir vers la sortie.

Léa, cependant, tira un coup de feu qui la stoppa net. Mira s'effondra au sol, sa main pressée contre son flanc ensanglanté.

— Vous… êtes des idiots, souffla-t-elle, haletante. Vous venez de condamner l'humanité…

Elie s'approcha d'elle, son regard sombre.

— C'est toi qui l'as condamné il y a longtemps, Mira.

Il se tourna vers le terminal, encore allumé, et avec une rage sourde, il l'éteignit définitivement, interrompant le transfert des données.

Le silence retomba dans la pièce, lourd de conséquences. Mira, agonisante, les fixa avec une lueur de désespoir dans les yeux.

— Vous ne comprenez pas… Vous ne comprenez toujours pas.

Puis, elle cessa de bouger.

Léa s'approcha d'Elie, essuyant le sang de ses mains. Ils entendirent comme dans un songe « **Transferts des données terminées** ».

— On doit quitter cet endroit. Qui sait combien de personnes étaient derrière Mira ? Ils pourraient venir.

Elie hocha la tête, se sentant épuisé. Mais en se retournant, il remarqua un appareil étrange encore accroché au terminal. Léa le prit dans ses mains.

— C'est peut-être un autre signal, murmura-t-elle.

Elie la regarda avec gravité.

— Peut-être que cela nous mènera là où tout a commencé.

Ils quittèrent la pièce, laissant derrière eux non seulement les vestiges de la technologie immortelle, mais aussi la fin d'un rêve perverti. La route vers le nord, où tout avait commencé, les attendait désormais.

***

Vingt ans plus tôt dans la salle de réunion blanche et immaculée de la Tour Éternité, plusieurs Immortels étaient réunis autour d'une table ovale. Leurs visages, figés dans une sérénité froide et distante, ne laissaient apparaître aucune émotion. Mais derrière ce calme apparent, une tension palpable régnait. Le projet dont ils parlaient depuis plusieurs mois était à un tournant décisif.

Selena, assise à la tête de la table, observait les hologrammes de données flotter au-dessus de la surface. Des graphiques détaillés retraçaient les résultats des multiples expériences réalisées au cours des deux dernières décennies. La lumière froide des écrans accentuait l'expression indéchiffrable sur son visage.

— Nous avons échoué encore et encore, déclara une voix posée, celle de Soren, un Immortel au regard perçant et à l'apparence impeccable. Les expériences sur les fœtus n'ont produit que des monstres.

Il balaya la salle du regard, cherchant un écho à ses propos. À travers les hologrammes, des images d'enfants malformés, déformés par les manipulations génétiques, s'affichaient. Certains étaient morts à la naissance, d'autres avaient survécu quelques jours avant d'être euthanasiés, les souffrances ayant été jugées insupportables.

Selena, les bras croisés, regarda ces images sans ciller. Elle se souvenait de chaque expérience ratée, de chaque anomalie. Les têtes déformées, les membres atrophiés, les cris inhumains d'enfants dont les cellules s'étaient régénérées d'une manière incontrôlable. Tout cela hantait les laboratoires.

— Combien d'enfants avons-nous perdus ? murmura-t-elle, brisant le silence lourd qui s'était installé.

Un autre scientifique, installé un peu plus loin, répondit d'une voix basse.

— Huit cent dix-sept… Huit cent dix-sept fœtus ont été modifiés génétiquement. Plus de la moitié d'entre eux sont morts avant la naissance, les autres ont survécu quelques jours… avant que nous ne mettions fin à leurs souffrances.

Le silence qui suivit cette déclaration était presque tangible. Soren fronça les sourcils et reprit.

— Et pourtant, nous persistons. Ces enfants, ces échecs, étaient des sacrifices nécessaires. La clé de la pérennisation de l'immortalité ne peut être obtenue sans pertes.

Selena hocha la tête, mais quelque chose dans son regard la trahissait. Malgré la froideur calculatrice qui faisait partie de leur nature depuis si longtemps, une part d'elle-même hésitait. Ces enfants n'étaient pas simplement des chiffres, mais des vies qu'ils avaient manipulées et détruites.

Un autre Immortel, Lysandre, intervient.

— Si nous réussissons, ces sacrifices auront un sens. Nous toucherons enfin à la perfection. Ces enfants… étaient des prototypes imparfaits.

— Des prototypes imparfaits… répéta Selena, ces mots teintés de regret. Mais est-ce que la perfection que nous cherchons en vaut vraiment la peine ? Combien de vies devons-nous encore sacrifier avant d'atteindre notre objectif ? Selena marqua une pause. Nous ne pouvons continuer d'accepter les demandes de procréation. Vous savez tous à quoi nous sommes condamnés… Je vais régulièrement dans les sous-sols de la Tour, pour ne pas oublier. Pour regarder en face la dégénérescence qui nous attend. Je refuse de finir comme les fondateurs… et je reste persuadée que la clé de notre rédemption est la manipulation génétique pour créer un ADN parfait, susceptible de se soigner, de muter, de s'adapter pour que notre immortalité soit complète et parfaite.

Soren, se redressant, s'avança.

— Nous sommes au seuil d'une percée. Les derniers résultats sont encourageants. Il y a… une exception.

À ces mots, tous les regards se tournèrent vers lui. Selena, intriguée, leva un sourcil.

— Une exception ?

Soren afficha un sourire mince, presque triomphant.

— Miranda, Fœtus, numéro sept cent quatre-vingt-huit. Contrairement aux autres, elle a survécu. Non seulement elle est née en parfaite santé, mais ses capacités de régénération cellulaire surpassent tout ce que nous avions espéré.

Les hologrammes changèrent, montrant des graphiques et des vidéos du développement de Miranda. L'image d'un bébé, vivant, respirant, et parfaitement formé, s'afficha à l'écran.

— Miranda… murmura Selena. C'est impossible…

Soren hocha la tête.

— C'est possible. Elle possède le don. Une régénération cellulaire accélérée, une capacité à guérir de blessures mortelles en quelques minutes. Son organisme est stable.

Un murmure s'éleva dans la pièce. Cela semblait presque trop beau pour être vrai. Après tant d'échecs, tant de pertes, une réussite inattendue.

Lysandre, toujours sceptique, croisa les bras.

— Et vous êtes sûr qu'elle ne finira pas comme les autres ? Que ses cellules ne se dégénéreront pas avec le temps ?

— Il n'y a aucun signe de dégénérescence jusqu'à présent, répliqua Soren avec assurance. Miranda est notre plus grand espoir. Elle est la preuve que la perfection est atteignable.

Selena resta silencieuse, son esprit partagé entre l'excitation scientifique et un malaise grandissant. Elle se souvenait des cris, des horreurs qu'ils avaient créées pour en arriver là. Mais maintenant, ils avaient une enfant. Une enfant qui pourrait être le début d'une nouvelle ère.

— Nous devons protéger Miranda, dit-elle finalement, d'une voix douce, mais ferme. Si elle est la clé, elle ne doit pas finir comme les autres.

Le consensus fut rapidement atteint. Miranda serait surveillée, étudiée, mais elle serait protégée à tout prix. Elle incarnait le futur pour leur quête pour l'immortalité. Une étape que personne ne pouvait ignorer.

Miranda, dès sa naissance, fut isolée dans un environnement contrôlé. Le laboratoire où elle grandit était un lieu stérile, sans chaleur ni affection. Tout autour d'elle était blanc : les murs, les lumières, les tenues des scientifiques. Dès son plus jeune âge, elle comprit qu'elle était différente des autres enfants. Contrairement aux bébés « normaux » des Immortels qui vivaient dans la Tour, protégés et choyés, elle était un spécimen, une anomalie, surveillée jour et nuit.

À l'âge de trois ans, les premiers tests commencèrent. Miranda était encore une enfant, innocente, aux boucles brunes qui lui retombaient sur les épaules. Le premier jour, un Immortel, le visage masqué, s'approcha d'elle avec une seringue. Elle se souvenait des yeux froids derrière la visière transparente.

— Est-ce que ça va faire mail ? demanda Miranda, sa voix tremblotante.

— Seulement un peu, répondit le scientifique, sans émotion.

Il injecta un poison dans son bras, une toxine conçue pour être mortelle en quelques minutes. Miranda hurla, sentant la brûlure parcourir son corps. Ses membres se raidirent, ses poumons se contractèrent, l'air lui manquait. Mais quelques instants plus tard, elle sentit la chaleur apaisante de son pouvoir. Sa respiration revint, la douleur s'estompa, et les scientifiques prirent des notes frénétiquement alors que son corps guérissait à une vitesse miraculeuse.

— Remarquable, murmura Soren, qui observait derrière une vitre. Le processus de régénération est instantané.

Dès lors, les tests devinrent de plus en plus intenses. À cinq ans, Miranda fut blessée pour la première fois. Un scalpel trancha profondément sa peau, provoquant un saignement abondant. Elle se mit à pleurer, effrayée, cherchant du réconfort chez les adultes autour d'elle, mais ils restaient impassibles, observant son corps se refermer comme par magie. En quelques secondes, il ne restait plus aucune trace de la coupure.

— C'est pour ta guérison, lui disait-on à chaque test, mais pour elle, c'était simplement de la douleur. Une douleur qui revenait encore et encore, à chaque nouvelle expérience.

Miranda grandit seule dans ce laboratoire, entourée de machines et de regards scrutateurs. Les interactions humaines étaient réduites au minimum, limitées à des commandes impersonnelles. Pas de jeux, pas de sourires. Chaque journée était un cycle de tests et de procédures.

Elle observait parfois des enfants immortels « normaux » jouer à travers des écrans de surveillance, des enfants qui ne savaient pas ce qu'elle subissait. Un jour, à six ans, elle osa demander :

— Pourquoi je ne peux pas être comme eux ?

— Parce que tu es spéciale, répondit un scientifique, le regard rivé sur ses instruments. Ils ne pourront jamais faire ce que tu fais. Ils sont faibles.

Cette réponse ne lui apporta aucun réconfort. Elle savait seulement qu'elle était une exception, et qu'elle ne pourrait jamais être comme les autres. Elle se sentait piégée dans son propre corps.

À dix ans, les tests devinrent plus brutaux. Les scientifiques voulaient comprendre les limites de son pouvoir. Était-elle totalement immortelle, pas seulement face au vieillissement ? Jusqu'où son corps pouvait-il guérir ? Ils commencèrent à infliger des blessures plus graves : des brûlures, des fractures, des blessures par balle. Chaque fois, son corps se régénérait rapidement, effaçant les traces de souffrance.

Un jour, ils introduisirent un virus mortel, un pathogène conçu pour tuer en quelques heures. Miranda, malade et alitée, ne pouvait plus bouger. Sa température corporelle montait, ses organes étaient attaqués, mais encore une fois, sa régénération prit le dessus. En quelques jours, elle était complètement guérie, ses cellules ayant éradiqué le virus.

— Elle est invincible, conclut Soren, fasciné par les résultats.

Mais Miranda ne ressentait pas cette invincibilité. Elle se sentait simplement brisée, utilisée pour des expériences qu'elle ne comprenait pas encore.

L'adolescence marqua un tournant. Les tests, bien que toujours axés sur sa guérison, prirent un virage plus psychologique. Les scientifiques voulaient savoir comment elle réagirait émotionnellement à la souffrance prolongée, à l'isolement, à la privation. Ils la laissèrent parfois souffrir plus longtemps avant de permettre à ses cellules de se régénérer, la testant au-delà de la douleur physique.

— Pourquoi me faites-vous ça ? demanda-t-elle un jour, le corps en feu après une expérience où elle avait été brûlée sur de larges portions de peau.

Soren, debout devant elle, la regarda avec froideur.

— Parce que tu es notre espoir, Miranda. Nous devons comprendre chaque aspect de ton don pour sauver l'humanité.

— Je ne veux pas être votre espoir, répliqua-t-elle, les larmes aux yeux. Je veux juste être une personne normale.

Mais ces mots tombèrent dans l'indifférence des Immortels.

À quinze ans, Miranda commença à montrer les premiers signes inquiétants. Si son corps se régénérait toujours parfaitement, elle commençait à avoir des hallucinations. Des images troublantes apparaissaient dans son esprit, des voix chuchotaient des vérités qu'elle ne comprenait pas.

— Est-ce que ça fait partie du processus ? demanda Selena un jour, observant les résultats avec une inquiétude croissante.

— Ce n'est peut-être qu'un effet secondaire temporaire, suggéra Soren, tentant de rassurer l'équipe. Son corps subit des régénérations constantes, il est possible que cela perturbe ses perceptions.

Mais plus les tests continuaient, plus Miranda s'éloignait de la réalité. La régénération cellulaire avait à un prix : sa santé mentale commençait à se dégrader. Des moments de confusion s'intensifièrent, des pertes de mémoire apparurent.

Selena prenant connaissance des évolutions convoqua Soren et les Immortels qui suivaient les tests de Miranda.

— Vu les derniers résultats, inutile de continuer, déclara-t-elle d'une voix ferme. Nous perdons notre temps…

— Mais, Selena, intervint Soren affolé, nous avons progressé. Nous avons trouvé le moyen de compléter l'arrêt du vieillissement avec une régénération des cellules en cas d'accident, d'agression. Nous ne pouvons pas nous arrêter maintenant, nous pouvons trouver le moyen de résorber les problèmes psychiques.

Selena le regarda froidement. Elle passa son regard sur chaque Immortel présent, posa ses mains à plat sur la table.

— Alors… pourquoi j'ai le sentiment que ce n'est pas le cas. Tout ce que je vois, c'est une gamine qui, peu à peu, sombre dans la folie… Non, ma décision est prise, reprit-elle après un silence, vous arrêtez tout et vous l'euthanasiez.

— Non… hurla Soren.

Mais Selena s'était déjà levée et se dirigeait vers la porte.

— Tu le regretteras, Selena, éructa Soren. Tu commets la pire des erreurs.

Selena marqua un temps, la main sur la poignée de la porte. Puis sans se retourner, sans le moindre regard pour Soren, elle sortit en claquant la porte.

Ils se dévisagèrent tous, aucun n'osant prendre la parole.

— Laissez-moi, il faut que je me prépare pour cette épreuve, dit Soren dans un souffle, des sanglots dans la voix.

Lorsque Soren entra dans la chambre de Miranda, elle remarque son air différent. Il n'affichait plus cet air supérieur habituel. Il s'approcha d'elle, prit place sur le lit à côté d'elle sans la regarder. Elle remarqua que sa respiration était profonde, ses yeux remplis de larmes.

— Aujourd'hui, ma petite Miranda, c'est ta dernière épreuve, dit-il d'une voix très basse.

Il sortit une seringue de sa poche, lui prit le bras et lui injecta le contenu. Miranda ne sentit aucune douleur, aucune souffrance.

— Ça va être quoi cette fois ? demanda-t-elle rageusement.

— Ta libération… répondit Soren.

Il tourna son visage vers elle, en quelques instants, il avait changé d'aspect. Il lui expliqua ce pour quoi il était là. Miranda se leva en furie, elle hurlait, cassant tout dans la pièce. Soren restait impassible. Une fois la crise passée, il lui fit signe de s'asseoir. Miranda se laissa tomber à ses pieds, la tête sur les genoux. Tout en lui caressant les cheveux, il commença à lui expliquer ce qui allait se passer.

— Je viens de te libérer, ma petite Miranda… Je t'ai injecté un produit fait de nanoparticules pour bloquer tes possibilités, expliqua-t-il… Non, laisse-moi continuer. J'ai envoyé un programme dans l'ancien centre, les humains l'appellent le « Lieu sacré ». Je vais te faire sortir, tu vas rejoindre les humains. Tu instilleras en eux l'idée d'une possible révolte. Une fois que la Tour sera prise, il faudra que tu puisses aller vers le nord, au centre, pour lancer le programme qui transférera aux nanoparticules les codes d'activation de ta régénération.

— Mais pourquoi ? la coupa enfin Miranda.

— Pour détruire Selena. Elle s'est accaparé le pouvoir, mais cela ne devait pas être comme ça. Nous devions tous être partie prenante dans les décisions, expliqua Soren, les yeux dans le vague. Tu t'appelleras désormais Mira. Ne t'inquiète pas, je saurai toujours où tu seras.

Sans plus de mots, Soren accompagna Mira aux sous-sols de la Tour et lui indiqua par quels moyens en sortir discrètement pour rejoindre les camps des Oubliés entourant leur cité.

***

Mira, allongée sur le sol froid du laboratoire abandonné, rouvrit lentement les yeux. Son esprit s'éclaircissait tandis que les souvenirs de sa naissance, de sa survie unique, la hantaient encore. Elle était Miranda, l'enfant qui avait survécu. L'héritière d'un pouvoir qu'elle n'avait pas encore pleinement compris.

La régénération dans son corps s'était enclenchée, réparant les dégâts causés par les blessures mortelles. Elles se refermaient, les organes touchés se soignaient. Elle pouvait sentir ses cellules travailler à une vitesse incroyable comme elles l'avaient fait dans sa jeunesse.

Elle se redressa lentement, son regard froid et déterminé fixé sur l'horizon.

— Le temps est venu.

Elie et Léa marchaient en silence dans une forêt dense. Le vent sifflait à travers les branches dénudées, rendant l'atmosphère encore plus oppressante. Ils avançaient rapidement, leur objectif en tête : aller en direction du repaire des Immortels pour les détruire. La tension entre eux était palpable depuis qu'ils avaient découvert la vérité. La technologie d'immortalité que possédait Mira pouvait peut-être sauver ce qu'il restait de l'humanité, soit la condamner à un futur encore plus sombre.

Le silence fut brisé par un bruit sec derrière eux. Elie se retourna immédiatement, arme en main. Mira apparut à travers les ombres, calme, implacable, une lueur froide dans les yeux.

— Vous pensiez en avoir fini avec moi ? lança-t-elle, un sourire, un coin. Vous ne comprenez rien à ce qui est en jeu.

Léa serra la mâchoire, ses doigts se crispant autour de son arme. Elie resta immobile, le visage tendu, prêt à réagir.

— Tout ce que tu es, tout ce que tu symbolises, Mira, c'est la fin de l'humanité, pas son salut, répliqua Léa avec une rage contenue. Ton immortalité n'a rien de naturel. Elle n'apporte que corruption et souffrance.

Mira haussa les épaules, comme si les mots de Léa n'avaient aucune importance.

— Tu ne vois que l'échec, répliqua Mira en s'approchant doucement, son regard perçant fixé sur Elie. Mais il y a un potentiel ici. Je porte en moi le futur. La régénération cellulaire parfaite. Ce que vous avez vu dans les archives, c'étaient les premières expériences, des tâtonnements. Moi, je suis le résultat de la perfection.

Elle posa une main sur son ventre, là où ses gènes modifiés étaient le fruit de décennies de manipulation génétique.

Léa s'avança d'un pas, furieuse.

— Parfait ? Tu te fous de nous ? Combien de vies ont été sacrifiées pour toi ? Combien d'enfants sont morts, déformés, brisés à cause de ces expériences ? Et tu crois sincèrement que tu peux offrir une solution après tout ce massacre ? Tu n'es qu'un produit de cette folie !

Elie, qui avait gardé le silence jusqu'à présent, scrutait Mira, son esprit en pleine tourmente. D'un côté, il comprenait les arguments de Léa. Tout ce qu'ils avaient découvert jusqu'à présent ne laissait présager qu'une catastrophe à venir si cette technologie continuait à être utilisée. Mais d'un autre côté, il voyait en Mira une chance unique, peut-être la dernière, de réparer le monde.

— Et si elle avait raison ? murmura-t-il à voix basse, ses yeux se posant sur Léa.

Léa le regarda avec horreur, ses yeux s'écarquillant.

— Non, Elie. Ne commence même pas à penser ainsi. Elle est dangereuse. Tout ce qu'elle représente est une aberration. Tu l'as vu toi-même ! Les Immortels perdent la tête, ils deviennent fous. La régénération, c'est un piège. Si elle s'en sert, elle plongera le reste du monde dans le même cauchemar.

Mira, voyant l'hésitation d'Elie, appuya son argumentation.

— Tu sais que j'ai raison. Regarde autour de toi. Le monde est en ruines. Nous ne survivrons pas en restant des mortels fragiles. Avec cette technologie, nous pourrions guérir non seulement les corps, mais aussi la civilisation elle-même. Imagine un monde où les blessures et les maladies ne signifient plus rien, où le temps ne gouverne plus nos vies. Je peux être le pont entre ce monde brisé et un futur immortel.

Léa éleva la voix, la colère envahissant son ton.

— Non ! La vie humaine doit avoir une fin, sinon elle perd tout son sens. Nous ne pouvons pas jouer aux dieux sans en subir les conséquences. L'immortalité est une malédiction, pas une bénédiction ! Si tu crois que cette technologie sauvera l'humanité, alors tu es aussi perdu qu'elle, Elie.

Elie restait figé, partagé entre deux visions opposées du futur. Mira était prête à tout pour obtenir le pouvoir absolu que cette technologie promettait, mais Léa avait raison sur un point essentiel : ils avaient vu de leurs propres yeux ce que cette quête de perfection avait coûté.

Finalement, quelque chose bascula en lui. Le visage de Tomas, leur ami mort à cause de cette course au pouvoir, lui revint en mémoire. Le sang versé pour cette immortalité n'était qu'un avertissement. Une ligne qu'il ne pouvait franchir.

Il leva son arme vers Mira.

— Non, dit-il finalement, sa voix froide et déterminée. Tu n'es pas la solution.

Mira le fixa avec incrédulité, puis la fureur s'empara d'elle.

— Tu es un imbécile, Elie. Avec ou sans toi, je réussirai. Cette technologie m'appartient et je l'utiliserai pour régner sur ce qui reste de l'humanité.

Elle s'élança vers eux, rapide comme l'éclair, mais Léa tira la première, la balle touchant Mira à l'épaule. Elle tituba, mais con corps commença déjà à guérir. Dans une lutte désespérée, Mira se jeta sur Elie, une lame cachée dans sa manche. Elie l'esquiva de justesse et la désarma, lui plaquant l'arme contre la gorge.

— C'est fini, Mira, souffla-t-il.

Elle le regarda, ses yeux brûlants de haine et de frustration.

— Si tu me tues, tu tueras l'humanité avec moi.

Mais Elie savait que c'était un mensonge. Ce que Mira représentait n'était pas l'humanité, mais la déchéance d'une utopie brisée. Sans un mot de plus, il enfonça la lame dans sa poitrine. Mira lâcha un cri déchirant, ses yeux s'écarquillant sous l'effet de la douleur. Pourtant, même en cet instant, son corps tentait de se régénérer.

— Il faut brûler son corps, dit Léa d'une voix grave. Sinon, elle reviendra.

Elie hocha la tête, silencieux. Ils rassemblèrent tout le bois et les débris qu'ils purent trouver et construisirent un bûcher autour de son corps. Léa alluma la flamme, et ils observèrent en silence tandis que les flammes consumaient ce qu'il restait de Mira.

Alors que le corps disparaissait dans les flammes, Elie regarda Léa.

— C'est terminé, murmura-t-il, mais au fond de lui, il savait que ce n'était que le début d'un autre combat. Un combat pour reconstruire un monde sans Immortels, sans la tentation de l'immortalité.

Léa regarda l'appareil qu'elle avait récupéré sur le corps de Soren. Un signal clignotait encore faiblement.

— Peut-être que c'est là que se trouve le repaire des derniers Immortels, dit-elle. Il est temps de finir ce que nous avons commencé.

Elie hocha la tête. Ils se préparèrent à partir, laissant derrière eux les cendres d'un avenir qui n'avait jamais eu sa place.

Troisième partie
La fin des dieux

Chapitre 9
Les derniers immortels

Le vent glacial du matin soufflait à travers les ruines de la mégapole, balayant les débris des bâtiments abandonnés et les signes d'une ancienne grandeur. Au loin, les structures imposantes des tours des Immortels se dressaient toujours, vestiges d'un temps où l'humanité croyait avoir conquis la mort elle-même. Mais ces tours étaient désormais presque vides, les quelques Immortels qui ne s'étaient pas donné la mort étant réfugiés dans des lieux cachés, trop effrayés par le monde qu'ils avaient aidé à détruire.

Elie avançait prudemment à travers les décombres, Léa à ses côtés. Le signal qu'ils suivaient depuis des jours les avait conduits ici, à un ancien complexe industriel où, d'après ce qu'ils supposaient, Selena, l'une des plus puissantes Immortelles, se cachait. Était-elle, elle aussi, atteinte par la dégénérescence mentale ? Le soleil à peine levé peignait les ruines d'une lumière grisâtre, une lueur morne qui semblait refléter la situation du monde.

— Tu es sûr de vouloir faire ça ? demanda Léa, sa voix grave, mais teintée de méfiance. Si elle est encore saine d'esprit, elle est probablement plus dangereuse que tous les autres. C'est une manipulatrice très convaincante, je me souviens quand j'ai parlé avec elle au pied de la l'ancienne Tour. Elle paraissait résignée, prête à s'exiler avec les autres pour ne plus avoir aucune incidence sur le monde. Mais j'ai compris après avoir découvert le corps de Markus une balle dans la tête que tout cela était une machination pour qu'elle puisse s'échapper avec ses complices.

Elie hocha la tête, déterminé.

— Il faut que cela se termine, Léa. Elle est l'une des dernières, et si quelqu'un sait encore comment arrêter cette folie, c'est elle.

Ils pénétrèrent dans ce qui semblait être une ancienne usine, les murs métalliques rouillés et les machines à moitié détruites témoignaient du passage du temps. Au centre, une silhouette se tenait droite, presque immobile. Selena, drapée dans un manteau noir, observait les ruines silencieuses, ses longs cheveux argentés flottant légèrement au vent.

Elie et Léa s'arrêtèrent à quelques mètres d'elle. Selena tourna lentement la tête vers eux, ses yeux d'un bleu glacé les fixant avec intensité.

— Elie… murmura-t-elle, reconnaissant immédiatement l'homme qui se tenait devant elle. J'espérais que ce moment viendrait.

Elie garda ses distances, méfiant. Il n'avait pas oublié ce que Selena représentait : le rêve brisé de l'immortalité, la corruption du pouvoir, et la destruction du monde.

— Selena, dit-il d'une voix posée, mais ferme, tu dois comprendre que tout ce que vous avez construit est la cause de ce chaos. Vous pensiez pouvoir défier la mort, mais regardez autour de vous. Votre immortalité est la raison pour laquelle la civilisation s'est effondrée.

Selena esquissa un sourire triste et secoua doucement la tête.

— Tu ne comprends toujours pas, n'est-ce pas ? répondit-elle. Ce n'était pas l'immortalité qui a détruit ce monde, mais l'incapacité de l'humanité à accepter ce que nous avions accompli. Nous leur avons offert l'éternité, la possibilité de transcender les limites mortelles, et ils ont réagi avec peur et violence.

Léa intervint, sa voix cinglante.

— Vous n'avez rien offert d'autre qu'une cage dorée, Selena. Vos tours, vos technologies, c'était une illusion de perfection. Les gens n'ont pas voulu de cette immortalité parce qu'ils ont vu ce qu'elle a fait de vous tous. La dégénérescence, la folie…

Selena ferma les yeux un instant, son visage se crispant de douleur à la mention de la dégénérescence qui avait rongé ses pairs.

— Oui, il y a eu des erreurs, des échecs, admit-elle en rouvrant les yeux, mais cela ne change pas le fait que l'immortalité est la clé de l'évolution de l'humanité. Nous étions sur le point de perfectionner le processus. Mira était notre dernier espoir… mais nous l'avons euthanasiée.

Elie, ressentant la tension grandir fit un pas en avant.

— Tu penses vraiment encore que l'immortalité soit le salut ? Selena, ouvre les yeux. Tout ce que vous avez construit est en ruine. Les premiers Immortels sont devenus des monstres, incapables de distinguer la réalité de leurs illusions. C'est ça l'avenir que tu veux offrir au reste du monde ?

Selena détourna le regard, luttant contre le doute qui la rongeait depuis longtemps. Elle avait toujours cru en l'idéal de l'immortalité, en un futur où la mort ne serait plus qu'un lointain souvenir. Mais au fond d'elle-même, elle savait que quelque chose avait mal tourné.

— Peut-être… murmura-t-elle, sa voix à peine audible, peut-être que nous nous sommes trompés. Mais si nous abandonnons maintenant, alors qu'avons-nous accompli ? La mort reviendra, et l'humanité disparaîtra à nouveau dans la peur et la douleur.

Elie s'approcha encore, ses yeux fixant intensément ceux de Selena.

— Nous avons peut-être perdu notre chemin, mais il y a une autre solution. La vie humaine doit avoir des limites, c'est ce qui lui donne un sens. Nous devons accepter la mortalité pour reconstruire un monde où les erreurs des Immortels ne seront plus répétées.

Léa, debout à côté de lui, acquiesça vigoureusement.

— Vous avez joué aux dieux et regardez où cela nous a menés. Nous devons repartir de zéro, redonner à l'humanité le contrôle de sa propre destinée, sans cette obsession de l'éternité.

Selena, profondément troublée, tournait les yeux vers les ruines qui les entouraient. L'avenir qu'elle avait imaginé, où l'humanité évoluerait en une espèce immortelle et invincible, s'était effondré. Elle regarda Elie, cherchant une once de certitude dans ses propres convictions.

— Tu es prêt à détruire tout ce que nous avons bâti pour cela ? demanda-telle, la voix emplie de désespoir.

Elie hocha lentement la tête.

— Oui, je suis prêt à détruire ce qui reste de l'immortalité, si cela signifie que l'humanité pourra enfin se libérer de son joug.

Le silence tomba sur le trio, seulement brisé par le souffle du vent.

Selena resta immobile, ses pensées tourbillonnant. Elle comprenait désormais que le rêve d'immortalité s'était transformé en cauchemar, et pourtant, elle peinait à laisser partir cette vision d'un monde meilleur. C'était son œuvre, sa raison de vivre pendant des siècles.

Enfin, après un long moment de réflexion, Selena soupira profondément.

— Si c'est ce que tu crois, Elie… alors je n'ai plus rien à défendre.

Elle se redressa, fière, mais résignée, prête à affronter les conséquences de ses choix. Mais après un long silence, Selena secoua la tête, refusant d'abandonner l'idéal qu'elle avait défendu pendant des siècles. Malgré tout, elle croyait encore que l'immortalité était le seul salut.

— Vous ne comprenez pas… L'immortalité n'a pas été seulement un moyen de vivre plus longtemps. Elle a été un bouclier contre la souffrance, la maladie, la dégradation. Nous avions le pouvoir d'arrêter la mort elle-même. Pensez à tout ce que nous avons accompli. Nous avons éradiqué tant de maladies, repoussé tant de limites… Et maintenant vous voulez tout effacer ? Pour revenir à une existence fragile et éphémère ?

Léa, le visage crispé de colère, ne put se retenir plus longtemps.

— C'est ça, votre idéal ? Le rêve que vous défendez encore ? Elle s'avança d'un pas, les yeux fixant ceux de Selena. Vous parlez de protéger l'humanité, mais vos « dieux immortels » sont devenus des monstres, se décomposant mentalement, incapables de distinguer réalité et folie. Combien d'entre eux ont succombé à leur propre dégénérescence ? Vous vous mentez à vous-même.

Selena fronça les sourcils, la douleur de ces vérités faisant surface, mais Léa continua sans relâche.

— Et Mira… Léa marqua une pause pour observer la réaction de Selena. Mira est toujours en vie.

Selena, d'abord incrédule, resta figée.

— Impossible, Mira est… elle est morte. J'ai ordonné son euthanasie.

Elie s'avança alors, calmement, mais avec une gravité dans sa voix.

— Non, elle n'était pas morte. Soren voulait l'utiliser. Il voulait s'en servir pour prendre le pouvoir, utiliser sa capacité unique de régénération pour établir une nouvelle ère de domination. Mira portait dans ses gènes quelque chose de différent des autres Immortels, un potentiel supérieur à cause des expériences qu'elle avait subi. Elle n'avait pas besoin du processus classique, son corps se régénérait naturellement.

Selena semblait bouleversé. Elle n'avait pas envisagé que Mira, son espoir ultime, puisse être impliquée dans un plan aussi tordu. Elle savait que l'immortalité avait ses conséquences, mais elle n'avait jamais imaginé que cela pouvait conduire à une telle manipulation.

— Soren… il a toujours eu ses propres ambitions, murmura-t-elle. Mais Mira… je croyais en elle.

Léa reprit avec force.

— Croire en quoi, Selena ? Mira ne voulait pas sauver l'humanité, elle voulait la contrôler. Elle comptait exploiter ses gènes pour devenir la plus puissante des Immortels et soumettre ce qu'il restait de civilisation. Elle était prête à détruire tout ce qui se mettrait en travers de son chemin.

Elie hocha la tête, confirmant les paroles de Léa.

— Elle avait réussi à s'échapper avec les données originelles, et elle les a utilisées pour renforcer encore plus ses capacités. C'était son plan : recréer un monde dominé par un seul être immortel au sommet de la chaîne, elle. Nous l'avons traquée et confrontée… et nous l'avons tuée.

Selena recula, abasourdie par ce qu'elle entendait. Elle posa une main tremblante sur sa bouche, son esprit en ébullition.

— Vous… vous avez tué Mira ? murmura-t-elle, la voix brisée.

nombreuses tentatives échouèrent, entraînant la perte de centaines de volontaires.

Le transhumanisme, quant à lui, se développa de manière plus rapide. Les premiers êtres humains augmentés, équipés d'implants cybernétiques et de membres artificiels, firent leur apparition. Ces êtres n'étaient plus tout à fait humains, mais pas encore entièrement machines. Leur force et leur résistance surpassaient celles des hommes ordinaires, mais la technologie ne pouvait rien contre la dégradation mentale.

Selena se souvenait des tensions entre ces différentes factions de scientifiques. Chacun pensait détenir la solution ultime. Certains défendaient farouchement l'immortalité biologique, d'autres misaient tout sur le monde numérique, tandis que d'autres voyaient l'avenir dans la fusion de l'homme et de la machine. Pendant ce temps, à l'extérieur, le monde continuait de s'effondrer.

Des décennies passèrent, et une nouvelle génération de chercheurs prit la relève. Les technologies s'affinaient, mais les erreurs persistaient. De nombreuses expériences échouèrent, causant des mutations imprévisibles et des morts atroces parmi les cobayes humains. Mais il y avait aussi des succès. L'un d'eux, une petite souris. Selena se souvenait de son nom, Mimi.

Mimi était le fruit d'une expérience génétique unique. Les scientifiques avaient réussi à modifier ses gènes en combinant différentes formulations de sérums pour arrêter le vieillissement cellulaire. Ce petit animal représentait un nouvel espoir.

Mais très vite arriva un nouvel obstacle. Le vieillissement était maîtrisé, mais restait la problématique engendrée par les maladies, les blessures.

Les souvenirs de Selena s'approfondirent, la plongeant plus encore dans le passé, cette époque où la science n'était qu'un instrument d'espoir dans un monde en ruine.

Lorsque les projets séparés d'immortalité biologique, de numérisation de la conscience, et de transhumanisme atteignirent leurs limites, il devint évident que chacune de ces approches, isolée, ne pourrait pas sauver l'humanité. Les failles étaient trop visibles : la recherche biologique sur l'éternité des cellules se heurtait à la dégradation mentale, la numérisation de la conscience restait incomplète, et le transhumanisme, bien que prometteur, ne pouvait pas prolonger indéfiniment la vie sans que l'esprit humain ne se brise sous le poids du temps.

Un conseil se réunit alors, composé des plus grands esprits de cette époque tourmentée. C'était un moment charnière, un choix ultime qui déterminerait l'avenir non seulement de quelques rares survivants de l'élite scientifique, mais de toute l'humanité. Les discussions étaient houleuses. Certains insistaient pour poursuivre la voie biologique, d'autres voyaient dans le transhumanisme la seule vraie solution. Mais, peu à peu, une idée émergea : une fusion des trois approches.

Ils décidèrent de mixer les trois technologies : le corps, l'esprit et la machine se rejoindraient dans une union complète. Des avancées en matière de régénération cellulaire et de clonage permirent de rendre le corps humain pratiquement indestructible. Pour renforcer cela, des implants cybernétiques furent développés pour améliorer la puissance physique et mentale, augmentant les capacités humaines à des niveaux surhumains. Enfin, la numérisation partielle de la conscience offrit une échappatoire aux failles psychologiques de l'immortalité biologique en permettant aux Immortels de stocker et transférer leur conscience en cas de nécessité.

Selena se souvenait du premier cobaye humain soumis à ce processus. Un homme âgé de soixante ans, ravagé par la maladie. Ils le placèrent dans une chambre stérile, entouré de machines étincelantes, et procédèrent à l'opération complexe. Les membres de l'équipe de recherche observaient, partagés entre la fascination et la peur. Ce qui devait se passer là marquerait un tournant pour l'humanité.

L'intervention dura plusieurs heures. Les cellules de l'homme furent modifiées grâce aux nouvelles technologies génétiques, son corps renforcé par des implants nanotechnologiques, et enfin, une partie de son esprit fut sauvegardée dans une interface numérique, prête à être réinjectée en cas de défaillance. Après une attente interminable, l'homme ouvrit les yeux. Il se leva, se regarda dans un miroir, étonné de la jeunesse de son apparence.

— Comment vous sentez-vous ? demanda Selena, qui supervisait l'expérience.

— Comme un dieu, répondit l'homme avec un sourire énigmatique.

Ce furent les premiers mots d'un être qui venait de transcender les limites de l'existence humaine.

Les premières tentatives furent un succès. L'homme, suivi par d'autres cobayes, démontra une force et une vitalité hors du commun. Les nanoparticules permettaient de soigner et régénérer les blessures graves, et leur vieillissement semblait s'être arrêté. Cependant au-delà des réussites immédiates, certaines complications apparurent avec le temps. Les implants cybernétiques provoquaient parfois des rejets ou des dérèglements mentaux. Certains sujets perdaient progressivement contact avec la réalité, tandis que d'autres se comportaient de manière erratique.

Selena, alors jeune scientifique encore idéaliste, ne se découragea pas. Avec ses collègues, ils améliorèrent le processus, affinant les interfaces, perfectionnant les modifications génétiques, jusqu'à ce que les rejets soient minimes et que l'expérience soit considérée comme un triomphe. C'est ainsi qu'un nouveau groupe émergea : les Immortels. Ils se considérèrent comme une caste supérieure, une élite capable de résister à l'effondrement du monde, et ils crurent fermement que c'était là l'ultime salut pour l'humanité.

Mais alors que le groupe grandissait, une autre dynamique prit forme. Selena comprit rapidement que cette immortalité ne pouvait être partagée avec tous. Les ressources pour maintenir ce mode de vie étaient limitées, et il était impossible de transformer toute la population humaine. Une décision radicale fut prise : seuls les élus, ceux qui démontraient les compétences ou l'utilité pour ce nouvel ordre, auraient accès à ce privilège. C'est à ce moment que Selena se détacha d'une partie de ses anciens idéaux. Elle, qui croyait autrefois en une solution globale pour sauver l'humanité entière, accepta que l'immortalité soit réservée à une minorité. Elle participa activement à la sélection des élus.

Ce fut le tournant où les Immortels commencèrent à se percevoir comme des êtres quasi divins. La population humaine, ravagée par les guerres, la famine et les épidémies, regardait ces Immortels avec un mélange d'admiration et de crainte. Ils semblaient invincibles, au-dessus des lois naturelles. Dans ce monde où tout s'effondrait, ils représentaient une forme de stabilité, mais aussi une terrible inégalité.

Le pouvoir des Immortels grandit rapidement. À mesure que le monde extérieur plongeait dans le chaos, ils créèrent leurs propres enclaves, protégées par des technologies avancées, des forteresses inaccessibles aux masses mourantes. Leurs expériences, autrefois centrées sur la survie, se transformèrent en quêtes pour perfectionner leur domination. Selena se rendit compte que la course à l'immortalité avait transformé ces êtres, elle comprise, en des entités distantes et insensibles aux souffrances des humains ordinaires.

Elle se rappelait les conversations, des délibérations interminables entre les chefs des Immortels. Leurs discussions n'étaient plus centrées sur la sauvegarde de l'humanité, mais sur la préservation de leur pouvoir. Ils considéraient les humains comme une espèce en voie d'extinction, à peine nécessaire à leur survie. Ils parlèrent de manipulations génétiques pour créer des sous-espèces obéissantes, des serviteurs dévoués, capables de les servir sans jamais poser de questions. Pour eux, la véritable humanité était devenue une nuisance.

C'est à ce moment-là que Selena, bien qu'encore dans le cercle des Immortels les plus puissants, commença à douter. L'idée de sauver l'humanité s'était corrompue. Ils n'étaient plus des sauveurs, mais des tyrans, des dieux autoproclamés régnant sur les ruines d'un monde déchu.

Selena se souvenait du conseil des dix, ces êtres qui, comme elle, avaient obtenu l'immortalité et siégeaient en maîtres incontestés de ce nouveau monde.

Le Grand Conseil des Immortels, constitué de dix figures qui avaient été les architectes de ce nouvel ordre, s'était rapidement transformé en une arène de pouvoirs et d'ambitions. Ce qui avait débuté comme un projet utopique de salut pour l'humanité avait dégénéré en une lutte pour la domination. Chacun des Immortels voulait non seulement préserver sa place, mais aussi étendre son influence.

Ils étaient devenus distants et cruels, méprisant de plus en plus les humains qui les entouraient. Ils commençaient à concevoir des plans pour asservir totalement ce qui restait de la population humaine, réduire les masses à l'état de simples esclaves dociles. Les expériences de manipulation génétique sur les fœtus, d'opération sur le cerveau des humains, pour s'assurer de leur obéissance totale, s'amplifiaient et ils avaient ainsi à leur disposition des êtres sans volonté propre, des outils vivants au service de leurs désirs.

Selena se remémorait ces réunions où ces discussions se déroulaient dans des salles luxueuses au sommet de leurs tours. Elle se tenait souvent silencieuse, écoutant avec dégoûts les autres Immortels se réjouirent de la domination à venir.

Rion, l'un des Immortels les plus influents, avait pris la parole un jour, son visage froid et calculateur éclairé par les écrans holographiques autour de lui.

— Les humains ne sont plus qu'une nuisance, avait-il dit, une main posée négligemment sur l'accoudoir de son fauteuil. Il est temps de les remodeler à notre image, de les rendre plus… utiles. Ils ne méritent pas l'immortalité, mais ils peuvent servir.

Les autres avaient approuvé en silence, les visages impassibles. Selena, cependant, sentit un frisson parcourir son échine.

Elle n'avait pas accepté l'immortalité pour devenir un monstre. Au fil des ans, une détermination grandissait en elle : ces Immortels, ses anciens collègues et amis, devaient être arrêtés. Elle croyait encore en une forme de salut, mais pas celui qu'ils avaient en tête.

C'est là qu'elle s'était rapprochée de Soren. À cette époque, il semblait être un allié naturel. Il critiquait en privé les mêmes dérives que Selena. Progressiste, prétendait-il, il parlait de restaurer l'humanité, de rendre aux hommes une certaine dignité, bien que jamais l'immortalité. Selena l'avait cru. Elle avait pensé qu'ensemble, ils pourraient réformer ce conseil corrompu, purger la folie qui s'était emparée de leurs semblables.

Mais elle se rendit compte trop tard de la véritable nature de Soren.

Les premiers meurtres furent soigneusement planifiés. Selena, avec l'aide discrète de Soren, avait fait tomber les membres les plus influents du Conseil un par un. Les accidents et les disparitions étaient habilement orchestrés. Zera, la plus ancienne d'entre eux, avait été éliminée en manipulant les nanotechnologies dans son corps, provoquant un rejet soudain de ses implants. Elle n'avait même pas eu le temps de comprendre ce qui se passait avant que son propre corps ne la détruise de l'intérieur.

— C'était nécessaire, s'était murmuré Selena à elle-même, lorsqu'elle vit Zera s'effondrer.

Les autres suivirent, tombant tour à tour dans des pièges soigneusement calculés : Ardyn, un autre membre du Conseil, empoisonné par des toxines que seul un Immortel ne pouvait détecter ; Vexus, pris dans une embuscade où son corps fut décimé par des armes spécifiquement conçues pour désagréger toute substance organique.

Tout au long de cette purge, Soren était à ses côtés, silencieux et efficace. Il lui apportait des informations, la conseillait sur les faiblesses des autres. Ensemble, ils nettoyaient méthodiquement les restes du Grand Conseil.

— Nous devons restaurer l'équilibre, lui disait-il souvent, d'un ton doux, mais ferme. Ce n'est qu'en éliminant ceux qui corrompent le projet que nous pourrons revenir à notre véritable mission.

Selena, plongée dans la violence de cette croisade, avait fermé les yeux sur certains détails troublants. Soren gagnait en pouvoir à chaque mort, et Selena, obnubilée par sa propre mission, n'avait pas vu venir le coup.

À mesure que le Conseil s'amenuisait, Soren changeait subtilement de discours. Il laissait entendre que la vraie menace n'était pas seulement dans les membres extrémistes, mais dans l'idée même d'un Conseil dirigé par plusieurs personnes.

— Ils n'ont jamais compris la vraie nature de l'immortalité, lui dit-il un jour, alors qu'ils contemplaient les ruines laissées par la dernière guerre humaine. Il faut un guide unique, quelqu'un capable de maintenir l'équilibre.

Selena comprit trop tard que Soren ne l'avait jamais soutenu pour des raisons altruistes. Il voulait la pousser à faire le sale travail, à éliminer toute opposition, pour pouvoir ensuite imposer sa propre vision du monde.

Le dernier Immortel du Grand Conseil à tomber fut Rion, l'un des rares à encore prôner un équilibre entre le pouvoir des Immortels et la liberté humaine. Selena, rongée par le doute, ne savait plus qui croire, mais la pression exercée par Soren était devenue insoutenable. Lors de leur dernière confrontation, Soren planta le dernier clou dans le cercueil de Rion.

— Si tu ne fais rien, il te trahira, lui avait-il murmuré, sa voix, un serpent venimeux. Il complote avec les autres pour te renverser.

Sous cette pression, Selena céda. Elle élimina Rion, mettant fin au Grand Conseil.

C'est alors que Soren révéla ses véritables intentions.

— Le Conseil est tombé, et avec lui, l'ancien ordre, déclara-t-il triomphant. Maintenant, il ne reste plus qu'une chose à faire.

Selena, épuisée et moralement brisée, attendit son prochain ordre. Soren, avec un calme calculateur, présenta alors sa vision.

— Les Immortels doivent être contenus, dit-il. Leur pouvoir est trop grand pour être laissé sans contrôle. Nous devons les maintenir dans les caissons de stase, reliés entre eux dans des mondes virtuels. Là, ils pourront vivre leurs rêves de grandeur sans interférer avec la réalité.

Selena, à bout de force, ne s'opposa pas. Elle accepta cette solution comme un mal nécessaire, incapable de voir l'ampleur du piège dans lequel elle était tombée. Soren avait utilisé sa fatigue, sa culpabilité, pour la convaincre d'imposer à ses anciens pairs une forme de prison dorée.

Les caissons de stase furent créés, chacun des Immortels y étant plongé pour vivre dans des mondes virtuels où ils pouvaient exercer leur pouvoir sans limite. Ces univers étaient conçus pour satisfaire leur ego, leur offrant l'illusion d'un contrôle total tout en les éloignant de monde réel.

Soren, quant à lui, restait à la tête de l'opération, gardant un pied dans la réalité. Selena, accablée par le poids de ses crimes, finit par se retirer. Elle s'isola, observant de loin cette mascarade, consciente d'avoir trahi non seulement ses anciens amis, mais aussi ses propres idéaux.

Elle savait qu'elle était devenue une marionnette dans les mains de Soren. Mais à ce stade, elle se sentait incapable de changer les choses. Le poids de ses décisions pesait lourdement sur ses épaules, et le monde continua de sombrer, malgré tous ses efforts pour l'en empêcher.

Alors que ces souvenirs défilaient dans son esprit, Selena ouvrit les yeux. Elie et Léa se tenaient devant elle, les visages tendus, attendant une réponse. Le passé revenait la hanter, mais cette fois, elle n'était plus la même. Le monde avait changé, et peut-être, cette fois, avait-elle une chance de racheter ses erreurs.

La tension monta d'un cran alors qu'Elie et Léa attendaient une réponse de Selena. Ses souvenirs pesaient sur ses épaules, et un silence lourd enveloppait l'air entre eux. Elie, d'une voix grave, rompit l'attente.

— Selena, vous ne croyez donc pas que cette immortalité que vous défendez est une prison ? nous devons en finir.

Selena soupira, fatiguée, le regard perdu dans le lointain.

— Vous parlez de prison, Elie, mais c'est vous qui vivez enchaîné par la peur de la fin. Nous avons offert à l'humanité une chance de transcender la mort, une chance de reconstruire de ce qui a été détruit.

Léa s'avança, le visage marqué par une colère sourde. Elle savait que cette conversation n'allait mener à rien. La vérité sur Mira, les manipulations de Soren, tout cela n'avait fait que renforcer son dégoût pour ce monde immortel.

— Mira était censée être morte, lâcha-t-elle soudainement, tranchante. Pourtant, elle vivait. Elle a manipulé Soren, tout comme il vous a manipulé, Selena. Elle comptait utiliser ses capacités pour prendre le pouvoir. Elle avait ces données, elle comptait devenir la plus puissante d'entre vous.

Selena plissa les yeux, un doute émergeant dans son esprit. Mira, encore vivante ? Elle se souvenait du jour où Mira avait disparu, et de la manière dont Soren l'avait rassurée que tout avait été réglé. Une partie d'elle savait qu'elle aurait dû poser plus de questions. Maintenant, tout lui paraissait trouble.

— Vous mentez, murmura-t-elle, plus pour elle-même que pour les autres. Soren m'avait dit…

Elie s'avança alors, serrant les poings. Il était temps de tout révéler.

— Mira était prête à tout pour finaliser le processus. Elle voulait transcender l'immortalité elle-même avec ses capacités de régénération. Nous l'avons tué puis brûlé, pour empêcher que son cauchemar ne devienne réalité.

Léa intervint, la voix plus dure.

— Vous êtes tous devenus fous, Selena. Cette obsession pour la survie à tout prix… c'est ce qui nous a conduits à la chute. Vous parlez de salut, mais tout ce que vous avez offert, c'est une lente agonie.

Selena ouvrit la bouche pour répondre, mais à cet instant, des coups de feu retentirent. La détonation résonna à travers les ruines environnantes, interrompant brusquement leur échange. Elie eut juste le temps de se jeter à couvert, mais une balle transperça Selena, lui déchirant l'épaule. Elle tituba en arrière, les yeux écarquillés.

Léa s'effondra à terre pour éviter les tirs. Ses yeux croisèrent ceux d'Elie. Ils se comprirent en un instant : la situation venait de dégénérer.

Selena, bien qu'ensanglantée, réagit avec une rapidité implacable. Elle sortit une arme de sa ceinture, et en un éclair, tira une balle en pleine tête de Léa. Le coup était précis, mortel. Léa s'écroula sans un mot, les yeux figés dans la mort. Elie, horrifié, hurla, incapable de bouger dans un premier temps.

Selena, la douleur parcourant son corps, utilisa l'agitation pour disparaître dans les ombres des ruines. Elle savait qu'elle ne pouvait pas rester plus longtemps. Elle devait fuir, reprendre le contrôle de la situation, avant que tout ne lui échappe.

Elie, à genoux près du corps de Léa, lutta pour contenir son chagrin. Mais il n'eut pas le temps de pleurer sa perte. Des bruits de pas approchaient rapidement. Avant qu'il ne puisse réagir, une dizaine d'hommes lourdement armés surgirent. Ils l'encerclèrent, leurs visages cachés derrière des masques sombres. L'un d'eux s'approcha, un sourire cruel visible sous le casque.

— Voilà notre prisonnier. Emmenez-le, ordonna le chef d'un ton impérieux.

Elie se débattit brièvement, mais un coup violent à l'arrière de la tête le plongea dans l'obscurité. Il était désormais captif.

Alors qu'ils l'entraînaient dans leur camp, le corps de Léa, laissé derrière, semblait appartenir à un autre temps, un autre monde, celui qu'ils avaient tous perdu.

Selena avançait difficilement, le bras blessé serré contre son corps. La plaie à l'épaule était profonde, mais elle savait que le danger n'était pas encore passé. Elle avançait lentement le long des parois des ruines, quand soudain, elle aperçut les silhouettes familières de ses soldats humains, fidèles serviteurs qui l'avaient suivie pendant des décennies. Ils s'étaient tenus à l'écart, surveillant de loin sa rencontre avec Elie et Léa, prêts à intervenir si nécessaire. Mais l'attaque fut si soudaine qu'ils n'avaient pas eu le temps de réagir.

Un homme s'approcha d'elle à grands pas, le visage dur, mais marqué par une certaine inquiétude.

— Maîtresse, vous êtes blessée, dit-il, se penchant pour l'aider à marcher. Nous devons retourner au repaire immédiatement.

Selena, la douleur éreintant son corps, hocha la tête sans un mot. Les soldats l'entourèrent, formant un cercle protecteur autour d'elle, leurs armes prêtes à l'usage. Ils l'emmenèrent à travers les ruines, la guidant vers leur cachette sécurisée, un ancien bunker enfoui sous la terre, loin des regards humains.

Une fois à l'intérieur, Selena fut immédiatement prise en charge par des médecins. Leurs mouvements étaient précis, presque robotiques, tant ils étaient habitués à soigner les blessures infligées aux Immortels. Alors qu'ils bandaient sa plaie, Selena fixait le plafond du bunker, ses pensées en ébullition.

— Léa est morte… Elie est captif… Et Mira… pensa-t-elle, revivant les évènements récents. Tout ce pour quoi elle avait travaillé, cette fausse utopie, était en train de s'écrouler.

Une fois ses blessures pansées, elle se redressa lentement et fit un signe à ses soldats.

— Préparez la salle de stase, ordonna-t-elle froidement. Il est temps de réveiller ceux qui sont encore endormis.

Les soldats obéirent sans un mot, et quelques minutes plus tard, ils atteignirent une immense pièce au cœur du bunker. Là, alignés dans des caissons métalliques, se trouvaient les derniers Immortels, leurs corps plongés dans une profonde stase. Ils vivaient à travers des mondes virtuels, détachés de la réalité, laissant Selena gérer les affaires du monde extérieur. Mais aujourd'hui, ils allaient devoir revenir à la vraie vie.

L'un après l'autre, les caissons s'ouvrirent, libérant un gaz dense qui s'échappa dans l'air. Les Immortels se réveillèrent, leurs regards froids et distants, comme s'ils avaient été arrachés d'un rêve. Ils se tournèrent vers Selena, leurs visages marqués par des siècles d'existence, certains curieux, d'autres suspicieux.

— Pourquoi nous réveilles-tu, Selena ? demanda l'un d'eux, une femme aux cheveux argentés et au regard perçant. Tu nous avais promis solennellement que nous pourrions retourner dans nos stases après notre fuite. Tu avais assuré que nous serions tranquilles pour l'éternité dans nos mondes.

Selena prit une profonde inspiration, rassemblant ses pensées avant de leur révéler la vérité.

— Beaucoup de choses ont changé depuis que vous êtes à nouveau entrés en stase, commença-t-elle. La situation est grave. Comme vous le savez, le Grand Conseil n'existe plus. Je l'avais dissous après avoir découvert la trahison de Soren. Il les a tous éliminés et voulait me tuer afin de prendre le pouvoir à ma place.

Un murmure traversa la salle, mais Selena continua.

— Soren a manipulé Mira, une Immortelle dont nous pensions qu'elle était morte. Elle avait survécu, avec la complicité de Soren, et projetait de devenir la plus puissante d'entre nous grâce à ses capacités de régénération cellulaire. Mais je vous annonce qu'ils sont tous les deux morts. Leur complot a échoué.

Les visages des Immortels restèrent impassibles, mais l'inquiétude se lisait dans leurs yeux. Selena s'approcha davantage, leur parlant avec une intensité renouvelée.

— Nous faisons face à une nouvelle menace. Les humains se sont regroupés, et ils sont plus près que vous ne l'imaginez. La révolte gronde et ils veulent détruire tout ce que nous avons bâti. Elie, un de leur leader, a capturé Soren avant sa mort. Ils ont les moyens d'attaquer, et nous devons nous préparer.

Un Immortel au regard sombre, assis dans un coin de la salle, prit alors la parole.

— Pourquoi nous réveiller maintenant, Selena ? Nous aurions pu continuer à nous cacher dans nos mondes numériques. Que comptes-tu faire contre cette menace humaine ?

Selena le fixa, le visage grave.

— Parce qu'il n'y a plus de monde dans lequel se cacher. S'ils réussissent à atteindre ce bunker, nous serons tous détruits. Il est temps de reprendre le contrôle de ce monde, de le sauver du chaos. Nous avons survécu à des siècles de guerres et de destruction, et nous survivrons à cette révolte.

L'inquiétude s'intensifia parmi les Immortels. Ils savaient que Selena disait la vérité. Leur monde, celui qu'ils avaient façonné, était en train de leur échapper. Il n'y aurait bientôt plus de place pour eux.

Selena recula d'un pas, laissant ses paroles se diffuser dans la salle. Elle savait que la bataille à venir serait décisive. Si les humains les trouvaient, ce serait la fin. Mais elle n'était pas prête à céder. Pas encore.

— Préparez-vous, dit-elle, ses yeux brillant d'une lueur déterminée. Les jours sombres arrivent. Et nous devons nous tenir prêts à combattre.

Les Immortels se levèrent lentement, conscients que l'heure de la confrontation approchait.

Elie, enchaîné, se tenait dans une cellule froide et obscure. Les murs autour de lui étaient faits de métal brut, sans aucun ornement, et la lumière vacillante d'une seule ampoule créait des ombres inquiétantes. Ses poignets lui faisaient mal à force d'être attachés depuis des heures. Des voix résonnaient au loin, des éclats de disputes entre ceux qu'il devinait être les leaders du groupe qui l'avait capturé.

Soudain, la lourde porte de la cellule s'ouvrit. Un groupe de rebelles pénétra dans la pièce, dirigé par un homme massif à la barbe noire, et à ses côtés, une femme aux yeux perçants. Ils le regardèrent avec méfiance avant de s'approcher.

— Alors, tu es enfin réveillé, grogna l'homme. Tu es Elie, c'est bien ça ? Celui qui traînait avec cette Immortelle, Selena ?

Elie hocha la tête, les mâchoires serrées. Il savait qu'il devait choisir ses mots avec précaution. Dans sa position, la moindre erreur pouvait lui coûter la vie.

— Oui, répondit-il. Mais vous vous trompez si vous croyez que je suis l'un d'eux. Je suis aussi humain que vous.

La femme s'avança, son regard scrutateur fixé sur Elie.

— Tu nous prends pour des imbéciles ? répliqua-t-elle sèchement. On a vu comment tu agissais. Selena a tué l'un des tiens sus tes yeux, et tu l'as laissé s'échapper. Pourquoi devrions-nous te croire ?

Elie déglutit. Il sentait la tension dans l'air, et il savait que s'il ne leur donnait pas une explication satisfaisante, sa situation pourrait empirer. Il leva les yeux vers eux, la fatigue marquant ses traits.

— Parce que je veux la même chose que vous, dit-il calmement. Je veux détruire les Immortels.

Un silence lourd s'installa dans la pièce. Les rebelles échangèrent des regards sceptiques, mais ils semblaient intrigués par ses paroles.

— Continue, dit l'homme barbu, les bras croisés sur la poitrine.

— J'ai été abusé, poursuivit Elie. Emmené dans un piège par un Immortel qui voulait trahir les siens, Soren. Nous pensions pouvoir rejoindre Selena et lui arracher la vérité sur l'immortalité, mais ce qui s'est passé… c'était un massacre. Je ne suis pas ici pour la protéger. Je suis ici pour m'assurer que ce cauchemar prenne fin.

— Des paroles, lança la femme avec un rictus, tout ça, ce ne sont que des paroles. Qu'est-ce qui nous dit que tu n'es pas un espion envoyé par Selena pour nous infiltrer ?

Elie leva les mains, malgré les chaînes qui cliquetaient à chaque mouvement.

— Si j'étais un Immortel, je n'aurais pas été capturé si facilement, et je ne serais pas ici enchaîné. Je serais déjà en train de manipuler tout ce groupe, comme ils l'ont fait avec tant d'autres avant nous. Regardez-moi. Je suis fatigué, blessé, et tout ce que je veux, c'est les voir disparaître, une fois pour toutes.

L'homme barbu s'approcha, son regard plongé dans celui d'Elie. Il semblait peser chaque mot chaque mouvement.

— Si tu mens, tu le regretteras amèrement, dit-il enfin d'une voix menaçante. Mais si tu dis la vérité… alors peut-être que nous avons le même ennemi.

Elie sentit un soupçon d'ouverture dans cette phrase. Il avait planté la graine du doute.

— Je peux vous aider, insista-t-il. J'ai des informations sur leurs faiblesses, sur leurs plans. Nous pouvons les frapper là où ça fait mal. Mais pour cela, il faut me faire confiance, ou du moins. Me donner une chance de prouver que je suis de votre côté.

La femme croisa les bras, toujours méfiante, mais l'homme barbu la regarda, réfléchissant un instant avant de hocher la tête.

— Très bien, Elie. On va te surveiller de près. Un seul faux pas, et je te jure que ta mort sera lente.

Elie acquiesça, sentant un maigre soulagement le gagner. Ce n'était qu'une étape de plus, mais c'était une chance de plus de s'approcher de son objectif : la destruction des Immortels.

Le groupe sortit de la cellule, Laissant Elie seul un instant. Il ferma les yeux, rassemblant ses forces. La confrontation finale approchait, et il savait que chaque mouvement à partir de maintenant compterait.

Chapitre 10
Le jugement

Elie se tenait au milieu du camp rebelle, observant les visages fatigués, mais déterminés des hommes et des femmes qui l'entouraient. L'air était rempli de la tension palpable d'une organisation en guerre. Autour de lui, des groupes s'affairaient à assembler des armes improvisées, à cartographier la zone ou à distribuer des rations maigres. Depuis sa capture, il avait été observé de près, chaque mouvement, chaque mot pesé avec une méfiance tenace. Mais aujourd'hui, quelque chose avait changé.

Le chef du groupe, l'homme barbu nommé Jarek, se tenait à ses côtés, bras croisés, tandis que les leaders des différents clans rebelles se rassemblaient dans la tente centrale. Elie les avait finalement convaincus qu'il était un allié. Pourtant, il savait que la confiance était fragile et conditionnelle. S'il voulait vraiment unir ces factions contre les Immortels, il devait agir vite.

— Alors, lança Jarek, son ton toujours méfiant. Tu dis que les Immortels ne sont pas loin ? Pourquoi ne les avons-nous pas encore vus ?

Elie hocha la tête et pointa du doigt une carte rudimentaire étalée sur une table de fortune.

— Selena n'est pas stupide, commença-t-il. Elle sait que l'unité fait la force. Ce que Soren et Mira ont tenté, c'était de prendre le contrôle et de se libérer du pouvoir de Selena. Maintenant qu'ils sont morts, elle va rassembler les derniers Immortels loyaux et se préparer à une offensive. Ils sont cachés, mais ils ne sont pas loin. Je dirai même qu'ils se trouvent dans les montagnes vers le nord.

Un murmure s'éleva parmi les rebelles. Certains hochaient la tête, d'autres échangeaient des regards sceptiques.

— Pourquoi les montagnes ? demanda une femme dans l'assemblée. Nous avons cherché des signes de leur présence là-bas. Rien, aucun indice.

Elie prit une profonde respiration. Il savait que pour convaincre tout le monde, il devait être clair.

— Les Immortels ont toujours privilégié des endroits isolés des humains. Les montagnes offrent une barrière naturelle, difficile d'accès, parfaite pour camoufler des installations souterraines. Je parie qu'ils ont encore un centre opérationnel là-bas, comme celui où Mira avait relancé son programme. Ils ont besoin d'infrastructures pour maintenir leurs systèmes de stase et de régénération. Sans ces machines, leur immortalité n'est plus qu'un rêve.

Jarek tapa du poing sur la table, interrompant le flot de paroles d'Elie.

— C'est bien beau tout ça, mais nous n'avons pas les ressources pour une offensive directe. Pas de véhicules en état, pas assez d'armes lourdes. On ne va pas s'élancer dans une montagne à mains nues pour se faire massacrer.

Un silence s'installa. C'était un moment décisif. Elie savait que la moindre erreur pouvait anéantir ses efforts pour les rallier à sa cause. Il leva lentement les mains en signe de paix.

— Je ne vous propose pas une attaque frontale, expliqua-t-il d'un ton calme, mais déterminé. Ce serait du suicide. Non, ce qu'il nous faut, c'est une offensive stratégique. Si nous parvenons à localiser leur installation, nous pourrons frapper là où ça fait mal : leurs sources d'énergie, leurs systèmes de régénération. Coupez leurs moyens de survie, et ils deviendront vulnérables.

Jarek plissa les yeux, pensif.

— Une frappe chirurgicale, alors ? demanda-t-il.

Elie acquiesça.

— Exactement. Et je sais que ça peut marcher. J'ai vu leurs faiblesses, leurs installations sont loin d'être invulnérables. Si nous les privons de leur source d'énergie, ils seront aussi fragiles que nous.

Les murmures reprirent, mais cette fois, Elie sentit une forme d'acceptation naître dans les rangs. Plusieurs rebelles semblaient convaincus, mais Jarek restait le plus difficile à persuader.

— Bien, déclara finalement Jarek. On va préparer une équipe pour une reconnaissance. Si tes informations sont fausses, on te mettra une balle dans la tête, Immortel ou pas.

Elie se contenta d'un hochement de tête. C'était un risque qu'il était prêt à prendre.

— Préparez-vous, annonça Jarek à ses troupes. On part à l'aube.

Les rebelles se dispersèrent pour se préparer, laissant Elie seul un instant. Il sentait le poids de la situation sur ses épaules. Leur survie, et celle de l'humanité dépendaient de la réussite de cette mission.

Alors qu'Elie observait les rebelles se préparer au départ, Sandra, la femme qui l'avait interrogé au début, toujours méfiante s'approcha silencieusement de lui.

— Tu parles bien, dit-elle doucement, sans sourire. Mais je me demande… jusqu'où tu es prêt à aller pour les détruire ?

Elie détourna son regard, fixant un point invisible à l'horizon.

— Aussi loin qu'il le faudra, répondit-il d'une voix grave. Ils ont pris assez de vies. Il est temps de leur rendre la pareille.

Sandra le regarda un moment, pesant ses mots, avant de repartir avec un dernier regard empreint de doute.

Elie savait que cette nuit serait longue.

La nuit était tombée sur le campement, enveloppant les rebelles dans une obscurité qui semblait refléter la gravité de la situation. Le froid mordant s'était installé, rendant chaque tâche un peu plus difficile, mais personne ne se plaignait. L'urgence de la mission à venir dominait toutes les pensées, et chacun s'activait pour être prêt avant l'aube.

Elie, assis à l'écart, observait le camp avec attention. Autour de lui, les préparatifs battaient leur plein. Des groupes se formaient autour des feux de camp, vérifiant les armes, ajustant les vêtements de protection, et partageant en silence les dernières rations. L'atmosphère était tendue, mais résolue.

Sandra, occupée à inspecter son fusil, rejoignit Elie sans un mot. Elle posa son arme à côté d'elle, le métal froid et brillant sous la faible lumière.

— J'ai fait le tour des équipements, dit-elle enfin. On a assez de munitions pour une reconnaissance, mais si ça dégénère en affrontement, ça pourrait être serré.

Elie hocha la tête, conscient du danger. Ils n'avaient pas de marge d'erreur. Jarek, toujours méfiant, s'approcha à son tour.

— Les éclaireurs ont trouvé un chemin possible à travers les montagnes, annonça-t-il d'une voix rauque. On prendra des routes détournées pour éviter toute détection, mais une fois là-bas, il faudra être rapide. On ne pourra pas rester longtemps dans la zone.

Sandra croisa les bras, pensive.

— Ça va être difficile, admit-elle. Si Selena a renforcé la sécurité autour de son repaire, on risque de tomber sur des drones de surveillance ou des patrouilles.

Jarek sourit amèrement.

— C'est pour ça qu'on a besoin de toi, dit-il en se tournant vers Elie. Tu les connais mieux que nous. Tu sais comment ils opèrent.

Elie hocha la tête, son visage grave.

— Je ferai tout pour qu'on s'en sorte. Mais vous devez comprendre que Selena ne va pas se laisser faire. Elle est méthodique, stratégique. Si elle sent notre présence, elle n'hésitera pas à nous anéantir.

Le silence tomba brièvement entre eux, interrompu seulement par le bruit des armes que les autres rebelles continuaient de vérifier et de préparer. La tension montait à mesure que l'heure de l'expédition approchait.

À quelques mètres de là, un petit groupe de rebelles rassemblait des explosifs improvisés et des grenades artisanales. Leur chef, un homme trapu aux cheveux grisonnants, se retourna vers Jarek.

— Les charges sont prêtes. Si on tombe sur quelque chose d'intéressant, on peut faire sauter les portes et tout ce qu'on trouvera pour leur prouver ce dont on est capable.

Jarek approuva d'un signe de tête, mais son regard se posa de nouveau sur Elie, toujours prudent.

— Il va falloir être discret, rappela-t-il. Si on alerte Selena trop tôt, on sera piégé avant même d'atteindre le cœur de son installation.

Eli scrutait les alentours, absorbé par ses pensées. Les souvenirs de sa dernière confrontation avec les Immortels lui revenaient en mémoire : la traîtrise de Soren, la soif de pouvoir de Mira. Chaque pas qu'ils feraient demain serait un pas vers une bataille inévitable, une lutte pour la survie.

Un jeune rebelle s'approcha avec un sac de matériel de communication.

— Tout est prêt pour maintenir un contact radio discret, dit-il. Mais la portée sera limitée une fois dans les montagnes. Il va falloir se fier aux signaux visuels en cas de problème.

Sandra se redressa et prit une grande inspiration.

— Ce n'est pas l'idéal, mais ça fera l'affaire.

Elle se tourna vers Elie, ses yeux brillaient d'une détermination glaciale.

— Tu es sûr de ton plan, Elie ? Il n'y aura pas de retour en arrière une fois que nous serons là-bas.

Elie soutint son regard, sentant le poids de la décision qu'il avait prise.

— Je sais ce que je fais, répondit-il calmement. Nous devons détruire les Immortels, et ça commence demain.

Jarek fit signe aux hommes de continuer leurs préparatifs. Tout le monde était en mouvement : certains ajustaient des lunettes de vision nocturne, d'autres répartissaient les vivres et les munitions dans des sacs. L'excitation et l'angoisse se mêlaient, mais personne ne semblait hésiter.

Dans un coin plus isolé du camp, Sandra rejoignit Elie pour une dernière conversation avant le départ.

— Et si ça échoue ? demanda-t-elle à voix basse.

Elie la regarda longuement avant de répondre.

— Si ça échoue, murmura-t-il, alors nous aurons fait ce que nous devions faire. Nous aurons donné à l'humanité une chance de se battre.

Sandra hocha la tête. La vérité était brutale, mais elle l'acceptait. La mission n'était pas seulement une question de survie. C'était un choix moral, un dernier espoir pour éteindre la domination des Immortels et peut-être donner à l'humanité une nouvelle chance.

À mesure que la nuit avançait, le camp s'éteignit peu à peu. Les visages fatigués disparaissaient dans les tentes, et seules les sentinelles restaient vigilantes. L'aube approchait, et avec elle, le moment de vérité.

Elie, allongé sous un ciel sans étoiles, ferma les yeux. Demain serait décisif.

Dans les profondeurs du repaire souterrain des Immortels, Selena fixait un écran holographique représentant une carte en trois dimensions du terrain environnant. Les contours accidentés des montagnes se détachaient nettement, tandis que des points rouges clignotants marquaient les positions des systèmes de défense activés. Chaque détail de la carte était précis, chaque ligne méticuleusement calculée pour protéger la forteresse qu'elle avait fait construire des années auparavant.

Autour d'elle, une dizaine de techniciens humains et Immortels étaient regroupés, chacun concentré sur une tâche précise. Des écrans affichaient des données cryptées, des flux d'informations militaires et des scans en temps réel de la région. Selena se redressa, sa silhouette imposante renforcée par l'autorité naturelle qu'elle dégageait. Les évènements récents la forçaient à réévaluer sa stratégie, mais elle n'était pas prête à céder du terrain.

— La moindre faille pourrait nous coûter cher, dit-elle calmement, s'adressant à ses conseillers.

Un jeune technicien, nerveux, hocha la tête et fit défiler sur son écran les dernières analyses des systèmes de défense.

— Nous avons renforcé les barrières électromagnétiques autour des tunnels d'accès principaux, expliqua-t-il. Si quelqu'un tente de s'approcher sans passer par les points de contrôle sécurisés, le champ sera activé et les intrus seront neutralisés par des drones automatisés.

Selena hocha lentement la tête, satisfaite de cette première étape. Mais elle savait que ce ne serait pas suffisant.

— Et les systèmes de surveillance ? demanda-t-elle en se tournant vers une autre conseillère.

Cette dernière, une Immortelle plus âgée, désigna les différents relais installés sur les sommets environnants.

— Les drones de reconnaissance ont été déployés sur une zone de cinquante kilomètres, avec des relais positionnés dans les cavités rocheuses, invisibles aux satellites et aux radars traditionnels. Chaque mouvement suspect sera immédiatement repéré et transmis à nos équipes d'intervention.

Selena fronça légèrement les sourcils. Elle savait que les rebelles seraient prêts à tout pour les atteindre. Elie et les siens étaient déterminés et pouvaient être imprévisibles.

— Les rebelles n'ont peut-être pas notre technologie, mais ils sont intelligents. Ils savent que s'ils échouent ici, c'est terminé pour eux.

Elle se tourna alors vers son plus fidèle lieutenant, Rillian, un Immortel au visage sévère et impassible.

— Et si jamais ils parviennent à franchir nos premières lignes de défense ?

Rillian, toujours d'un calme implacable, répondit sans hésitation.

— Nous avons une équipe de commandos en attente dans les cavernes les plus éloignées. Si une intrusion est détectée et qu'ils arrivent jusqu'ici, nous les encerclerons et les éliminerons avant même qu'ils n'atteignent le niveau principal. De plus, des tourelles automatiques ont été installées à chaque croisement critique, prêtes à se déclencher dès qu'un ennemi sera détecté.

Selena écoutait attentivement, mais elle ne se permettait pas de se reposer sur la seule efficacité technologique. Son esprit stratégique ne cessait de chercher des failles. Elle connaissait trop bien l'audace des humains désespérés. Tout ce qu'elle avait bâti était en jeu.

— Et le plan de repli ? interrogea-t-elle en croisant les bras.

Rillian esquissa un sourire froid.

— Si les défenses venaient à être compromises, nous avons établi une série de passages souterrains menant à des niveaux plus bas du complexe. Les portes de sécurité se refermeront derrière nous, et les rebelles seront piégés dans les tunnels. Nous avons également des charges explosives prêtes à être déclenchées pour bloquer les accès.

Selena acquiesça. Elle avait conçu ces souterrains comme un labyrinthe inextricable, une série de pièges destinés à épuiser et désorienter quiconque oserait les pénétrer. Elle savait que la moindre hésitation de l'ennemi serait fatale.

— Parfait, murmura-t-elle en observant la carte de plus près. Mais il nous faut prévoir une option finale, au cas où tout échouerait.

Elle désigna un point spécifique sur la carte, une zone plus profondément enfouie sous la terre, là où peu de ses serviteurs humains avaient accès.

— Ici, dit-elle, nous avons des chambres de stase supplémentaires. Si jamais la situation devenait incontrôlable, nous activerons un protocole de retrait total. Nous entrerons dans ces capsules et attendrons que tout se stabilise. Nos soldats humains protégeront le site, et lorsque le moment sera venu, nous réémergerons.

Le silence s'installa dans la salle. Chacun savait ce que cela signifiait. Selena prévoyait non seulement une défense active, mais également une éventuelle retraite pour préserver le cœur des Immortels. Son ambition de domination et sa vision d'une humanité dirigée par les êtres éternels étaient trop précieuses pour être laissées à l'abandon.

— Nous devons également nous assurer que le contrôle des caissons de stase reste exclusif, ajouta-t-elle, son regard perçant traversant ses conseillers. Aucune autre main que la mienne ou celle que j'ai choisie ne doit pouvoir y accéder.

Rillian hocha la tête.

— J'ai pris des dispositions, tous les systèmes sont codés biométriquement. Si jamais quelqu'un d'autre tentait d'accéder aux stases, ils déclencheraient immédiatement un protocole d'autodestruction.

Selena se redressa, satisfaite. La défense de son repaire était impeccable, chaque aspect pris en compte, chaque possibilité anticipée. Pourtant, une ombre planait sur ses pensées. La trahison de Soren, la mort de Mira et la montée des rebelles rendaient la situation plus instable qu'elle ne l'aurait souhaité.

— Bien, dit-elle dans un souffle, nous sommes prêts.

En dehors du complexe, dans la froideur des montagnes, les rebelles d'Elie se préparaient également. La confrontation était inévitable, et chacun savait que l'aube qui approchait marquerait le début d'une bataille décisive pour l'avenir de l'humanité.

L'aube se levait à peine lorsque les rebelles s'approchèrent de la base souterraine des Immortels. Camouflés sous la brume, les éclaireurs rebelles étaient dispersés en petits groupes, équipés de détecteurs manuels et d'explosifs. Elie, à l'avant, scrutait les hautes montagnes à la recherche de l'entrée du repaire. Autour de lui, les visages étaient tendus, marqués par la détermination. Ils craignaient à chaque pas le déclenchement d'une avalanche de violence.

Elie leva le poing en guise de signal, et les groupes avancèrent en silence, s'infiltrant dans les sentiers rocailleux sans éveiller l'attention des capteurs. La stratégie des rebelles reposait sur des mouvements rapides, capables d'ouvrir des brèches dans les systèmes de défense de Selena pour atteindre les portes du complexe. Ils s'étaient entraînés à contourner les drones et à désactiver certains des relais de surveillance, mais la prudence restait de mise : chaque pas rapprochait les rebelles du déclenchement de la défense automatisée.

— À ton signal, murmura Sandra à Elie en vérifiant ses armes.

Elie acquiesça, puis jeta un coup d'œil aux premières barrières infranchissables. D'un geste précis, il enclencha le détonateur d'une charge magnétique, et une série d'explosions réduisit un premier groupe de drones en miettes. Un bruit sourd se propagea, brisant le silence des montagnes et déclenchant les premières alarmes.

Une lumière rouge inonda l'entrée principale de la base. Les tourelles automatiques, activées en réponse à l'intrusion, s'orientèrent vers les sources de mouvement. Sans hésiter, les rebelles avancèrent en zigzaguant sous un déluge de balles tirées par les tourelles. Des éclats d'obus ricochaient, projetant de petites vagues de poussière et de sang.

Les cris de douleur résonnèrent quand deux rebelles furent touchés de plein fouet par les tirs. Leur progression ralentit un instant, mais Elie ne flancha pas. D'un geste brusque, il relança ses hommes vers l'assaut, le visage marqué par la rage.

— Accrochez-vous ! on les aura ! hurla-t-il.

Les rebelles parvinrent à neutraliser l'une des tourelles en y lançant une grenade électromagnétique, dont l'explosion fit fondre le canon d'acier dans une pluie d'étincelles. Le passage était dégagé pour la suite de l'infiltration, mais ils savaient que le véritable combat n'avait pas encore commencé.

Une fois dans les tunnels, les rebelles durent faire face à une nouvelle série de défense : des passages étroits minés, des corridors piégés qui s'effondraient dès qu'on s'y aventurait trop profondément. Les premiers cris retentirent alors qu'un rebelle s'aventura sur une dalle piégée qui activa des lames tranchantes dissimulées dans les murs, le projetant en arrière, sans vie.

— Reculez ! Ces passages sont truffés de pièges, avertit Sandra, les yeux vifs, à l'affût du moindre mouvement.

Malgré cela, chaque groupe tentait d'avancer, désamorçant les pièges un à un. Elie comprenait maintenant l'ampleur des défenses : Selena n'avait pas laissé le moindre centimètre sans surveillance. La rage montait en lui tandis qu'il repensait à tout ce que les Immortels avaient fait subir à l'humanité.

Alors qu'ils approchaient des niveaux plus profonds, le bourdonnement des drones résonna dans les couloirs. Ces derniers, conçus pour repérer toute activité humaine, commencèrent à tirer sans relâche, obligeant les rebelles à se replier pour éviter les tirs de précision.

Elie, accroupi derrière une paroi, cria à ses hommes :

— Utilisez les chargeurs à haute densité ! Ces drones sont blindés, mais on peut détruire leurs capteurs !

Sandra se plaça derrière lui, armant un fusil de précision. D'un coup sec, elle visa un drone et le désactiva. La machine s'effondra, mais un autre surgit immédiatement pour prendre sa place. La fusillade redoubla d'intensité, les tirs fendant l'air en rafales effroyables. Le couloir se remplissait de bruit, de feu, et de fumée.

— Ils ont renforcé les effectifs de drones, souffla un rebelle en tentant de se replier.

Elie ne voyait aucune issue et savait qu'ils devaient agir.

Comprenant qu'ils risquaient l'anéantissement s'ils n'avançaient pas plus vite, Elie donna l'ordre ultime : déclencher les charges d'explosifs simultanément. Chaque équipe placée stratégiquement autour de la base relaya l'ordre, et les explosions en chaîne secouèrent les fondations du complexe.

Le bruit était assourdissant, tandis que les murs se fissuraient et que des débris tombaient du plafond. Les systèmes de sécurité de Selena furent submergés, incapables de traiter toutes les alertes à la fois. Une brèche s'ouvrit enfin, permettant aux rebelles de s'enfoncer encore plus profondément dans le complexe.

Mais au même instant, des renforts de soldats humains fidèles à Selena surgirent des couloirs latéraux, ouvrant le feu dans une fureur implacable. Les rebelles furent contraints de riposter, chaque mètre gagné coûtant des vies de part et d'autre.

Selena, dans son poste de commandement, observait la progression des rebelles sur les écrans de surveillance, le visage fermé. Malgré les pertes et les failles dans ses défenses, elle restait impassible, convaincue que sa préparation suffirait à écraser cette rébellion.

Les couloirs du complexe devinrent un véritable champ de bataille, où le bruit des armes et les cris de douleur remplissaient l'air lourd et saturé de fumée. Les rebelles et les soldats de Selena s'affrontaient à quelques mètres les uns des autres, tirant sans relâche, cherchant des couvertures de fortune dans ces passages étroits.

Les explosions de grenades et les tirs de fusils d'assaut résonnaient violemment. Des morceaux de béton éclataient sous les impacts, projetant des débris et des éclats de métal chauffé qui lacéraient les visages et les bras découverts. L'étroitesse des lieux accentuait chaque son et transformait chaque mouvement en une lutte désespérée pour la survie.

Elie, en première ligne, lançait des ordres tout en progressant à travers le chaos. Il plongea derrière un pilier, rechargeant son arme d'une main rapide. Au moment où il se redressa, un tir fusa à quelques centimètres de sa tête. Un des soldats de Selena surgit d'un recoin et tira, l'obligeant à se jeter de côté. Il roula au sol, visa, et abattit son ennemi d'une balle en pleine poitrine. Le soldat, touché, bascula en arrière, s'effondrant lourdement, du sang coulant entre les plaques de son armure.

À sa gauche, Sandra luttait pour contenir un autre groupe de soldats qui s'étaient regroupés, formant une barricade de fortune derrière des caisses métalliques. Leurs tirs étaient précis et implacables, repoussant quiconque tentait de les contourner. Deux rebelles furent atteints, l'un tombant en arrière, le visage figé dans une expression de surprise, l'autre se recroquevillant contre le mur en pressant sa main contre une blessure ouverte qui saignait abondamment.

— Tenez la ligne ! hurla Sandra en écrasant un soldat d'un coup de crosse, avant de lui tirer en pleine gorge. Le cri étranglé du soldat se perdit dans les bruits du combat alors qu'il s'effondrait dans une mare de sang.

Mais les soldats de Selena ne montraient aucune pitié, aucun signe de recul. Leur loyauté aveugle pour leur maîtresse les poussait à avancer sans relâche, quel qu'en soit le prix. Un groupe de soldats chargea au milieu des couloirs, lançant des grenades pour forcer les rebelles à reculer. Les explosions retentirent, et plusieurs rebelles furent projetés contre les murs, leurs corps inertes glissant lentement, laissant des traînées de sang.

Elie serra les dents, la rage montant en lui. Il lança un regard à Sandra, qui acquiesça silencieusement. Ensemble, ils se faufilèrent par un corridor latéral, évitant les tirs croisés. Alors qu'ils contournaient l'une des barricades, Elie lança une grenade qui atterrit au milieu du groupe de soldats. L'explosion qui suivit fut si puissante que les soldats, pris dans la déflagration, furent projetés violemment contre les murs, leurs armures brisées, le sol jonché de morceaux de métal et de chairs déchirées.

Leur progression était lente, chaque couloir ressemblant de plus en plus à un enfer terrestre. Des cadavres s'entassaient, des flaques de sang s'étalaient sous les bottes. Les odeurs de poudre, de métal chauffé et chair brûlée imprégnaient l'air étouffant.

À un moment, ils tombèrent nez à nez avec un autre groupe de soldats lourdement armés. Ceux-ci ne perdirent pas de temps et tirèrent sans sommation. Un tir atteint un rebelle en pleine tête, son corps basculant immédiatement, laissant une traînée rouge vif contre le mur derrière lui. Elie, le cœur lourd, mais déterminé, se jeta sur le côté, couvrant Sandra alors qu'elle tirait une rafale qui faucha deux ennemis d'un coup.

Sandra tourna rapidement la tête pour vérifier les pertes. Deux rebelles à ses côtés avaient été abattus. Elle s'agenouilla, ramassant les armes de ses camarades tombés, les dents serrées par la douleur et la colère.

— Ils paieront pour chaque vie perdue, murmura-t-elle d'une voix remplie de haine.

Le dernier groupe de soldats fit une percée pour tenter de prendre les rebelles en tenaille. Des balles fusaient de toutes parts, perçant la chair, éclatant les armures. Dans cet affrontement sans merci, les hurlements de douleur, les ordres criés et les râles d'agonie se mêlaient à une symphonie macabre.

Les rebelles, bien qu'en infériorité numérique, continuaient de se battre avec une détermination féroce. Elie, au centre des combats, tirait sans relâche, avançant pas à pas sur un sol jonché de cadavres.

Les couloirs résonnaient désormais de chants de victoire macabres et de cris d'agonie. Les rebelles, galvanisés par leur avancée, semblaient avoir délaissé toute hésitation. La rage et l'instinct de survie transformaient leurs gestes en une violence débridée, implacable.

Les soldats de Selena, épuisés, les rangs clairsemés, opposaient une ultime résistance, mais ils étaient submergés par l'assaut inarrêtable des rebelles. Un soldat tenta de se cacher derrière un pilier, mais un rebelle l'attrapa par l'épaule, le tira brutalement en avant et lui enfonça son couteau d'un coup sec dans la gorge. Le sang jaillit, et le soldat s'effondra, inerte. Autour d'eux, les cris s'intensifiaient alors que les rebelles abattaient systématiquement chaque soldat qu'ils croisaient, sans pitié, leurs yeux brillants d'une soif de vengeance longtemps réprimée.

Sandra, armée d'un fusil récupéré sur un ennemi tombé, menait un groupe à travers les derniers couloirs. Ils avançaient désormais sur un sol jonché de corps mutilés, pataugeant dans des flaques de sang sombre. Les rebelles riaient presque dans la frénésie de leur rage libérée. Les derniers soldats qui tentaient encore de tenir leur position furent rapidement dépassés. Certains furent exécutés à bout portant, d'autres frappés sans relâche jusqu'à ce que leurs cris s'éteignent, ne laissant derrière eux qu'un silence de mort.

Elie, essoufflé et couvert de sang, celui de ses ennemis comme de ses camarades tombés, s'approcha de Sandra.

— Ils sont proches, murmura-t-il, son regard figé sur la porte métallique lourdement gardée au bout du couloir.

Sandra acquiesça d'un hochement de tête et fit signe aux autres de se mettre en formation. Ils approchaient des quartiers des Immortels, ce sanctuaire que les soldats avaient protégé au prix de leur vie. Elle sentait la tension qui pesait désormais sur chaque rebelle, consciente que ce qu'ils s'apprêtaient à affronter serait différent. Pourtant, personne n'hésita. Pas après tant de pertes. Pas après les horreurs qu'ils avaient vues.

La porte s'ouvrit, et ils pénétrèrent dans une salle plus vaste que les autres, aux murs recouverts de symboles anciens. Là, Selena les attendait, entourée des derniers Immortels qui lui étaient fidèles. Ils se tenaient droits, regardant les rebelles avec mépris et une lueur de défi, leurs visages empreints de cette froide supériorité qui les avait séparés de l'humanité depuis si longtemps.

Selena leva une main pour faire signe aux rebelles de s'arrêter, mais Sandra ne lui laissa pas le temps de parler. Elle s'avança, fusil levé, son regard empli d'une détermination meurtrière.

— C'est ici que ça s'arrête, Selena, cracha-t-elle. Nous en avons fini avec votre règne.

Selena, impassible, les observa, ses yeux brillants d'un éclat calculateur.

— Vous pensez vraiment pouvoir mettre fin à ce que nous avons créé ? L'immortalité, la connaissance, tout ce que nous avons acquis et préservé malgré les siècles ? Sa voix était glaciale, presque solennelle.

Elie fit un pas en avant, sa mâchoire serrée.

— Ce que vous avez créé a détruit ce monde et son âme. Il ne reste plus que la peur, la souffrance et la haine. Vous avez perdu tout contact avec la réalité.

Selena sourit, un rictus empreint d'amusement et de cruauté.

— Peut-être. Mais vous n'êtes pas prêts pour ce que ce monde deviendra sans nous. Sans nos connaissances, vous retournerez à l'obscurité, à la barbarie.

— Peut-être, répondit Sandra, mais au moins, nous serons libres.

D'un signe, elle donna l'ordre aux rebelles de se préparer. Les derniers Immortels échangèrent un regard silencieux, puis dégainèrent leurs armes dissimulées dans leurs robes. Un lourd silence s'abattit, une tension écrasante alors que chacun prenait conscience que la fin approchait, inévitable et sanglante.

Le dernier affrontement venait de commencer.

Le combat éclata en une explosion de violence fulgurante. Les rebelles, bien qu'armés et pleins de rage, se retrouvèrent face à des adversaires d'une précision et d'une efficacité redoutables. Les Immortels, forts de leurs siècles d'entraînement, esquivaient les coups avec une aisance glaciale, chaque mouvement calculé avec une froide efficacité.

Selena bondit en avant, sa silhouette fluide comme un serpent. D'un geste précis, elle esquiva une rafale de balles, glissant sur le côté pour abattre un rebelle d'un coup direct à la gorge. Son regard balayait la scène, scrutant chaque mouvement, chaque faille. Autour d'elle, les autres Immortels exécutaient les rebelles avec une habilité terrifiante, leurs gestes dénués de pitié.

Sandra, voyant ses camarades tombés un à un, sentit monter en elle une colère sourde. Elle se retourna vers Elie, et d'un regard, ils se comprirent et Elie rebroussa chemin dans les couloirs. Sandra serra les dents et fonça sur Selena, armée d'un couteau qu'elle avait ramassé au sol. Le regard de Sandra flamboyait de haine, une haine née des années de souffrance et de pertes infligées par ceux qui se croyaient au-dessus de l'humanité.

Selena la vit arriver et sourit, presque amusée par la détermination de son adversaire. Elle esquiva le premier coup de Sandra d'un mouvement souple, mais cette dernière enchaîna avec une rapidité surprenante, parant chaque tentative d'esquive avec une hargne qui dépassait tout ce que Selena avait rencontré jusqu'ici.

— Crois-tu vraiment pouvoir m'arrêter, Sandra ? murmura Selena d'une voix coupante.

— Je ne vais pas seulement t'arrêter, cracha Sandra, je vais t'arracher de ce monde comme tu nous en as arrachés.

Sandra poussa un cri et se jeta sur Selena, cherchant à la toucher, à infliger une blessure. Mais Selena bloqua son attaque, attrapant son poignet d'une poigne de fer, et d'un mouvement fluide, la fit basculer au sol. Sandra roula sur le côté pour éviter le coup de Selena, se redressa en un bond et se rua de nouveau vers elle, ignorant la douleur qui montait dans son épaule.

Le combat entre les deux femmes se transforma en une danse mortelle, où chaque coup résonnait comme le glas. Sandra attaquait avec tout ce qui lui restait de force et de fureur, mais Selena, expérimentée et méthodique, anticipait chaque mouvement, chaque feinte. Finalement, Sandra réussit à lui asséner un coup au visage, laissant une fine entaille sur la joue de Selena. Cette dernière porta la main à sa blessure, surprise, et un éclat de rage traversa ses yeux.

Selena n'hésita plus. Dans un mouvement brutal, elle agrippa Sandra par les cheveux, la forçant à plier sous sa force, et lui asséna un coup de poing si puissant que Sandra vacilla. Avant que cette dernière ne puisse se ressaisir, Selena lui brisa le poignet d'un coup sec, lui arrachant un cri de douleur déchirant. Mais même au sol, Sandra continuait à lutter, tentant de mordre, de griffer, de résister avec l'énergie du désespoir.

— Tu te bats bien, murmura Selena, presque admirative. Mais ta résistance ne signifie rien face à l'éternité.

D'un dernier coup, Selena plongea son arme dans le torse de Sandra, qui écarquilla les yeux sous le choc, son souffle se coupant brusquement. Elle tenta de murmurer quelque chose, un dernier mot peut-être, mais la vie s'échappa de son regard alors que Selena la laissait tomber au sol, inerte.

Autour d'elles, le massacre continuait. Les rebelles, bien que plus nombreux, commençaient à comprendre la portée du défi auquel ils faisaient face. Mais pour eux, reculer n'était plus une option.

La salle, déjà assombrie par le massacre récent, fut secouée par une violente explosion au loin. Les murs vibrèrent, et les derniers rebelles encore debout échangèrent des regards furtifs, inquiets. Selena, les mains tachées de sang de Sandra, se redressa en scrutant la salle.

Un bruit de pas lourd et déterminé résonna dans le couloir, puis une silhouette familière se dessina dans l'ombre, émergeant lentement de la pénombre. Elie, le visage marqué par la fatigue et la colère, entra dans la pièce, balayant d'un regard glacé les cadavres éparpillés autour de lui.

— Selena, lança-t-il d'une voix implacable. C'est terminé. Les caissons de stases sont détruits. Vos mondes numériques… tout ce que vous aviez créé pour fuir la réalité… n'existe plus.

Selena, absorbée par ses souvenirs, sembla vaciller un instant. Elle fixa Elie sans un mot, les yeux durs, mais la lueur d'arrogance immortelle qui y brillait semblait légèrement éteinte. Elle avança de quelques pas, l'air décidé, serrant les poings comme s'il retenait l'envie de la frapper.

— Rends-toi, ordonna-t-il, sans élever la voix. Rends-toi, pour que tu sois jugée pour tes crimes… avec tes pairs.

Les paroles d'Elie traversèrent Selena comme une lame, l'entraînant des années en arrière. Un souvenir précis ressurgit. Elle se rappelait les longues réunions dans les débuts de l'ère des Immortels, quand le conseil avait envisagé les pires scénarios. Des discussions sur la possibilité que des nations ou des groupes rivaux tentent de les capturer pour découvrir leur secret et en tirer profit. Ils avaient élaboré un plan d'urgence, une procédure sombre et irrévocable.

Des nanoparticules avaient été insérées dans chaque Immortel. Invisibles, inertes, elles dormaient en eux, prêtes à se réveiller en cas de capture. Le seul moyen de les activer était un bracelet qu'elle-même portait depuis des décennies, gravé dans le métal noir, un bouton discret au centre de la face intérieure. Ce bracelet n'avait jamais quitté son poignet, symbole de son autorité et de sa responsabilité.

Revenant brutalement au présent, Selena contempla Elie d'un regard étrangement apaisé. Elle adressa un regard intense aux autres Immortels encore présents dans la salle, comme pour leur transmettre un message silencieux, un adieu.

— C'est le moment, murmura-t-elle, sa voix résonnant étrangement dans le silence.

D'un geste lent, mais déterminé, elle leva son poignet, appuyant fermement sur le bouton central du bracelet.

Chapitre 11
Une mort éternelle

Elie fixa Selena, un sourcil froncé, sa main glissant instinctivement vers son arme, incertain de ce que signifiait son geste. Il était habitué aux stratégies tordues des Immortels, aux manipulations et mensonges, mais le regard calme de Selena le troubla.

— Qu'est-ce que tu viens de faire, Selena ? demanda-t-il, sa voix emplie de méfiance.

Selena le dévisagea avec un léger sourire teinté de tristesse. Ses yeux, jusqu'alors durs et calculateurs, semblaient maintenant presque apaisés, comme libérés d'un fardeau invisible. Elle leva lentement son poignet, montrant le bracelet noir qu'elle portait depuis toujours.

— Ce bracelet n'est pas qu'un symbole de pouvoir, commença-t-elle, sa voix basse, mais claire. Depuis le début de notre immortalité, nous savions qu'il y avait des risques… qu'un jour, peut-être, d'autres voudraient s'emparer de nous, de notre technologie. Nous avons pris une précaution.

Les autres Immortels présents, encore hagards après le combat, commencèrent à comprendre le poids des mots de Selena. Leurs visages, déjà marqués par des années de domination et d'isolement, se crispèrent sous l'effet de la peur et de l'incrédulité.

— Qu'as-tu fait, Selena ? demanda l'un des Immortels, une femme aux traits tirés qui se tenait appuyée contre le mur, les mains ensanglantées.

Selena inspira profondément, ses yeux fixés sur un point vague dans la pièce, puis elle répondit :

— Chaque Immortel a été équipé de nanoparticules dormantes… des machines microscopiques, logées dans notre corps dès notre transformation. Elles sont là pour une raison : si jamais notre existence devenait une menace insurmontable pour l'humanité ou si nous risquions d'être utilisés à des fins contraires à notre but initial… ces nanoparticules devaient être activées. Un acte de prévention, un dernier rempart.

Elie écouta en silence, essayant de contenir le tumulte de ses pensées. Il comprenait enfin la profondeur de la paranoïa des Immortels, jusqu'où ils étaient allés pour se protéger de leur propre création.

— Alors… tu t'apprêtes à mourir ? lâcha-t-il, encore sous le choc.

— Non, Elie, répondit-elle avec un sourire amer. Pas mourir. Être détruite. Il n'y aura pas de retour ni de résurrection pour nous. Ces nanoparticules nous désagrégeront, molécule par molécule. L'immortalité a été notre fardeau, et désormais, c'est notre fin.

L'un des Immortels encore conscients, un homme grand et d'apparence impérieuse, hocha la tête, le regard sombre.

— Nous étions censés guider l'humanité, la sauver de ses propres faiblesses, murmura-t-il. Mais si notre existence entraîne la destruction, alors… je suis prêt.

Cependant, d'autres Immortels réagirent autrement. Une femme, plus jeune en apparence, se redressa, le visage déformé par la peur et la rage.

— Selena, tu nous condamnes tous ! hurla-t-elle. Je refuse de disparaître à cause de ta vision idéaliste et obsolète ! Nous n'avons pas fait tout cela pour finir détruits !

Un murmure de désaccord et de panique monta parmi les autres Immortels. Certains, déjà affaiblis et épuisés par les combats, semblaient résignés, presque soulagés par cette fin inéluctable. D'autres, en revanche, lançaient à Selena des regards furieux, leur haine pour elle était palpable.

Elie observait cette scène, fasciné et horrifié à la fois. Ce groupe, autrefois si puissant, se déchirait maintenant, exposant au grand jour la fragilité de leur alliance et leur incapacité à accepter la fin.

— Nous n'avons jamais été des dieux, ajouta Selena d'une voix dure, coupant le brouhaha. Nous avons essayé de le devenir, mais nous avons échoué. À chaque pas, notre arrogance nous a conduits vers la ruine. Aujourd'hui, nous payons le prix de notre orgueil.

Le chaos explosa soudainement. Les Immortels qui refusaient leur condamnation se ruèrent vers Selena, leurs visages tordus par la rage et la peur. Une femme aux cheveux courts, l'une des plus jeunes en apparence, se précipita sur Selena avec un couteau récupéré sur un rebelle mort, hurlant de colère.

— Je ne mourrai pas pour ton idéalisme, Selena ! Nous avons le droit de vivre !

Selena, rapide malgré sa blessure, esquiva l'attaque de justesse. D'autres Immortels refusant la fin se joignirent au combat, frappant avec une violence frénétique. La salle se transforma en une mêlée brutale, les Immortels s'attaquant les uns les autres, tandis que les rebelles observaient, choqués et fascinés, par ce spectacle de dieux déchus.

Elie n'en croyait pas ses yeux. Ces êtres qu'il avait toujours perçu comme indestructibles, presque divins, se déchiraient avec une fureur primale, chacun luttant pour sa survie. Il vit Selena se défendre, repoussant ses anciens alliés, mais sa blessure ralentissait ses mouvements.

Un Immortel massif, au visage marqué par des siècles de mépris, se jeta sur elle, tentant de l'étrangler.

— Tu ne m'emporteras pas avec toi dans la tombe, Selena !

Elle le repoussa avec difficulté, sa main tremblante agrippant son propre couteau. Mais un autre Immortel armé, ayant ramassé un pistolet dans les mains d'un rebelle mort, se dirigea vers elle, prêt à tirer. Elie, instinctivement, réagit. Il leva son arme, tira sans hésiter, et le projectile transperça le cœur de l'Immortel, le faisant s'effondrer au sol.

Selena tourna la tête vers Elie, surprise et presque reconnaissante, un léger sourire égaré sur ses lèvres. Elle sembla comprendre l'intention d'Elie de la préserver pour un jugement, comme une justice attendue depuis trop longtemps.

— Pourquoi me sauver, Elie ? murmura-t-elle, haletante, son regard plongé dans le sien.

— Parce que même toi, tu dois répondre de tes actes devant les hommes, répondit-il fermement. Tu ne fuiras pas ta propre condamnation.

Le combat continuait autour d'eux, alors que les Immortels restants, ceux qui acceptaient leur sort, tentaient de défendre Selena face aux dissidents. Le groupe de rebelles se joignit finalement à la lutte, épaulant les Immortels qui soutenaient Selena et contribuant à repousser les insurgés. Le sol se tapissait de sang, des corps d'Immortels gisant parmi les cadavres des rebelles.

L'un des derniers Immortels récalcitrants, acculé, hurla avant de tenter une dernière percée vers Selena.

— Tu n'as aucun droit de nous condamner, Selena ! Nous sommes censés être éternels !

Mais avant qu'il ne puisse l'atteindre, un rebelle l'acheva d'une balle en pleine tête. Les dernières résistances s'éteignirent, le silence retombant brutalement dans la salle, encore imprégnée des échos de la bataille.

Selena regarda autour d'elle, le regard vague, contemplant le reste de ce qui avait été autrefois son monde, sa vision d'éternité. Ce n'était plus qu'un champ de ruines, peuplé de cadavres et d'ombres.

— L'éternité… n'existe plus pour nous, murmura-t-elle, d'une voix brisée.

Elle porta la main à son poignet, caressant le bracelet qu'elle avait déclenché quelques instants auparavant. Les nanoparticules, déjà à l'œuvre, poursuivaient leur lent processus de destruction, annihilant ce qui était le fondement des Immortels.

Elie s'avança vers elle, silencieux. La haine qu'il avait ressentie s'était transformée en une étrange forme de pitié.

— Nous t'emmènerons, Selena. Tu seras jugée pour tes crimes. Peut-être que, pour une fois, la justice sera rendue.

Selena acquiesça faiblement, résignée. Elle le suivit, avec le reste des Immortels, entourés par les rebelles survivants. Pour la première fois depuis des siècles, l'ancienne Immortelle marchait vers son destin, mortelle comme les autres, terriblement humaine.

Les rebelles entouraient Selena, certains, le regard dur, la mâchoire crispée, d'autres semblaient simplement épuisés. Les murmures commencèrent à s'élever dans la petite assemblée, comme un grondement de tempête imminente.

— Pourquoi la laisser en vie ? lança brusquement une voix, celle de Mateo, un rebelle massif aux bras couverts de cicatrices. Elle mérite bien pire que la mort pour ce qu'elle a fait. Des générations ont souffert à cause d'elle et de ses pairs.

Un groupe de rebelles approuva en silence, jetant des regards noirs à Selena, qui les fixait calmement, immobile au centre du cercle qui s'était formé autour d'elle.

— Nous devrions en finir ici et maintenant, poursuivit Mateo, en s'approchant d'Elie. Elle ne mérite ni pitié ni justice. Elle a passé des siècles à nous traiter comme des insectes. On va se comporter humainement envers elle ? Ridicule.

Elie, malgré la fatigue et la douleur, se redressa, sa voix portée par une détermination farouche :

— Non, Mateo. C'est exactement ce qu'ils ont fait, nous réduire à de simples exécutants sans âme, sans raison. Si nous voulons reconstruire quoi que ce soit de solide après cette guerre, cela commence par nos choix, ici, aujourd'hui.

Mateo le dévisagea, incrédule.

— Tu veux lui offrir un procès, comme si elle était l'une des nôtres ? Elie, tu as vu ce qu'elle est capable de faire. Elle manipule tout et tout le monde depuis des siècles ! Si on la laisse parler, elle nous embobinera tous avec ses beaux discours.

Un autre rebelle, Dana, intervint d'une voix plus posée, mais non moins chargée de rancœur.

— Elie, combien de fois as-tu vu des amis tomber pour cette guerre ? Combien de vies ont été ruinées ? Nous n'avons ni le temps, ni les moyens de traiter cette… cette criminelle comme une humaine.

Elie prit une profonde inspiration, son regard glissant sur Selena, qui restait silencieuse, mais observait les échanges avec attention.

— Je comprends votre haine, répondit-il, la voix basse, mais ferme. Moi aussi j'ai perdu bien des proches. Mais c'est justement parce que tant de gens ont souffert que je ne veux pas que nous devenions ce qu'ils étaient. Les Immortels ont ignoré nos vies, méprisé notre humanité. Si nous les imitons, alors tout ce qu'on a fait, tous ceux qui sont tombés n'auront servi à rien.

Mateo rétorqua, s'emportant davantage :

— Tu parles de valeurs humaines, Elie, mais tout ce qu'on a vécu, tout ce qu'on a subi sous leur joug… et tu oses parler de valeurs pour eux ?

Selena, jusque-là silencieuse, fit un pas en avant, attirant l'attention de l'assemblée.

— Je suis prête à affronter votre justice, déclara-t-elle d'une voix froide, mais calme. Mais ne croyez pas que cela effacera des siècles de souffrance. Vous voulez me juger ? Alors, jugez-moi pour mes actes et les choix que j'ai faits, mais ne vous attendez pas à ce que je m'effondre en supplications.

Son ton provocant déclencha un frisson de colère chez certains rebelles, mais Elie intervint de nouveau :

— Alors tu devras répondre à chaque question, devant chaque personne ici, sur tout ce que tu as fait et pourquoi tu l'as fait.

Un silence tendu s'installa, tandis que le groupe digérait les propos de chacun. Dana finit par prendre une profonde inspiration, apparemment calmée.

— Très bien, Elie, dit-elle. Nous te suivrons dans cette voie. Mais si elle nous manipule encore, si elle ment… nous la jugerons sans pitié.

Elie acquiesça, conscient du poids de cette promesse.

Ils formèrent un cercle autour de Selena et l'escortèrent hors du complexe, au milieu des débris et des ruines. Elle avançait, le visage impassible, acceptant les regards d'hostilité et les mots chargés de colère qui l'entouraient.

Au fond de lui, Elie espérait que ce procès serait plus qu'une simple vengeance. Ce jugement, pour lui, représentait l'amorce d'une nouvelle époque, où l'humanité pourrait enfin panser ses plaies et revendiquer sa dignité.

La pièce exiguë où Selena était enfermée baignait dans une lumière froide. Des ombres vacillaient sur les murs de béton brut, jetant une ambiance lugubre autour de la silhouette immobile de l'Immortelle. Ses poignets étaient attachés, bien que cela semblait superflu. Fatiguée, amaigrie, elle n'avait plus l'aura imposante de jadis. Pourtant, son regard était toujours aussi perçant.

Elie entra dans la pièce, ferma la porte derrière lui et observa Selena un long moment, en silence. Il avait tant de questions, tant de colère accumulée, mais il savait qu'il devait rester calme s'il voulait obtenir des réponses.

— Pourquoi, Selena ? commença-t-il, d'une voix presque douce, mais teintée de douleur. Pourquoi avoir choisi ce chemin ? Vous, les Immortels, vous aviez le pouvoir de faire tellement… mais tout s'est transformé en cauchemar.

Selena soutint son regard, indifférente.

— Crois-tu vraiment que c'était si simple ? répondit-elle d'une voix calme, teintée de lassitude. Nous avions des rêves. Tous, au début. Des rêves de paix, de prospérité pour tous. Mais ce monde que tu connais n'est pas le résultat d'un simple choix. C'est la conséquence d'innombrables sacrifices… et d'échecs.

Elie se pencha légèrement en avant, l'air sceptique.

— Des sacrifices ? Vous avez asservi l'humanité entière. Vous avez poussé des générations à la misère et à la souffrance sous vos ordres. Comment as-tu pu penser que cela pourrait être justifié ?

Selena poussa un soupir, presque imperceptible.

— Les choses n'étaient pas toujours ainsi, Elie. Au début, l'humanité faisait face à des menaces existentielles : des guerres sans fin, des pandémies incontrôlables, des écosystèmes ravagés par les changements climatiques. Les nations se déchiraient, le chaos s'étendait partout. Des milliards de vies étaient en jeu. Dans ce contexte, l'immortalité est apparue comme une solution… une promesse de stabilité et de survie.

Elie secoua la tête, incrédule.

— Et donc, la solution était de régner en dieux impitoyables ? D'écraser toute tentative de résistance ? De réduire l'humanité à l'état d'esclavage ? C'est ça que vous appelez stabilité ?

Un éclat de tristesse traversa les yeux de Selena.

— Nous étions des scientifiques, des chercheurs. Nous n'étions pas des politiciens, et pourtant nous avons fini par prendre des décisions politiques. C'est là que les choses ont commencé à se dégrader. Plus nous avancions, plus nous réalisions que pour maintenir l'ordre, il fallait aussi maintenir le contrôle. La technologie, l'immortalité, ce que nous étions devenus… tout cela exigeait des sacrifices constants. Ceux qui se sont opposés à ce système étaient soit éliminés, soit… asservis.

Elie resta silencieux un instant, digérant ces mots.

— Et c'est pour cela que les Immortels ont fini par s'isoler, à s'enfermer dans des mondes virtuels, comme pour oublier tout le mal qu'ils avaient causé ?

Selena baissa les yeux, son visage s'assombrissant.

— Avec le temps, certains n'ont plus supporté la réalité. Les mondes numériques étaient devenus un refuge. Pour eux, c'était un moyen d'échapper à la culpabilité, à l'angoisse de voir l'humanité sombrer et de ne pas être capables de réparer nos erreurs. Moi-même… j'ai douté, souvent. Mais je n'ai jamais pu fuir totalement comme eux.

Elle releva les yeux vers Elie.

— Ce que tu vois aujourd'hui, cette humanité fragmentée, exsangue, ce n'est pas ce que nous souhaitions. Mais l'immortalité est un pouvoir qui finit par corrompre ceux qui y goûtent. Nous avons été aveuglés, nous avons fait des choix que nous pensions être les seuls possibles.

Elie la dévisagea, son regard mêlant colère et incompréhension.

— Et tu penses que l'humanité peut te pardonner ?

Selena resta silencieuse un moment, comme pour chercher ses mots.

— Je ne cherche pas le pardon, Elie. Ce que j'ai fait… ce que nous avons fait est impardonnable. Mais il y a une chose que je peux encore offrir : la vérité. Dans le complexe, il y a un dossier, une archive sauvegardée. Il contient les faits, les choix, les erreurs. Tout ce que nous avons traversé pour en arriver là.

Elie fronça les sourcils, hésitant.

— Et pourquoi devrais-je te croire ? Peut-être qu'il ne s'agit que d'une tentative de manipulation.

— Peut-être, admit Selena, un léger sourire triste aux lèvres. Mais peut-être aussi qu'il est temps pour vous de comprendre, vraiment, ce qui a conduit ce monde au bord du gouffre. Tu cherches des réponses, Elie. Cette archive les contient toutes.

Après un moment de réflexion, Elie hocha la tête.

— Très bien, dit-il, se redressant. Je vais envoyer quelqu'un la chercher.

Il sortit de la pièce, laissant Selena seule dans son silence. Tandis que les portes se refermaient, elle resta là, perdue dans ses pensées, se demandant si la vérité qu'ils allaient découvrir allait enfin apporter une certaine forme de paix, ou si elle ne ferait que réveiller davantage de douleur et de rage.

Les archives étaient une collection exhaustive, dense et vertigineuse d'informations. Chacune des données collectées semblait ajouter une nouvelle strate d'horreur et de tragédie à l'histoire des Immortels et de leur influence tentaculaire sur le monde. Elie, assis devant la console où défilaient des milliers de documents, contemplait en silence la réalité brutale de l'immortalité.

Il commença par les premiers rapports. Ils retraçaient les tentatives des grandes puissances, des nations entières, pour s'emparer de cette technologie qui garantissait une existence éternelle. Les luttes d'influence pour l'immortalité n'avaient pas tardé à éclater ; les gouvernements et les organisations militaires avaient mis en place des plans pour voler, voire extorquer, ce savoir naissant. Les récits de trahisons, d'espionnages, d'alliances éphémères entre États, puis d'effondrements rapides de ces alliances ne cessaient de défiler.

Des dossiers rapportaient les intentions d'employer l'immortalité pour manipuler le monde à des fins d'hégémonie. Des projets détaillés décrivaient comment les dirigeants rêvaient d'introduire des maladies modifiées dans des régions entières, de décimer les populations rivales pour asseoir leur suprématie. Certains projets prévoyaient même de modifier génétiquement des élites politiques et militaires pour les rendre invulnérables, à l'abri du temps et des attaques, formant une classe éternelle qui ne craindrait plus ni la vieillesse ni la mort.

Face à cette marée d'avidité et de violence, les Immortels, qui auraient pu jouer les médiateurs ou rester dans l'ombre, avaient au contraire opté pour la répression brutale. Dans chaque document apparaissait une nouvelle forme de réponse : dans certains cas, des régiments entiers avaient été pulvérisés par des agents biologiques créés pour infecter des troupes spécifiques. Dans d'autres situations, des villes avaient été anéanties, leurs habitants considérés comme « sacrifices nécessaires » pour garantir que l'immortalité reste entre les mains de ceux jugés dignes de la posséder. Les Immortels avaient fait pleuvoir la destruction sur les nations avides, broyant toute tentative d'appropriation de leur savoir.

Elie découvrit ces récits avec un mélange d'incrédulité et d'effroi. Ces massacres, ces exécutions de masse, étaient décrits avec un calme froid, comme s'il ne s'agissait que de simples procédures pour « protéger le savoir ». Des populations avaient été effacées de la carte, des civilisations réduites à néant en une poignée de jours, simplement pour éviter toute opposition à l'autorité des Immortels. Le prix de leur existence éternelle était imprégné de sang et de souffrance.

Dans ces archives, le détachement glacial de Selena se révélait à travers chaque décision, chaque ordre, chaque justification. Elie parcourait les dossiers de destructions de villes entières, marquées par une froide indifférence, documentées avec une rigueur clinique, sans aucun mot de regret ou de compassion.

L'un des rapports dépeignait l'annihilation d'une capitale, une ville autrefois prospère et vivante. Située dans une région qui avait tenté de rallier plusieurs nations contre les Immortels, cette ville devint rapidement l'exemple même de la répression. Selena, présidant le Conseil des Immortels à l'époque, avait dicté une procédure simple, mais brutale : envoyer un agent pathogène invisible et dévastateur.

« **Action planifiée : dispersion du virus létal ThV9 dans les circuits de ventilation publics. Résultats attendus : décès de 100 % de la population sous 72 heures. Priorité : neutralisation des dirigeants rebelles. Impact secondaire : effets sur les civils. Risque de propagation externe contrôlé par confinement de la région après l'épidémie.** »

Le compte-rendu détaillait la façon dont les habitants, ignorants de leurs sorts, avaient continué à vaquer à leurs activités jusqu'à ce que le virus se répande. En quelques heures, les malades avaient commencé à apparaître. Fièvres foudroyantes, hémorragies internes, et une agonie lente pour chaque victime, de l'enfant au vieillard. Les corps s'amoncelaient dans les rues, une vision d'apocalypse, tandis que le Conseil, sous la direction de Selena, observait avec froideur.

Le rapport suivant décrivait une réunion du Conseil pour analyser les effets du « traitement ». Selena présidait, et les autres Immortels écoutaient ses conclusions d'une voix sèche, sans un tremblement ni un regard d'humanité :

— La rébellion a été écrasée, aucun survivant parmi les dirigeants. Une réduction drastique de la population a été observée. Les cadavres ont été rassemblés incinérés selon les procédures pour éviter une contamination inutile. Les objectifs sont atteints. Mesures similaires recommandées pour les futures rébellions de cette nature.

Mais cette ville n'était que le début. D'autres documents suivaient, comme celui détaillant la destruction d'un regroupement de cités du nord du pays sous l'appellation d'Astranord. Les citoyens d'Astranord, résolus à protéger leur autonomie, avaient bâti une coalition secrète avec d'autres regroupements afin d'organiser une résistance armée contre les Immortels. Selena, informée, ordonna un assaut direct, sans la moindre hésitation.

Dans ce cas, elle choisit une frappe aérienne suivie d'une mise à feu de toute la ville. Ses ordres étaient d'une froideur clinique :
« **Assaut avec bombes thermobariques. Objectif : élimination complète de la population pour empêcher toute reconstruction. Mesures de sécurité pour empêcher tout survivant de quitter la zone. Résultat attendu : éradication totale.** »

L'assaut sur Astranord fut d'une brutalité sans précédent. Les bombes thermobariques détruisirent la ville en une série d'explosions qui déchirèrent le ciel, laissant derrière elles une chaleur incandescente qui dévora tout sur son passage. Les flammes léchaient les murs des bâtiments, pulvérisant les fondations et engloutissant les civils pris au piège dans un brasier inévitable. À la fin, Astranord n'était plus qu'un champ de ruines fumantes, un désert de cendres et de restes de cadavres.

Les témoignages des espions, ajoutés aux rapports, soulignaient que Selena n'avait jamais cherché à se cacher de ses choix. Elle observait les vidéos de surveillance des frappes sans ciller, ses yeux suivant les flammes qui consumaient la ville. Pour elle, chaque destruction n'était qu'un acte nécessaire pour protéger un savoir plus précieux que des milliers de vies humaines.

Un autre exemple glaçant provenait d'une région regroupant anciennement la Suisse, le nord de l'Italie et une grande partie de l'est de la France. Elle avait pris le nom de Helvoria, une terre pacifique qui avait simplement refusé de rendre hommage aux Immortels. Là, Selena opta pour une stratégie de terreur psychologique. Elle ordonna que des « exemples » soient faits des dirigeants locaux. Ces derniers furent publiquement torturés et exposés pour rappeler à toutes les autres cités les conséquences de la désobéissance.

« **Objectif : contrôle par la peur. Cible : citoyens réfractaires. Méthode : mutilation et exposition des corps dans des lieux publics**

stratégiques. Résultats attendus : effondrement de la résistance morale des citoyens de la région. »

Les récits de la violence et de la barbarie froide dans Helvoria firent le tour des survivants et instillèrent une terreur viscérale dans les communautés environnantes. Les corps mutilés restaient suspendus en place publique, victimes des sévices de Selena, comme des marionnettes grotesques abandonnées, rappelant à chacun ce qu'impliquait la désobéissance.

Selena, face à ses décisions, n'exprimait aucune émotion. Pour elle, chaque massacre, chaque ville effacée de la carte était un calcul, une variable dans l'équation qui lui permettait d'assurer la survie de ce qu'elle voyait comme le seul espoir de salut de l'humanité.

Enfin, un fichier particulier attira l'attention d'Elie. C'était un enregistrement. Celui de Selena elle-même. Le document était marqué comme « Témoignage final ». Une vidéo tremblante montrait Selena, il y a quelques jours, son visage tiré, mais exprimant une résignation intense.

Elie prit une profonde inspiration avant de commencer à écouter :

— À ceux qui liront ce témoignage… Peut-être qu'à ce moment nous aurons tous disparu, balayés par la folie que nous avons engendrée. Ou peut-être avons-nous gagné, mais à quel prix ? Je ne sais pas si ce que nous avons accompli peut encore être qualifié de progrès. Nous avons voulu le meilleur pour l'humanité… ou du moins, c'est ce que nous nous disions. Nous avons voulu donner aux gens le temps nécessaire pour surmonter leurs faiblesses, pour faire naître une nouvelle civilisation affranchie de la peur de mourir.

Sa voix se brisa, et un regard empli de douleur traversa ses yeux.

— Mais ce que nous avons offert n'a été que désolation et souffrance. Nos idéaux ont été piétinés, nos espoirs déformés en instruments de contrôle et de violence. Peut-être étions-nous fous de penser que l'immortalité serait une bénédiction. Peut-être que ce pouvoir n'aurait jamais dû exister. Nous n'avons pas permis à l'humanité d'évoluer naturellement. Au lieu de cela, nous avons tenté de la forcer, de la façonner… et pour cela, nous avons payé le prix.

Elle fit une pause, comme pour chercher ses mots, ses yeux perdus dans le vide.

— Je suis fatiguée. Nous sommes tous fatigués. Ceux qui restent parmi nous se cachent dans les mondes virtuels pour échapper à leurs propres échecs. Mais moi… moi, je ne peux plus fuir. J'espère seulement qu'un jour, si ce savoir perdure, quelqu'un l'utilisera pour construire quelque chose de meilleur. J'espère que ceux qui me succéderont ne répéteront pas nos erreurs, qu'ils sauront redonner à l'humanité ce qui lui a été volé : son droit de choisir son destin. Peut-être que ce message sera détruit, oublié… mais si ce n'est pas le cas, je vous en conjure : ne laissez pas notre folie renaître. Laissez la vie suivre son cours naturel. Peut-être que… peut-être que c'est ce qui est vraiment divin : accepter sa mortalité.

Le témoignage s'arrêta là, laissant Elie silencieux, l'esprit lourd de la réalité terrifiante qu'il venait de découvrir.

Ce que les Immortels avaient construit, ce pour quoi ils avaient tant sacrifié, n'était plus qu'un cauchemar sanglant, un monument de fierté et de cruauté érigé sur les ruines de l'humanité. Mais peut-être, grâce à cette archive, le passé pourrait-il enfin éclairer un chemin différent, moins brutal, moins aveugle, pour les générations à venir.

Elie, ayant parcouru ces archives, ressentait l'horreur viscérale de chaque acte, chaque choix de Selena. Pour lui, ces villes n'étaient pas de simples noms sur un rapport : elles représentaient des vies, des âmes éteintes pour un idéal monstrueusement déformé. Face aux derniers mots de Selena dans les documents, qui espérait voir une humanité capable de « renaître », Elie ne voyait plus qu'une civilisation broyée sous l'impitoyable volonté des Immortels.

Dans la froideur du cachot où Selena était enfermée, Elie la fixait, cherchant dans ses yeux une once de regret, un fragment de culpabilité. Pourtant, même maintenant, son visage restait impassible, son regard, dur comme de la pierre, ne trahissait aucun remords. Les traces de sang sur le coin de sa bouche, signe d'une dégradation inexorable, n'avaient pas altéré sa dignité ni la force glaciale qui se dégageait d'elle.

— Tu n'as donc aucun regret ? Aucune pitié pour toutes ces vies détruites ? demanda Elie, incrédule devant son indifférence.

Selena l'observa calmement, un mince sourire se dessinant sur ses lèvres. Sa voix, bien que plus rauque et affaiblie, gardait son ton tranchant et mesuré.

— Regretter ? Elle fit une pause, puis continua, son regard perçant fixé sur Elie. Non, Elie. Je ne regrette rien de ce que j'ai fait. Chaque décision, chaque destruction, chaque sacrifice… tous étaient nécessaires. Nous, les Immortels, avions un savoir que l'humanité n'était pas prête à posséder.

Elle toussa, une toux gutturale, et du sang perla de ses lèvres, maculant son menton. Sa main s'y porta lentement, et, en contemplant le liquide sombre, une expression presque absente traversa son visage.

— Les villes, les hommes, les femmes, les enfants… ils étaient des dommages collatéraux dans une guerre pour la survie de l'humanité elle-même.

— Non, Selena. Elie secoua la tête avec une fureur contenue. Ce que tu appelles « survie » était une domination brutale. Un contrôle exercé par la peur, au détriment des plus faibles. Tu as justifié des massacres entiers en les qualifiant de « nécessaires ». Rien n'était nécessaire, Selena. Tu avais perdu le sens même de la vie.

Elle resta silencieuse un instant, comme absorbée dans ses propres pensées, tandis que son visage pâlissait sous l'effet de la souffrance qui s'insinuait en elle. Lentement, elle esquissa un faible sourire amer, comme une concession qu'elle n'aurait jamais imaginé faire.

— Perdu le sens de la vie, dis-tu ? Elle essuya d'un geste rageur le sang sur son menton, comme pour refuser d'accepter sa faiblesse. Peut-être… Oui, peut-être est-ce cela, Elie. À force de vouloir transcender la mortalité, nous avons oublié ce que signifiait de vivre. De ressentir, d'aimer… ou même de haïr vraiment. Nous étions devenus des ombres de nous-mêmes. Des dieux froids et immortels, mais déconnectés de la vie.

Elie l'observa, percevant la vérité perverse dans ses mots, mais sans être prêt à lui accorder la moindre sympathie. Elle avait tant détruit, avait annihilé tout ce qui s'était mis sur son chemin, et maintenant, aux portes de la mort, elle semblait seulement effleurer le sens de ce qu'elle avait renié.

Selena, soudainement, prit une grande inspiration, son regard se perdant dans le vide, comme si elle s'adressait autant à elle-même qu'à lui.

— Ironique, n'est-ce pas ? Ce n'est que maintenant, alors que la fin approche, que je commence à ressentir ce que signifie réellement… être en vie. Sentir la douleur, le sang qui coule, les organes qui se délitent. Ce… goût amer dans la bouche.

Elle sourit faiblement, l'ironie de sa situation apparaissant dans ses yeux éteints, et ajouta dans un murmure presque intime.

— Oui, je suis heureuse que cela se termine enfin.

Elie resta silencieux, observant cette femme puissante, autrefois invulnérable, s'effondrer lentement. Son corps, habitué à lutter contre toutes les maladies, semblait maintenant répondre à la mort de façon inéluctable. Mais dans son dernier souffle de dignité, Selena redressa la tête, son regard s'affermissant une dernière fois.

— Dis-leur, Elie. Dis aux tiens qu'ils ne trouveront rien dans l'immortalité. Qu'il n'y a rien à chercher là-dedans… car la vie, la vraie, n'est précieuse que par sa fin. Elle marqua une pause, un éclat presque maternel traversant son regard. Et sache que je vais accueillir cette mort comme la seule chose que j'aurai vraiment méritée.

Elle ferma les yeux, épuisée, ses dernières paroles résonnant comme un aveu. Elie resta là, abasourdi, conscient de la brutalité de sa vie, mais comprenant peut-être pour la première fois, que Selena avait touché un fragment d'humanité dans ses derniers instants.

Selena, déjà pâle et tremblante, détacha lentement le bracelet de son poignet, ses doigts glissant difficilement autour du fermoir comme si chaque mouvement coûtait un effort énorme. Son regard fixé sur Elie, elle lui tendit l'objet avec une gravité solennelle.

— Prends-le, Elie. Il reste encore un fragment… de tout ce que nous avons fait. Une sauvegarde automatique, enclenchée dès l'activation des nanoparticules. Sa voix n'était plus qu'un murmure, comme si chaque mot, chaque syllabe, arrachait une part d'elle-même.

Elie, le visage tendu, s'approcha pour saisir le bracelet, ses doigts effleurant la peau glacée de Selena. Elle se redressa faiblement, fixant un dernier regard intense, empreint de résignation et d'une étrange sérénité, sur lui.

— Peut-être que dans ces données, tu comprendras vraiment… ou peut-être, tu brûleras tout, sans rien vouloir savoir. Ce sera ton choix, Elie.

Puis, son corps fut secoué par une nouvelle quinte de toux, violente, brutale, qui projeta un mince filet de sang rouge vif contre ses lèvres déjà bleuies. L'hémorragie sembla s'intensifier, le sang s'écoulant en traînées fines le long de son menton, jusqu'à former des gouttes sombres qui venaient se perdre dans le tissu de sa tenue.

Chaque souffle devenait une agonie, et son regard, autrefois si perçant, se voilait peu à peu, perdant de son éclat. Ses lèvres, tâchées de rouge, tremblèrent légèrement tandis qu'elle murmurait, comme pour elle-même.

— Oui… mourir, enfin… cette mort que j'ai si longtemps niée…

Son corps se mit à trembler, et des écoulements de sang s'élargirent au niveau de sa poitrine et de son ventre, signe des dégâts irréparables qui consumaient maintenant ses organes. Les flux sombres et visqueux coulaient lentement, implacablement, chaque goutte marquant la dissolution de ce qui avait été Selena, l'Immortelle impitoyable.

Finalement, elle s'effondra complètement, son visage pâle, figé dans une expression de calme étrange, presque paisible. Le silence retomba dans la cellule, seulement troublé par le léger ruissellement des dernières gouttes de sang venant teinter le sol d'un rouge profond.

Elie resta debout, tenant le bracelet dans sa main, l'esprit assailli par un tourbillon d'émotions contradictoires : soulagement, horreur, et peut-être… une certaine pitié pour cette femme qui, dans ces derniers instants, avait effleuré la fragilité humaine. Le poids du bracelet dans sa paume semblait plus lourd que jamais, comme s'il contenait non seulement la mémoire de Selena, mais celle d'un monde qui venait de s'effondrer avec elle.

Une fois le silence retombé dans la cellule, Elie sortit, son visage fermé, et retrouva le reste des rebelles qui l'attendait à l'extérieur. L'atmosphère était tendue, chargée d'une colère et d'un ressentiment brut, comme une tempête prête à éclater. Les rebelles, les poings serrés et les regards sombres fixaient Elie, chacun arborant une expression de haine non dissimulée.

— Alors… c'est fini ? demanda Lukas, la voix tremblante de rage contenue. Tu l'as laissé mourir sans qu'on puisse lui rendre la monnaie de sa pièce ?

Les murmures d'approbation s'élevèrent dans le groupe, une vague de frustration et de fureur grondant sous la surface.

— C'est tout ? Après tout ce qu'ils ont fait, ils nous échappent sans châtiment ? Sans justice ? s'écria une autre rebelle, Zara, en lançant un regard enflammé à Elie. Ils nous ont pris notre famille, notre liberté, tout… et ils s'en tirent avec la mort ?

Elie inspira profondément, le poids de cette haine palpable pesant sur lui. Il comprenait cette douleur, cette amertume. Lui-même avait tant de fois ressenti le besoin de vengeance, ce désir brûlant de faire payer les Immortels pour tout ce qu'ils avaient pris et détruit. Mais il savait aussi que répondre par la barbarie ne conduirait qu'à perpétuer ce cycle infernal.

— Écoutez-moi, dit-il d'une voix ferme, cherchant les regards agités des rebelles. Ils ont déjà reçu leur châtiment. Leur immortalité, leur pouvoir… tout s'est retourné contre eux. Ils ont fini seuls, perdus dans leur propre enfer.

— Et qu'est-ce que ça change pour nous ? gronda Lukas. On leur devait un procès, des souffrances. Nous avions le droit de les voir payer !

Elie secoua lentement la tête, sa voix se faisant plus douce, presque triste.

— Si nous agissons comme eux, en laissant la haine nous aveugler, alors nous devenons ce qu'ils étaient. Nous sommes censés reconstruire, pas brûler les restes du monde. Si nous profanons leurs corps, si nous agissons en barbares, alors nous leur donnons raison. Nous montrerons que l'humanité n'a pas évolué, qu'elle est toujours plongée dans la vengeance et la destruction.

Un silence pesant s'abattit sur le groupe, les regards s'atténuant peu à peu, les poings se desserrant. Certains semblaient encore bouillir de l'intérieur, mais Elie sentait que ses mots trouvaient leur écho, que la colère cédait la place à une réflexion plus profonde.

— Alors on devrait les laisser reposer comme si de rien n'était ? demanda Zara, son ton se faisant plus hésitant, plus vulnérable.

— Non, répondit Elie avec gravité. Leur chute est une leçon pour nous. Une leçon sur ce que nous ne devons jamais devenir. Mais si nous voulons être dignes de reconstruire ce monde, nous devons laisser cette colère derrière nous.

Les rebelles se regardèrent, l'hésitation se lisant sur leurs visages. Ils savaient qu'Elie avait raison, mais accepter cette vérité était une autre épreuve, presque aussi difficile que les batailles qu'ils avaient livrées. L'un après l'autre, ils acquiescèrent en silence, la dureté de leur regard se muant en une résolution nouvelle.

Lukas s'avança finalement, tendant la main vers Elie.

— D'accord Elie… si nous voulons avancer, il nous faut un chef. Quelqu'un avec ta vision, ton calme. Tu as prouvé ta valeur et ta sagesse. Nous avons besoin de toi pour guider ce groupe… pour nous guider vers ce nouveau monde.

Les autres rebelles murmurèrent leur approbation, un sentiment de respect et de confiance émanant du groupe. Elie, surpris par cette nomination inattendue, sentit une chaleur étrange l'envahir, mêlé de responsabilité et de devoir.

— J'accepte… murmura-t-il, cherchant ses mots. Mais sachez que reconstruire sera bien plus difficile que détruire. Nous aurons des choix difficiles à faire, des sacrifices à consentir. Mais si nous restons unis, si nous gardons à cœur les leçons de ce passé, alors peut-être… peut-être pourrons-nous offrir à ceux qui viendront une chance de vivre autrement.

Le groupe entier hocha la tête, désormais prêt à tourner la page, à laisser derrière eux le chaos des Immortels pour entamer un chemin bien plus ardu : celui de la reconstruction et de la renaissance de l'humanité.

Quatrième partie
Le nouveau départ

Chapitre 12
Renaissance

Le vent soufflait sur les ruines, portant avec lui des éclats de verdure et le chant ténu des oiseaux qui, doucement, reprenaient possession de la Terre. Les cendres des anciennes cités immortelles se mêlaient aux sols fertiles, où l'herbe commençait déjà à repousser, recouvrant peu à peu les restes des batailles passées. Ce spectacle n'était rien de moins qu'une promesse de guérison pour un monde marqué par des siècles de souffrance et de corruption.

Autour d'Elie, les survivants se tenaient silencieux, observant cette renaissance avec un mélange de tristesse et de gratitude. Après la destruction des caissons, des technologies et des forteresses immortelles, un poids invisible s'était levé de leurs épaules. C'était une terre lourde de cicatrices, mais, pour la première fois depuis des siècles, elle respirait, libre des chaînes de l'immortalité.

— Alors, que faisons-nous maintenant ? demanda Lukas, le regard tourné vers Elie. On a détruit leur monde, mais… comment on bâtit le nôtre ?

Elie inspira profondément, scrutant les collines, les ruines couvertes de végétation renaissante. Cette question le hantait depuis des jours. Ils avaient su détruire, certes, mais reconstruire exigeait un autre type de force, une vision qui surpassait la simple survie.

— Nous devons commencer par quelque chose de simple, répondit Elie. Des villages, des fermes… des choses modestes, mais solides. Nous avons été réduits en esclavage par les promesses de grandeur et de pouvoir. Il est temps de retrouver des valeurs plus modestes, plus humaines.

Les rebelles, devenus bâtisseurs malgré eux, s'approchèrent, chacun avec des idées de ce que pourrait être ce nouveau monde. Certains voulaient rétablir des villages indépendants, d'autres rêvaient de communes solidaires où chaque individu pourrait se consacrer à sa tâche tout en se mettant au service des autres. Tous partageaient le désir de renoncer aux erreurs du passé.

Elie décida de mettre en place un conseil de communauté, où chacun pourrait exprimer ses idées et où les décisions seraient prises de manière collective, sans autorité unique.

— Nous devons nous rappeler pourquoi nous sommes ici, dit-il en regardant le groupe d'anciens rebelles. La nature nous offre une chance de guérir, mais elle exige de nous le respect. Plus jamais de domination ni de technologie démesurée. Nous devons réapprendre à vivre avec elle, non contre elle.

Une jeune femme, Zara, hocha la tête et déclara : « Nous devons aussi transmettre cette histoire à ceux qui viendront après nous. Ils doivent savoir pourquoi l'immortalité a détruit le monde et ce que cela nous a coûté pour le restaurer. »

— Il faudra une nouvelle éducation, renchérit Lukas. Pas de savoirs interdits, pas de savoirs gardés pour des élites. Nous avons tous vu ce que cela crée.

Leurs voix résonnaient avec détermination, portées par une vision collective d'un avenir fondé sur des principes de simplicité et d'équité. Alors que les jours passaient, chacun se mit à l'œuvre : ils défrichèrent les terres, construisirent des maisons de pierre et de bois, puis cultivèrent les champs. Les premières récoltes furent partagées entre tous, et peu à peu, ils bâtirent une société où chacun contribuait et se soutenait mutuellement.

Chaque soir, Elie contemplait les étendues vertes qui reprenaient vie, une paix nouvelle l'habitait. C'était une renaissance, non seulement pour la Terre, mais pour l'humanité elle-même, enfin libérée de ses chaînes d'immortalité.

En son for intérieur, Elie savait que ce n'était qu'un début. Mais, pour la première fois, il sentit que ce début était ancré dans quelque chose de juste et de durable.

Les mois passèrent, et une routine s'installa. Les membres de la communauté se répartirent les tâches nécessaires à leur survie. Certains s'occupaient de la pêche et de la chasse de manière raisonnée, d'autres cultivaient les terres, et certains encore enseignaient les jeunes générations, leur racontant les erreurs du passé.

— Ce que nous faisons ici doit être plus qu'une survie, expliqua Elie lors d'une réunion de la communauté. Nous devons incarner des valeurs qui permettront d'éviter les erreurs des anciens. Nous n'avons plus de technologie avancée, mais nous avons l'esprit et la volonté de changer.

À mesure que la communauté s'agrandissait, les premières règles se mirent en place : un respect strict de la nature et de l'équilibre des ressources, une éducation où la vérité et la transparence prévalaient, et surtout, une interdiction formelle de poursuivre les anciennes recherches sur l'immortalité ou la manipulation de l'humain par la technologie.

Un soir, Zara, la jeune femme qui avait proposé de transmettre l'histoire, rejoignit Elie au bord du lac où il avait trouvé un moment de tranquillité.

— Je me demandais… comment peut-on vraiment garantir que personne ne sera tenté de reprendre ces recherches un jour ? demanda-t-elle, ses yeux reflétant les étoiles naissantes.

Elie regarda l'eau calme, un léger sourire triste aux lèvres. « On ne peut pas, dit-il doucement. Il n'y a jamais de garantie. Mais si l'on crée une société où les gens comprennent les risques et les conséquences, alors peut-être que le désir de ces savoirs interdits disparaîtra avec le temps. »

Elle acquiesça, pensive. « Nous devons écrire cette histoire, Elie. Pas seulement pour nous, mais pour les enfants et ceux qui viendront après. Qu'ils sachent ce qui est arrivé quand l'humanité a cherché à se rendre éternelle et ce que cela nous a coûté pour retrouver notre liberté. »

— Tu as raison, répondit-il. On va créer des archives. Pas une bibliothèque pleine de secrets, mais un simple livre, ouvert à tous.

Les jours suivants, ils commencèrent à écrire l'histoire de la fin des Immortels, détaillant les horreurs du passé et le chemin qu'ils avaient dû emprunter pour en arriver là. Peu à peu, les membres de la communauté ajoutèrent leurs témoignages, leurs réflexions, créant un récit collectif, une mémoire partagée qui serait léguée aux générations futures.

Finalement, le livre fut achevé en quelques mois, portant le titre simple de « Mémoire d'un renouveau ». Il fut placé au centre de leur nouveau village, symbole de leur engagement commun à ne plus jamais céder aux illusions de grandeur et d'immortalité.

La communauté, née des cendres de l'ancien monde, devint peu à peu un foyer d'espoir et de renouveau. Ce n'était plus seulement une question de survie : il fallait apprendre à vivre différemment, à préserver ce qu'il restait de la nature et à respecter les limites naturelles de leur condition humaine.

Pour chaque aspect de la vie, de nouvelles règles étaient établies, basées sur l'équilibre et le respect mutuel. L'idée maîtresse était simple : vivre en harmonie, non seulement avec les autres, mais aussi avec la Terre.

Les terres et les eaux environnantes, autrefois exploitées jusqu'à l'épuisement, furent désormais protégées. La chasse et la cueillette ne se faisaient que selon les besoins immédiats avec une rotation des zones pour éviter la surexploitation. Un groupe de gardiens des ressources fut créé, des hommes et des femmes chargés de surveiller la terre, de suivre le cycle des saisons et de s'assurer que les prélèvements se faisaient de manière responsable.

Les ressources étaient partagées équitablement au sein de la communauté, sans distinction de statut ou de privilège. Chaque individu contribuait selon ses capacités, et en retour, tous recevaient en fonction de leurs besoins. Ils mirent en place des réunions hebdomadaires où chacun pouvait exprimer ses préoccupations et proposer des améliorations.

Elie expliqua cette règle ainsi : « La communauté est comme un arbre. Chaque branche a besoin de force et de soutien. En travaillant ensemble, nous croissons, mais si une branche aspire tout, l'arbre ne survivra pas. »

Une des décisions majeures fut de bannir la création d'armes de guerre. Pour Elie et les autres rescapés des massacres, il était clair qu'aucune bonne société ne pouvait s'ériger sur le spectre de la violence. L'usage des armes restait limité à la chasse pour se nourrir, et tout armement sophistiqué ou destructeur fut banni.

De la même manière, toute tentative de reproduire la technologie de l'immortalité ou d'amplifier les capacités humaines fut strictement interdite. La recherche et l'innovation étaient encouragées, mais toujours dans le but d'améliorer la vie, non de la contrôler.

Pour construire un avenir stable, la communauté mit en place une éducation fondée sur les valeurs du passé, mais aussi sur l'apprentissage de l'histoire récente et des erreurs commises. Les enfants apprenaient l'importance de la préservation de la nature, mais aussi les dérives de la quête d'immortalité. Ils lisaient dans « Mémoire d'un renouveau » les témoignages des survivants et les conséquences de chaque décision. On leur enseignait aussi les métiers manuels, la culture des plantes et la médecine naturelle pour éviter de dépendre de technologies lourdes et complexes.

Face à un passé où la vie humaine avait souvent été traitée comme une donnée négligeable, la communauté prit un engagement fort : tout être vivant, humain ou animal, avait une valeur inestimable. Des rites simples furent instaurés pour célébrer la naissance, le passage des saisons, les récoltes, mais aussi pour accompagner les malades et honorer les morts.

Chaque individu, en atteignant l'âge adulte, prononçait un serment de respect envers la vie. Ces moments d'unité resserraient les liens entre les membres, renforçant la vision collective d'une humanité renouvelée.

Les années passèrent, et avec elles, la communauté grandit. Autour d'eux, la Terre commençait doucement à se reconstruire, des arbres repoussaient là où des villes s'étaient effondrées. Le savoir se transmettait de génération en génération, et des villages similaires naissaient alentour, fondés sur les mêmes principes.

Le souvenir des Immortels, autrefois craints et vénérés, devint un lointain mythe. La communauté, portée par son désir d'un nouveau départ, incarnait l'espoir d'un monde où enfin, la vie et la mort reprenaient leur place naturelle, loin de la domination et de la démesure.

Dix années s'étaient écoulées depuis la fondation de la communauté, et bien des choses avaient changé. Ce qui, autrefois, avait été une petite assemblée de survivants unis par un même idéal s'était peu à peu transformé en une société prospère et dense. Cependant, avec cette expansion, des désirs et des tensions jusque-là enfouis commencèrent à se manifester.

Au départ, chaque habitant avait accepté les principes de partage et de vie commune, en grande partie par nécessité. Le monde avait changé, et chacun comprenait qu'il devait s'adapter pour survivre. Mais maintenant que le quotidien était devenu plus sûr, la curiosité et même l'ambition refaisaient surface.

Au sein de la communauté, l'envie de voir au-delà des frontières naquit d'abord parmi les plus jeunes. La nouvelle génération, celle qui n'avait connu ni la guerre ni la tyrannie des Immortels, se questionnait : étaient-ils vraiment les seuls ? La Terre était vaste, et malgré les récits transmis par les anciens, il subsistait un grand mystère. Des murmures couraient sur d'autres villages, d'autres survivants, peut-être même d'autres sociétés semblables ou bien différentes, mais nul n'avait de certitudes sur ce qui se passait dans les terres lointaines.

Les enfants, puis certains adultes commencèrent à demander la permission de partir explorer, de chercher si d'autres groupes avaient eux aussi survécu. Elie lui-même n'était pas opposé à cette idée, mais certains craignaient les conséquences d'un tel contact. Reviendraient-ils avec de nouvelles idées, de nouveaux modes de pensée ? Ce qui avait été si difficile à instaurer ne risquait-il pas d'être compromis par l'influence d'inconnus ?

Le second changement, plus insidieux, fut le retour d'un certain individualisme. Au début, le partage était une nécessité évidente. Les récoltes, les ressources et le savoir étaient transmis collectivement et nul n'aurait songé à garder quoi que ce soit pour lui-même. Mais, peu à peu, l'idée d'acquisition personnelle fit surface, notamment pour des biens qui n'étaient pas essentiels.

Certains commencèrent à accumuler des objets, des outils rares, ou encore des parcelles de terrain pour leur usage exclusif. Un homme nommé Téo, par exemple, décida de délimiter un lopin de terre et d'y construire une petite maison pour sa famille, sans en référer au reste de la communauté. Son initiative attira d'abord les critiques, mais d'autres le suivirent. Le modèle d'égalité semblait vaciller, remis en question par un besoin croissant de se démarquer.

Des disputes éclatèrent autour de ce désir de possession. Certains craignaient que cet individualisme naissant ne ruine les valeurs de partage et d'égalité qui avaient été la base de la communauté. D'autres, au contraire, estimaient que chacun devait avoir le droit de disposer de ses propres biens s'il les avait obtenus par son propre travail.

Avec l'apparition de la propriété privée vinrent les premières inégalités. Ceux qui possédaient davantage, souvent parce qu'ils avaient été plus chanceux ou avaient acquis des compétences spécifiques, en vinrent à être perçus différemment. Les premiers signes d'une hiérarchie sociale apparurent, quelque chose que les fondateurs s'étaient juré d'éviter.

Au Conseil des Anciens, ces discussions prenaient une importance croissante. Elie et certains de ses pairs tentaient de réaffirmer les valeurs d'origine, rappelant que la survie et le bien-être de chacun dépendaient de leur union et de leur égalité. Mais face aux nouvelles aspirations, ses paroles semblaient parfois impuissantes. De jeunes leaders émergeaient, prônant une vision plus idéaliste, moins centrée sur le collectif, et plus en faveur de l'autonomie et du droit de chacun à faire ses propres choix.

Face à ces bouleversements, Elie convoqua une grande assemblée. La salle de réunion était pleine à craquer ; chaque voix, chaque opinion importait. Il leur expliqua la situation :

— Nous avons construit cette société ensemble, pour ne plus revivre ce que nous avons connu auparavant. Mais aujourd'hui, des changements s'opèrent, et il est peut-être temps de repenser notre manière de vivre ensemble.

Les avis divergeaient. Certains proposaient de maintenir fermement les règles initiales, d'autres, plus jeunes, réclamaient davantage de liberté. Ils voulaient explorer, échanger, découvrir de nouveaux savoirs. Quelques voix, plus méfiantes, proposaient de protéger la communauté en limitant les contacts extérieurs, craignant que la paix fragile qu'ils avaient construite ne soit menacée.

Après de longues heures de débat, la communauté parvint à un consensus fragile. Un groupe d'explorateurs serait formé, chargé de chercher d'autres survivants et d'apporter des informations sur d'éventuelles communautés éloignées. La question de la propriété individuelle, en revanche, restait plus difficile à trancher. Ils décidèrent qu'un comité travaillerait à trouver un équilibre entre liberté personnelle et bien commun, avec des règles précises sur l'usage des terres et des ressources.

Ce nouvel équilibre serait difficile à maintenir. La communauté s'engageait sur une voie incertaine, partagée entre son idéal de solidarité et les aspirations individuelles de chacun. Mais Elie restait confiant, convaincu que les épreuves qu'ils avaient traversées leur avaient appris à dialoguer, à respecter leurs différences et surtout, à ne jamais perdre de vue leur but commun : construire un monde meilleur.

Ainsi, la communauté évoluait, cherchant à s'adapter sans se trahir, avançant toujours vers un avenir encore incertain, mais porteur de promesses nouvelles.

L'aube se levait à peine quand un cri perça le silence de la petite communauté, résonnant dans les rues et faisant frémir les habitants dans leur sommeil. La demeure de la famille de Liana, celle que tout le monde connaissait pour sa générosité et sa douceur, se dressait maintenant comme un terrible brasier d'horreur.

Pendant la nuit, quelque chose de monstrueux s'était abattu sur cette maison. Marceau, un jeune homme connu pour sa réserve et son caractère ombrageux, en avait fait son champ de haine. Depuis longtemps, il nourrissait une obsession maladive pour Liana, la suivant du regard, guettant chaque instant où elle passait à proximité. Liana l'avait d'abord ignoré, avant d'essayer de le repousser, doucement, puis plus fermement, jusqu'au jour où elle lui avait fait comprendre qu'elle ne ressentait rien pour lui. Elle attendait le retour de son compagnon, parti avec l'expédition depuis de longs mois.

Cette confession avait déclenché en Marceau une tempête de rage noire. Le sentiment d'injustice, de malchance, cette conviction que Liana n'avait pas vu en lui ce qu'elle aurait dû voir prit racine dans son esprit. Au fond de lui, il en vint à croire que son rejet était une preuve de plus de l'inégalité qui, à ses yeux, rongeait la communauté. Marceau, dont les parents n'étaient ni influents ni particulièrement respectés, sentait cette humiliation lui brûler le cœur.

Animé par une colère froide, Marceau attendit que les lampes s'éteignent dans les maisons, que la rue s'emplisse de ce silence que seuls les êtres paisibles peuvent trouver en dormant. Il pénétra d'abord dans la demeure des parents de Liana, silencieux, comme un spectre de rage incarnée.

Dans la chambre des parents, il plongea un couteau sans hésitation, frappant encore et encore, chaque coup faisant gicler le sang contre les murs, les draps, y compris sur le visage de Marceau. Son visage se tordait d'un plaisir morbide tandis que les cris étouffés de ses victimes se perdaient dans l'obscurité. C'était comme s'il se nourrissait de leur terreur, transformant leur douleur en une source malsaine de satisfaction.

Une fois les parents réduits au silence, Marceau s'avança dans la chambre de Liana. Elle dormait paisiblement, innocente de la folie qui l'avait prise pour cible. En sentant la poigne brutale de Marceau l'agripper, elle se réveilla en hurlant, luttant de toutes ses forces. Mais Marceau, la figure tordue de colère et de rancœur, était implacable. Son emprise sur elle se fit violente, acharnée, et la lueur dans ses yeux reflétait une rage animale.

L'horreur de ce qui suivit était indicible. Marceau la viola, brutalement, sans une once de remords, traquant dans ses cris de douleur une forme de vengeance perverse contre ce qu'il croyait être une injustice à son égard. Il continuait à murmurer des paroles empoisonnées, des accusations où se mêlaient l'envie et la haine, comme si chaque mot enfonçait davantage un couteau invisible dans l'âme de Liana. Pour lui, c'était une vengeance contre le destin, contre tous ceux qui l'avaient négligé, contre ce qu'il considérait comme un traitement injuste envers lui.

Mais Marceau ne s'arrêta pas là. Une fois son acte odieux accompli, il laissa Liana à terre, incapable de bouger, et se dirigea vers la chambre où dormaient les jeunes frères et sœurs. Sans hésiter, il alluma des torches et répandit des produits chimiques inflammables sur les draps et les jouets d'enfants, ignorant leurs petits visages endormis et innocents. Les flammes commencèrent à lécher les murs, à avaler les meubles, à transformer la pièce en un enfer incandescent.

Alors que les cris des enfants déchiraient l'air, Marceau se tenait là, regardant les flammes, regardant le monde qu'il avait décidé de punir. C'était comme s'il trouvait une satisfaction dans cette destruction totale, un plaisir malsain à déchirer tout ce qui était innocent. Une fois les flammes bien établies, il sortit de la maison, jeta un dernier regard vers Liana, qui avait rampé à l'extérieur dans un état de choc absolu, incapable de comprendre l'ampleur du cauchemar qui s'était abattu sur elle.

L'incendie gagna de l'ampleur et finit par réveiller les voisins. Des habitants accoururent, hurlants et paniqués, essayant d'étouffer les flammes, mais il était déjà trop tard. Le feu avait englouti la maison, et la puanteur des corps brûlés se répandit dans l'air, témoignant du carnage abominable. La lueur du brasier illuminait les visages des habitants, horrifiés et impuissants.

Lorsque les flammes finirent par s'éteindre, le silence retomba sur la communauté. Mais ce silence était lourd, empli de douleur et d'incompréhension. Devant la maison calcinée, les habitants se tenaient, sidérés, incapables de détourner leur regard de ce qui était devenu une scène de pure barbarie.

Les regards se tournèrent vers Marceau, qui se tenait non loin, son visage encore éclaboussé de sang, les yeux hantés d'une lueur de folie.

Au petit matin, l'horreur de la nuit précédente s'était répandue parmi tous les membres de la communauté. Autour des restes calcinés de la maison de la famille de Liana, un silence épais régnait, entrecoupé seulement par des sanglots étouffés de ceux qui assistaient à ce spectacle d'une barbarie qu'ils pensaient révolue.

Les cris de Marceau, les yeux fous, marquèrent le début de son arrestation. Encerclé par des hommes et des femmes stupéfaits, qui peinaient à reconnaître en lui le jeune homme taciturne qu'ils connaissaient, il fut rapidement maîtrisé, ses mains fermement liées dans son dos. Marceau ne se débattait pas, arborant un sourire étrange, comme s'il trouvait dans son acte quelque satisfaction perverse, comme si l'horreur qu'il avait semée lui donnait une raison d'exister.

Elie, pourtant chef de la communauté et homme de principes, se sentait submergé par la rage. Une partie de lui voulait voir Marceau puni de la manière la plus brutale pour ce qu'il avait fait. Mais une autre voix, plus profonde, plus calme, lui murmurait de s'opposer à cette pulsion. Dans cette nouvelle société, il s'était engagé à bâtir quelque chose de différent, loin de la haine aveugle, loin de la vengeance. Pourtant, ce rêve d'égalité et de paix s'érodait devant la réalité de la nature humaine.

Alors que l'on escortait Marceau jusqu'à un petit bâtiment de pierre utilisé pour les réunions, Elie sentit peser sur lui la responsabilité de définir une justice. Jusqu'à présent, les décisions étaient collectives et s'appuyaient sur une confiance mutuelle. Mais pour ce crime-là, une simple discussion ne suffisait pas. L'acte de Marceau avait brisé quelque chose de fondamental dans la communauté : leur confiance en la possibilité d'une société sans lois répressives. Elie rassembla un petit groupe de membres influents pour discuter de ce qu'il convenait de faire, mais chaque proposition semblait plus violente que la précédente, les visages se durcissant tandis que certains parlaient de mort, de représailles, et même de torture.

D'autres proposaient de l'exclure, de l'envoyer au-delà des frontières de la communauté, pour qu'il affronte seul les dangers extérieurs. Mais Elie savait qu'ils ne faisaient que repousser le problème. Chasser Marceau n'effacerait pas l'horreur qu'il avait commise, et il pourrait devenir une menace pour d'autres communautés. Pour la première fois, Elie se demandait si l'utopie égalitaire qu'il avait tenté de bâtir n'était pas simplement cela : une utopie.

Au même moment, dans une petite infirmerie improvisée, les soins se concentraient sur Liana, la seule survivante du massacre. Son corps, couvert de brûlures profondes, était presque méconnaissable, chaque parcelle de peau marquée par les flammes. Les chairs boursouflées exhalaient une odeur de chair calcinée, et des lambeaux de peau morte pendaient, révélant par endroits les muscles à vif encore plus abîmées. Les yeux de Liana, gonflés et rouges, peinaient à s'ouvrir sous l'effet des brûlures, et chaque respiration lui arrachait un gémissement. Elle ne pouvait pas bouger sans souffrir atrocement, ses mains et son visage complètement déformés par les flammes.

Les quelques habitants présents autour d'elle tentaient de lui donner un peu d'eau, de la réconforter, mais leur impuissance était palpable. La douleur qu'elle subissait était insoutenable, et, malgré les bandages et les herbes médicinales qui devaient apaiser son calvaire, elle n'arrêtait pas de hurler, suppliant que quelqu'un mette fin à sa souffrance.

Elie entra dans l'infirmerie, sa gorge se nouant à la vue de Liana, dont le visage autrefois radieux était maintenant une plaie béante, une mosaïque de chair suppurante. Il resta un moment silencieux, les poings serrés, réalisant que dans ce monde qu'il avait cru pouvoir rebâtir sans violence, il n'avait pas de solution à offrir pour soulager cette vie transformée en agonie.

La culpabilité le rongeait. Lui, qui avait rêvé d'une société où le respect de la vie et de la dignité humaine serait primordial, ne voyait pas de solution autre que la mort pour apaiser les souffrances de Liana. Mais comment faire ce choix ?

Le retour de l'équipe d'exploration apporta avec lui une vague d'émotions mitigées, entre soulagement et tristesse. Ils étaient attendus depuis des semaines, et l'impatience s'était peu à peu muée en inquiétude au sein de la communauté. Mais lorsque les premiers éclaireurs apparurent, des murmures traversèrent la foule : il ne restait que la moitié de ceux qui étaient partis. Les visages fatigués et marqués par le voyage en disaient long sur ce qu'ils avaient enduré. Les regards fuyants et les gestes hésitants trahissaient un lourd fardeau.

Elie attendait, près du centre de la communauté, une expression d'angoisse sur le visage. Il fit quelques pas en avant lorsque le chef de l'expédition, Seya, se détacha du groupe et vint à sa rencontre. Elie remarqua immédiatement le vide dans son regard, et il comprit que l'homme portait en lui les marques d'un chagrin indélébile.

— Nous avons trouvé une communauté à environ deux mois de marche, commença Seya d'une voix rauque. Ils survivent tant bien que mal… mais ils ont besoin de soins, et leurs ressources sont précaires. Ils sont en retard par rapport à nous, leur groupe est désorganisé, beaucoup sont malades.

Elie l'écouta attentivement, les mots pesant dans l'air comme une lourde brume. Puis, une question lui vint à l'esprit, une question qui l'avait hanté depuis qu'il avait vu le groupe réduit de moitié.

— Et… les autres ? Que leur est-il arrivé ? demanda-t-il, la voix tremblante d'appréhension.

Le visage de Seya se durcit, ses yeux baissés comme s'il cherchait à fuir cette question.

— Ils… ils sont morts sur le chemin du retour, murmura-t-il.

Le silence tomba entre eux, lourd et pesant. Elie attendait une explication, un récit qui éclaireraient les circonstances de cette tragédie. Il prit une profonde inspiration et osa poser la question que tout le monde évitait.

— Comment ? Comment sont-ils morts, Seya ?

Seya hésita, puis finit par lever un regard chargé de douleur vers Elie. Il semblait lutter pour trouver les mots justes, mais l'horreur de ses souvenirs finit par jaillir de manière brutale.

— Je pense qu'ils ont été infectés… Par une maladie. C'est arrivé lorsque nous avons passé quelques jours dans cette communauté, nous voulions échanger des connaissances et des vivres. Au début, ce n'était qu'une fièvre. Puis, nos compagnons ont commencé à montrer des symptômes plus graves : sueurs abondantes, convulsions… Leurs organes semblaient littéralement brûler de l'intérieur. Ils se sont affaiblis rapidement, la peau devenait pâle et leurs veines saillaient sous l'effet de l'infection… En deux jours, ils étaient morts. Quand nous sommes partis, leur chef nous a lancé depuis leur portail : « La volonté des Dieux est en marche ».

La révélation frappa Elie comme un coup de poing. Les mots « infectés » et « contagieuse » résonnaient en lui comme une alarme. S'il comprenait bien, ceux qui avaient survécu étaient rentrés parmi leurs familles et leurs amis, sans savoir s'ils portaient encore en eux cette maladie meurtrière. La contagion était peut-être déjà lancée.

Mais avant qu'il ne puisse approfondir sa réflexion, un autre détail s'imposa à son esprit : Liana. Il leva les yeux vers Seya, qui comprit aussitôt.

— Liana… murmura Seya, comme s'il peinait à se souvenir de ce prénom à travers l'épais brouillard de la douleur. Quelqu'un lui murmura alors à l'oreille les évènements tragiques qui s'étaient abattus sur Liana et sa famille pendant son absence.

Sans un mot, Seya se dirigea d'un pas lourd vers l'infirmerie. Quand il arriva près du lit de Liana, le choc le foudroya. Là, allongée, meurtrie et brûlée au-delà de toute reconnaissance, se trouvait la femme qu'il aimait. Liana était en train de mourir, son souffle était faible et irrégulier, et son corps n'était qu'un amas de souffrances. Seya tomba à genoux, les yeux embués de larmes, tandis qu'un cri guttural d'angoisse s'échappait de ses lèvres. Quelques secondes plus tard, le dernier souffle de Liana s'éteignit sous ses yeux.

Dévoré par la rage et la douleur, Seya se redressa, se précipitant vers le bâtiment où Marceau était retenu prisonnier. Aveuglé par une soif de vengeance, il affronta les gardes qui tentaient de l'arrêter. Deux hommes, puis trois, tombèrent sous ses coups, étouffés par la brutalité de sa colère, jusqu'à ce qu'il atteigne Marceau.

Le jeune criminel, le visage figé dans un rictus de peur, n'eut pas le temps de prononcer un mot. Seya lui asséna un coup violent, le forçant à s'agenouiller avant de l'achever d'un geste brutal et impitoyable. Le sang de Marceau éclaboussa le sol, et une haine indescriptible se lisait dans les yeux de Seya.

Ce n'est que l'intervention d'Elie qui mit fin à son déchaînement. D'un coup précis et rapide, Elie parvint à abattre Seya pour préserver ce qu'il restait de l'ordre dans la communauté. Mais ce n'était qu'une victoire temporaire, car l'épidémie commençait déjà à se répandre parmi les habitants.

Dans les jours qui suivirent, la maladie se propagea, insidieuse et implacable, infectant sans distinction les enfants, les adultes, et les anciens. Les symptômes évoqués par Seya faisaient écho à ceux qui se manifestaient désormais dans la communauté : la fièvre, les convulsions, les douleurs atroces qui brisaient les corps et les âmes.

Elie errait dans le village, assistant à l'agonie de son peuple. Il se trouvait face à un dilemme impossible : avait-il le droit de consulter les archives des Immortels pour tenter de trouver un remède, même si cela signifiait briser le pacte qu'il avait fait avec lui-même et la communauté ? Était-il prêt à sacrifier les idéaux qui avaient guidé la reconstruction de leur société pour sauver des vies, ou devait-il rester fidèle à sa promesse de tourner la page, quitte à assister à la lente extinction de son peuple dans une souffrance indicible ?

Cette question le hantait jour et nuit, et chaque cri d'agonie, chaque regard suppliant lui rappelait l'urgence d'une décision.

Chapitre 13
La fin et le commencement

Elie sentit un poids écrasant en pénétrant dans la salle où se tenait le conseil. Le visage marqué par l'épuisement et l'angoisse, il s'avança, le silence se faisant alors qu'il prenait place au centre. Chaque membre du conseil était là, réuni en urgence pour écouter ses paroles. La maladie continuait de ravager la communauté, et les craintes se reflétaient sur les visages fatigués, certains encore marqués par les pertes récentes.

Il s'éclaircit la gorge et commença d'une voix grave :

— Nous faisons face à une épreuve sans précédent, plus sombre encore que tout ce que nous avons traversé jusque-là. La maladie s'étend, elle n'épargne personne. Nos enfants, nos anciens, tous sont vulnérables, et nos guérisseurs n'ont rien trouvé pour stopper cette infection.

Un murmure angoissé parcourut l'assemblée. Elie hésita un instant, comme s'il pesait une dernière fois les conséquences de ses mots, puis il prit une profonde inspiration.

— J'ai pris une décision… Je propose que nous consultions les archives des Immortels. Dans leurs bases de données, il y a peut-être un remède, un moyen de nous sauver.

Une onde de choc traversa la salle. Certains conseillers échangèrent des regards d'incrédulité et d'indignation, tandis que d'autres baissaient les yeux, comme s'ils avaient toujours craint que ce jour arrive. Ce fut Marie, une conseillère au visage sévère et aux yeux perçants, qui prit la parole la première.

— Elie… Tu réalises ce que tu proposes, n'est-ce pas ? Nous avons choisi de rompre avec leur héritage. Ces archives sont l'incarnation même de ce que nous avons rejeté. Si nous les consultons aujourd'hui, que restera-t-il de notre promesse de ne jamais retomber dans leurs erreurs ?

— Mais que pèse une promesse face à la vie de nos enfants ? rétorqua instantanément Pierre, un autre membre du conseil au regard chaleureux, qui se tenait droit, la mâchoire crispée. Elie a raison. Si ces documents peuvent nous aider, nous ne pouvons pas laisser notre peuple mourir par fierté. Nous devons faire tout ce qui est en notre pouvoir pour les sauver.

L'argument fit écho parmi certains conseillers, mais d'autres demeuraient sceptiques. Luc, un homme plus âgé et profondément respecté, exprima alors une inquiétude que beaucoup partageaient :

— Et si, en manipulant ces données, nous éveillions quelque chose d'encore plus dangereux ? Nous ignorons ce que contiennent réellement ces archives. Ces technologies nous ont déjà apporté la misère et la destruction. Qui nous dit qu'elles ne cachent pas un autre piège, une nouvelle malédiction ?

Les membres du conseil opinèrent, certains dans un silence méditatif, d'autres, hésitants, à voix basse. La discussion commençait à se diviser en deux camps distincts. Pour Marie et Luc, les archives étaient un sanctuaire interdit, un vestige d'un monde déchu qui ne méritait plus leur confiance. La survie de leur communauté ne pouvait pas se construire sur les ruines d'une civilisation qui s'était elle-même condamnée en poursuivant l'immortalité à tout prix.

Mais Pierre répliqua avec force, s'adressant aux autres en les fixant un à un :

— Nous devons être pragmatiques ! Les Immortels ont payé le prix de leurs erreurs. Ce sont eux qui se sont rendus victimes de leur soif de pouvoir, mais nous ne devons pas craindre leur savoir. Nous sommes différents d'eux. C'est nous qui choisissons, nous pouvons prendre ce qu'ils ont laissé sans succomber aux mêmes excès.

Le silence qui suivit sa déclaration fut lourd, chacun tentant de réfléchir au juste milieu entre prudence et nécessité.

— Mais si nous faisons cela, alors qu'est-ce qui nous différenciera d'eux ? s'opposa encore Marie. Nous ferons le premier pas sur le même chemin qu'eux, en nous servant de leur savoir pour servir nos propres intérêts.

Elie leva la main, réclamant un retour au calme. Les murmures se turent, tous les regards se braquant sur lui.

— Écoutez, ce n'est pas une décision facile. Je n'ai jamais pensé que nous en arriverions là. Mais si nous n'agissons pas maintenant, il ne restera plus rien de notre communauté. Les Immortels sont partis, et avec eux leur pouvoir destructeur. Ce qui nous reste, ce sont des traces, des archives… des reliques d'un passé que nous devons comprendre sans pour autant l'adopter.

Ce dernier point, pragmatique, sembla ébranler quelques esprits, et c'est alors que Lise, une conseillère qui s'était tenue en retrait jusque-là, prit la parole d'une voix douce, mais assurée :

— Peut-être que nous voyons les Immortels comme des monstres, mais je pense que pour une partie du peuple, ce n'est pas si simple… Certains les voient presque comme des dieux, des êtres qui ont dominé la mort. Et nous le savons tous : certains regrettent leur disparition, et rêvent de pouvoir atteindre leur immortalité.

Un malaise se répandit dans la pièce à mesure que chacun réalisait l'impact de ses paroles. C'était une réalité dérangeante que beaucoup avaient ignorée, mais Lise avait raison. Pour certains citoyens, les Immortels restaient des figures d'un pouvoir mystiques, des êtres qui avaient défié la mortalité elle-même. Détacher l'humanité de cette idée serait difficile, peut-être impossible.

Face à ces nouvelles révélations, Elie sentit une lourdeur s'installer au creux de son estomac. L'idée d'un culte voué aux Immortels, ces êtres qu'il avait lui-même combattus et dont il avait vu les excès de cruauté, semblait incompréhensible et terrifiante. Il se tourna vers Lise, le regard froncé.

— Explique-moi… Comment ce culte a-t-il pu prendre racine ?

Lise inspira profondément, visiblement mal à l'aise, avant de répondre :

— Ce n'est pas aussi évident que tu le penses, Elie. Au départ, c'étaient simplement des murmures, des questions… Des gens cherchaient à comprendre comment ces Immortels avaient pu accomplir tant de choses, défier le temps et la mort. Avec le retour des inégalités, des privilèges, des doutes… beaucoup de gens se sont mis à idéaliser ce pouvoir perdu.

Elie secoua la tête, incrédule.

— Et ils pensent quoi, au juste ? Que les Immortels étaient des dieux ?

— Oui, pour certains, c'est exactement ça, répondit Lise, son regard se durcissant. Ils voient les Immortels comme des êtres supérieurs, capables de dominer la vie et la mort, d'apporter protection et prospérité. En dépit de leurs crimes, une partie de notre peuple pense qu'ils possédaient des connaissances divines, qu'ils n'étaient pas simplement des mortels à la recherche de pouvoir…

— Et que font-ils ? Ils prient ? Ils offrent des sacrifices ? demanda Elie, l'ironie cinglante dans la voix.

Lise soupira, consciente de la gravité de la situation.

— Il y a des rassemblements, des discussions discrètes dans les coins sombres des habitations, des cérémonies dans les ruines du complexe. Ils allument des bougies, chantent des hymnes en l'honneur de Selena, de Mira, et des autres Immortels. Certains d'entre eux pensent même que les Immortels finiront par revenir sous une forme ou sous une autre, qu'ils attendent notre désespoir pour nous accorder leur aide…

Un frisson parcourut la salle. Luc, silencieux jusqu'ici, fit entendre sa voix tremblante de colère.

— Comment peuvent-ils oublier les massacres, les souffrances que ces Immortels ont infligées ? C'est de la folie pure.

Pierre, plus pragmatique, tenta d'expliquer comme une dynamique sociale tragique :

— On oublie que beaucoup de nos citoyens n'ont jamais connu directement les Immortels. Ils n'en connaissent que des récits, souvent édulcorés avec le temps. Les horreurs qu'ils ont infligées deviennent des mythes, des légendes… et il est plus facile de glorifier ces histoires quand elles ne sont plus une réalité tangible.

Elie resta silencieux, absorbé par ce constat glaçant. Il réalisa que cette fascination pour les Immortels venait en partie de la souffrance accumulée par la population. Les conditions de vie s'étaient dégradées, cette pandémie qui commençait à décimer la communauté, et sans science ni protection, l'humanité ressentait à nouveau la dureté de sa condition mortelle.

Marie s'interposa avec une grimace de dédain.

— Et que fait-on avec ceux qui propagent ces croyances ? On les laisse corrompre notre peuple ? Elie, ils risquent de diviser la communauté et de ruiner tout ce que nous avons construit.

Elie soupira, comprenant la gravité du problème. C'était la première fissure visible dans leur communauté autrefois unie. En réprimant brutalement ce culte, il risquait de renforcer leur conviction que les Immortels représentaient une voie interdite, mais puissante. Mais les laisser prospérer risquait de saper l'équilibre et l'espoir fragile qui tenait encore la communauté debout.

Il se leva finalement, les poings serrés.

— Nous ne pouvons pas agir dans la violence ou l'interdiction. S'ils ont besoin de croire, alors laissons-les croire, mais rappelons sans relâche ce que les Immortels ont vraiment représenté. Si nous voulons éviter que l'histoire se répète, il va falloir éduquer, montrer les preuves des crimes, partager les archives. Nous devons révéler ce qu'ils étaient vraiment, dans toute leur monstruosité.

Marie et Lise échangèrent un regard d'approbation prudente. Il était clair que la route vers le nouveau monde serait encore longue et parsemée d'embûches.

Elie et Pierre passèrent plusieurs heures enfermées dans la pièce étouffante où les archives des Immortels étaient conservées. Au milieu des dossiers poussiéreux et des équipements anciens, ils trouvèrent enfin le bracelet de Selena, cet artefact qui pourrait bien contenir la dernière chance de survie pour la communauté.

En activant le bracelet, une voix mécanique et presque familière résonna :

— Analyse d'identification en cours… Échantillon de sang requis pour autoriser l'accès aux données scientifiques.

Elie échangea un regard avec Pierre, conscient de la lourdeur symbolique de ce geste. En cédant leur propre sang à cet instrument des Immortels, ils franchissaient une limite symbolique : celle qui les liait désormais à ce pouvoir ancestral et corrupteur, tout en espérant l'utiliser pour un but différent.

Sans hésitation, Elie prit une lame, entailla sa paume et laissa le bracelet prélever un échantillon sanguin.

— Bonjour Elie… Cela faisait très longtemps. Cette voix, Elie la reconnut malgré les accents métalliques, c'était la voix de Selena. Que puis-je pour toi ?

Elie, après un moment d'hésitation, expliqua ce que Pierre et lui attendaient du bracelet. La voix de Selena leur demanda un échantillon de sang d'un malade.

Pierre se dévoua et après quelques heures, il revint avec une fiole remplie de sang noirâtre et visqueux. Elie en versa quelques gouttes sur le bracelet. La machine, comme animée d'une étrange vitalité, émit un bourdonnement d'analyse.

— Analyse en cours… Identification du vecteur pathogène… Recherche d'un traitement antiviral. Temps estimé pour les résultats : 72 heures.

Trois jours. Ce délai s'étira dans l'esprit d'Elie comme une éternité. La maladie continuait de se propager à une vitesse effroyable, consumant chaque recoin de la cité sans pitié ni distinction.

Les heures qui suivirent furent un cauchemar. Dans les ruelles et les maisons, les cris de douleur et d'agonie perçaient l'air comme des lames. Le virus se propageait avec une virulence qui semblait presque délibérée. Des hommes tombaient en pleine rue, pris de convulsions violentes, leur peau se couvrant de plaies purulentes qui suppuraient une infection noire et gluante. Leurs yeux se voilaient d'un liquide sombre, laissant échapper un râle d'agonie avant qu'ils ne sombrent dans une mort lente et torturée.

Les femmes et les enfants n'étaient pas épargnés. Dans une maisonnée délabrée, une mère tenait son enfant contre elle, ses mains tremblant de faiblesse. Le visage du petit garçon, d'ordinaire jovial, était tordu de douleur, ses lèvres fendues et sanglantes, sa respiration devenant un râle irrégulier. La mère, elle-même affaiblie par le virus, continuait de murmurer des paroles apaisantes jusqu'à ce que la mort les prenne tous les deux, l'un après l'autre, dans une scène d'horreur silencieuse.

Au sein de la communauté, les adorateurs des Immortels se faisaient de plus en plus bruyants, chaque mort semblait nourrir leur haine envers les dirigeants actuels. Ils criaient que le retour des Immortels, même sous forme de reliques ou de connaissances interdites, était la seule issue. Leur foi aveugle se transformait en une rage contre ceux qui refusaient d'accepter cette voie.

Un groupe de fidèles se rassembla devant le bâtiment du conseil. Avec des regards fous, ils scandaient en boucle :

— Les Immortels avaient les réponses ! Les Immortels sont nos sauveurs !

Ils frappaient contre les portes, exigeant qu'on leur donne accès aux archives, persuadés qu'ils pouvaient trouver eux-mêmes la solution dans les traces laissées par les Immortels. Elie et Pierre restaient cloîtrés à l'intérieur, écoutant ces clameurs qui résonnaient comme un compte à rebours sinistre.

Au troisième jour, l'attente était devenue insoutenable. Elie n'avait presque pas dormi, épiant sans relâche l'avancée de l'analyse du bracelet. Autour de lui, la cité sombrait dans un état de chaos morbide ; des cadavres jonchaient les ruelles, et des familles entières étaient décimées. Des personnes en deuil pleuraient, leurs visages creusés par l'épuisement, tandis que des vieillards, trop faibles pour se relever, se laissaient emporter par le virus dans l'abandon de leurs dernières forces.

Enfin, un bip faible et persistant retentit depuis le bracelet. Elie se précipita, le cœur battant, tandis que la voix numérique murmurait :

— Analyse terminée. Traitement antiviral potentiel identifié. Préparation des composants nécessaires. Instructions de synthèse disponible.

Malgré cette lueur d'espoir, Elie savait que la question des adorateurs restait un obstacle. Tandis qu'il sortait avec Pierre pour rejoindre le laboratoire improvisé, il aperçut un groupe de fidèles prostrés dans les rues, les yeux levés vers le ciel, murmurant des prières aux Immortels.

Pierre, le regard dur, murmura :

— C'est leur fanatisme qui risque de causer notre perte. Si nous réussissons à produire le remède, il faudra s'assurer que ces fanatiques ne gâchent pas tout.

Elie hocha la tête, conscient de la complexité de la situation.

Le chaos dans la cité atteignit un nouveau sommet lorsque le groupe de fidèles, en apercevant Elie et Pierre à la sortie des archives, entama une poursuite sauvage. Les visages altérés par une foi dévorante, les adeptes se mirent à scander des insultes, leurs cris résonnant comme un grondement menaçant. Elie et Pierre accélérèrent le pas, mais ils savaient que l'acharnement de ces fanatiques les mettrait en danger.

Arrivés à un carrefour étroit, Pierre se retourna vers Elie, son visage résolu.

— Continue, Elie. Va rejoindre le laboratoire et prépare le remède. Moi, je vais les retenir.

— Pierre, non… Je ne peux pas te laisser…

Pierre lui lança un regard inébranlable, plaçant une main ferme sur son épaule.

— Va ! C'est notre seule chance !

Elie hésita un instant, mais devant l'insistance de Pierre, il finit par prendre la fuite, emportant le précieux bracelet avec lui.

Resté seul face à la horde, Pierre se campa fermement, serra les poings. Les fidèles se ruèrent sur lui, leurs visages déformés, par une rage presque divine. En quelques secondes, ils se jetèrent sur lui, l'assaillant de coups d'une violence aveugle. Chaque impact s'accompagnait d'un cri de Haine, comme si Pierre incarnait leur obstacle ultime vers une immortalité qu'ils ne pourraient jamais atteindre. Les coups pleuvaient sans fin, chaque visage autour de lui distordu par une soif de vengeance irrationnelle.

Le sol fut bientôt couvert du sang de Pierre, son corps brisé gisant sans vie. Son sacrifice n'avait pas été en vain, et dans son dernier regard, une lueur de paix semblait émaner de ses yeux ouverts sur cette violence aveugle pour l'éternité.

Pendant ce temps, Elie atteignit le laboratoire où il activa le processus de production du remède, guidé par les instructions du bracelet. Il travaillait sans relâche, observant les divers ingrédients se combiner lentement dans la machine. Le temps s'étirait à mesure que les sons d'échauffourées et de cris de douleur émanant des rues se faisaient plus intenses.

Les fidèles des Immortels, exacerbés par l'inaction divine et le silence de leurs « dieux », s'en prenaient désormais aux citoyens ordinaires. Des affrontements éclataient à chaque coin de rue, les adorateurs des Immortels se livrant à des actes de brutalité inouïe. Des pierres volaient, des corps étaient piétinés, des visages hurlants se faisaient fracasser contre les pavés. L'odeur du sang et de la fumée planait dans l'air, transformant chaque ruelle en champ de bataille.

Quand le remède fut enfin prêt, Elie se dirigea vers la grande place pour l'annoncer à la population. La foule, épuisée et endeuillée, s'était rassemblée, des regards d'espoir et de désespoir se mêlant sous le ciel assombri. Elie, malgré la fatigue et les plaies invisibles de la perte de Pierre, monta sur l'estrade et s'adressa à eux.

— Citoyens, nous avons réussi ! Le remède est prêt, et c'est grâce à nous tous, à notre courage, à notre solidarité. Ce sont les citoyens de notre cité qui ont contribué à cette solution ! Les Immortels, malgré toutes vos prières, n'ont rien fait pour nous sauver. Nous seuls avons trouvé la force de vaincre ce fléau.

En prononçant ces mots, Elie sentit une douleur sourde dans sa poitrine. Il savait que son discours contenait un mensonge. Pierre, avec son sacrifice, et l'intelligence contenue dans le bracelet de Selena avaient permis de créer ce remède. Mais pour le bien de la communauté, il devait faire taire cette vérité.

Dans le silence tendu de la place, un homme, fervent partisan des Immortels, cria :

— Menteur ! Les Immortels sont nos sauveurs, ils nous protégeront toujours !

L'homme sortit une arme rudimentaire, et avant qu'Elie puisse réagir, une détonation éclata, le projetant en arrière. Une douleur fulgurante traversa son épaule tandis qu'il s'effondrait au sol, le souffle coupé.

Ce fut le signal. En un instant, la foule en furie se jeta sur les adorateurs des Immortels. La violence explosa, impitoyable. Les partisans furent massacrés sur place, les citoyens leur rendant coup sur coup, leur rage éclatant après des mois de souffrances et de pertes. Les cris des fidèles se noyèrent dans le tumulte de la vengeance collective. Le sang coulait sur la grande place, une rétribution violente, totale, inéluctable.

Enfin, lorsque le tumulte se calma, Elie, malgré la douleur, se releva avec difficulté. Il donna ses instructions pour que le remède soit distribué à tous ceux qui en avaient besoin, déterminé à donner une chance à sa communauté de survivre, malgré la violence qui venait de déchirer leur fragile unité.

La cité, sauvée du fléau, restait néanmoins à jamais marquée par les fantômes de ses épreuves, par la rage de ses pertes et par les leçons amères de son histoire.

***

Sous le ciel crépusculaire, un vieil homme achevait son récit, sa voix chargée du poids des ans et des souvenirs. Autour de lui, un petit garçon, son petit-fils, l'écoutait avec fascination, les yeux brillants d'émerveillement. L'enfant, perdu dans les histoires de son grand-père, laissait son imagination errer entre les images héroïques d'Elie le Grand et de ses exploits, comme si les évènements d'il y a plusieurs siècles se déroulaient devant lui.

— Grand-père, murmura le petit garçon, les yeux écarquillés, est-ce qu'Elie le Grand était vraiment aussi grand que la statue sur la place ?

Le vieil homme éclata d'un rire doux, cassé par les années.

— Ah, non, mon garçon, pas dans le sens où tu l'entends. Il n'était pas plus grand ou plus fort que toi ou moi. Mais sa grandeur réside ailleurs. Vois-tu, cette statue, elle ne montre pas la taille de l'homme, mais la grandeur de ses actions, de sa vision. Elie n'a jamais cherché l'immortalité dans sa propre vie ni dans la puissance personnelle. Ce qu'il a voulu pour nous tous, c'était une autre forme d'immortalité, celle qui traverse les générations.

Le vieil homme fit une pause, fixant un point invisible à l'horizon comme s'il voyait une époque révolue défiler devant ses yeux. Son regard se remplit de sagesse, mais aussi d'une certaine nostalgie.

— Elie comprenait que l'immortalité véritable n'est pas dans l'éternité de notre corps, mais dans ce qu'on laisse aux générations futures. Nos actions, nos valeurs, notre héritage… Tant qu'il y a des gens pour parler de nous, pour apprendre de nos réussites et de nos erreurs, pour honorer notre mémoire, alors nous vivons. L'immortalité, c'est ce que tu laisses derrière toi, la façon dont ton souvenir continue d'exister dans le cœur et les pensées de ceux qui restent.

Le petit garçon fronça les sourcils, absorbé par ces paroles.

— Alors, tant qu'on parle d'Elie, il est encore vivant ? demanda-t-il d'une petite voix, pleine de respect.

— Oui, exactement, mon garçon. Il est vivant dans nos esprits, dans nos traditions, dans notre volonté de bâtir une société où chacun est respecté, où chaque vie à une valeur. Tant que son souvenir reste intact et que ses enseignements nous guident, Elie est avec nous.

Le vieil homme sentit son cœur s'apaiser, comme si les souvenirs eux-mêmes allégeaient ses derniers instants. Il jeta un regard tendre sur son petit-fils et son fils, avant de lever lentement sa main tremblante vers la table à côté de lui. Là, posé sur un morceau de tissus usé, se trouvait un bracelet, ancien, mais toujours intact, avec un éclat mystérieux gravé dans ses contours.

D'une main tremblante, il le prit et le tendit à son fils, debout à côté de lui.

— Prends-le, murmura le vieil homme d'une voix basse. C'est plus qu'un simple bracelet. C'est le savoir des Immortels, leur histoire et leurs erreurs, leurs victoires et leurs sacrifices. C'est aussi le dernier souvenir d'Elie, un trésor qu'il a laissé pour que nous apprenions de son parcours. Garde-le précieusement, mais n'oublie jamais que la véritable immortalité ne réside pas dans ces artefacts…

Le fils, ému, observa l'objet avec respect, les mots de son père résonnants dans son esprit.

— C'est… le secret de l'immortalité, alors ?

Le vieil homme sourit faiblement, le regard brillant encore d'une lueur de sagesse et de tendresse.

— Oui, mais pas dans le sens que l'on pourrait croire. L'immortalité, c'est cette transmission, ce respect de l'histoire, ce que nous laissons aux générations qui nous succèdent. Tant que tu te souviendras de moi et que tu transmettras notre histoire, tant que le souvenir d'Elie le Grand et de tous ceux qui ont lutté pour un monde meilleur continuera de vivre, alors nous serons tous immortels, dans chaque battement de cœur, dans chaque souffle de vie.

Le vieil homme expira un dernier soupir, paisible, ses yeux se fermant lentement alors qu'un sourire serein effleurait encore ses lèvres. Son fils, tenant fermement le bracelet dans sa main, comprit enfin le véritable héritage de ses ancêtres. Tandis qu'il regardait la silhouette paisible de son père, il jura de transmettre cette histoire, de préserver cet héritage pour que, des siècles encore après eux, la mémoire de leurs actes puisse perdurer.

Imprimé en France
Achevé d'imprimer en mars 2025
Dépôt légal : février 2025

Pour

Le Lys Bleu Éditions
40, rue du Louvre
75001 Paris